用你的名字写个故事

Someone in Time

李维北 / 著

北京联合出版公司
Beijing United Publishing Co.,Ltd.

图书在版编目（CIP）数据

用你的名字写个故事 / 李维北著. -- 北京 ：北京
联合出版公司，2016.9
ISBN 978-7-5502-8045-8

Ⅰ．①用… Ⅱ．①李… Ⅲ．①长篇小说－中国－当代
Ⅳ．① I247.5

中国版本图书馆 CIP 数据核字（2016）第 148060 号

用你的名字写个故事

作　　者：李维北
出版统筹：新华先锋
责任编辑：徐秀琴
特约监制：黎　靖
策划编辑：张　斌
版式设计：徐　倩
封面设计：杨祎妹
封面绘画：狼孩儿

北京联合出版公司出版
（北京市西城区德外大街83号楼9层　100088）
北京慧美印刷有限公司　新华书店经销
字数147千字　620毫米×889毫米　1/16　17印张
2016年9月第1版　2016年9月第1次印刷
ISBN 978-7-5502-8045-8
定价：36.80元

目 录

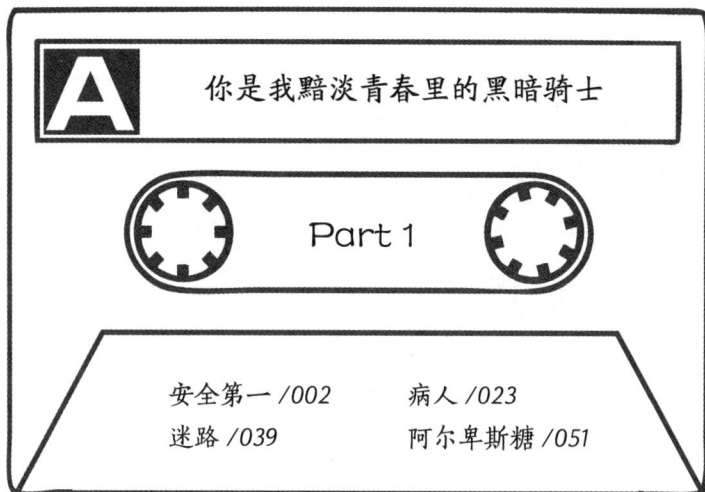

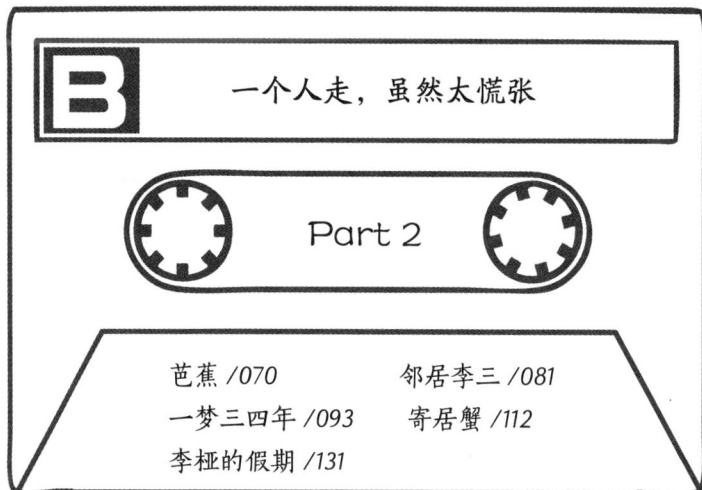

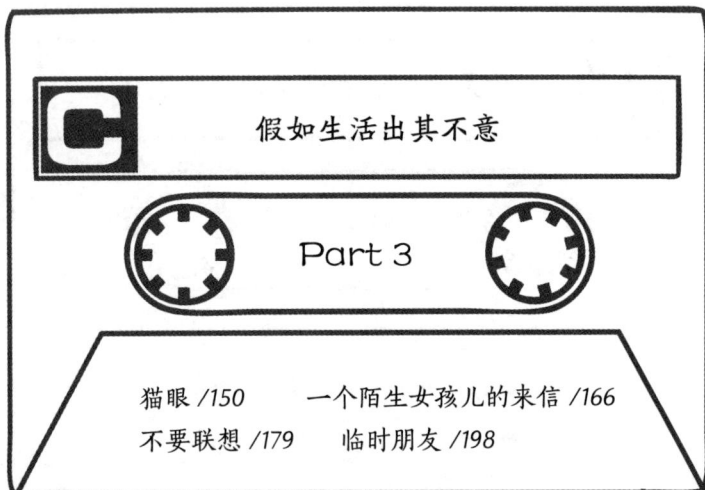

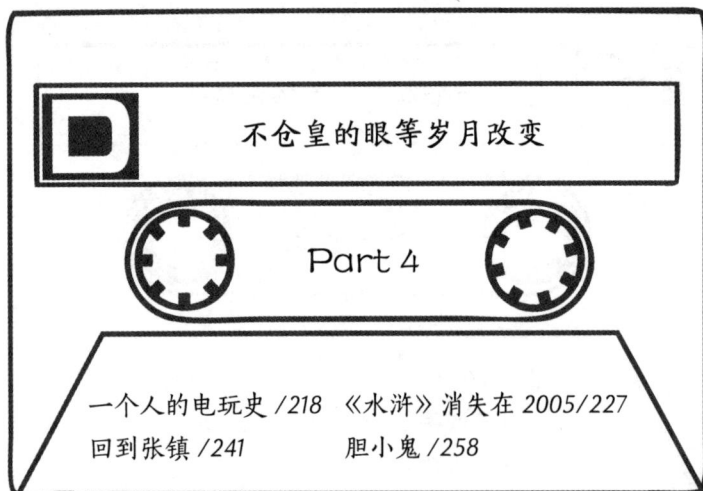

你是我黯淡青春里的黑暗骑士

part 1

每个女孩子也许梦中都曾出现白马骑士，或是王子，或是浪客，或是诗人。他不是，他是暗夜骑士，他有一匹燃烧的马，他永远在路上，他亦正亦邪。

他不是理想恋人。

可我很庆幸，黯淡的青春被这样一个黑暗骑士保护着。

安全第一

1

毕业两年，我适应了独立生活，应付各路麻烦。和往常一样，我周末去沃尔玛买下一周需要的蔬菜水果。

出来时，一辆黑色雅马哈摩托车从我面前飞过，气得我破口大骂，神经病啊，没有骑过车？

车主熄火扭转头，取下他的头盔。

"好巧，江澜，好久不见。"

头盔下是一张爽朗面孔，标志性剑眉，挺拔的鼻子，还有左嘴角那一道小伤口。

"袁耀？"

他哈了一声："还记得我啊？江才女现在做什么呢？"

我有些不好意思地回答："在一个游戏公司搞文案，你呢？怎么也在这里啊？"

"玩呢。"

袁耀一副理所当然的样子。

读书那会儿，袁耀还没我高，我一百七十五厘米，女生中算是顶梁柱。每次拍照什么的大家都说江澜你站后面去，江澜你弯腰啊，江澜你弓着点，江澜你笑得自然点。去你的，如果弯着腰被人搂着像是扭曲的人偶，你能笑得自在？

袁耀站在男生第一排，一百六十厘米。可他要打篮球。

这里我得解释一下，在我们读书的兰江市男孩子身高普遍不矮，到了我们高一这级男生基本都在一百七十厘米往上，女生却不知中了什么魔法都偏矮，听说为此卫生系统的人还来调查过几次，怀疑是水质问题。所以袁耀看起来就有点可怜，他是男生中一棵发育不良的小甜菜，与我的鹤立鸡群有着某种共通点。

袁耀玩篮球，他打控卫，那个位置好像就是专门控球到处跑来跑去的，类似指挥官的角色。不过比赛又是另一番场景了。他这个小个子常常在一百八十厘米的人堆里面跳进跳出，抢篮板，抢球，拼得不行。我想他和我应该交换一下才对，有身高的人如我特别不喜欢身体接触，他偏偏又好这一口。

由于他太拼，把自己弄伤了，一段时间他都是打着石膏来上学的，右手挂在脖子上，看起来有些怪异。

如此让他消停了一阵子。

可刚好他就对班上宣布他要扣篮，请大家过来观看。

学校篮筐比起正式体育馆的要稍矮一点儿，可对一百六十厘米的人来说扣篮还是太困难了一点儿。

这天放学不少人驻足篮球场，我也去了。

我以为会是男生惯用伎俩，弄一张桌子，或者椅子，再或者是弹簧垫，来一个借力起跳什么的，满足一下虚荣心。没想他来真的。

袁耀脱下外套，里面是一件白色短袖，他的胳膊肌肉线条不错。他深吸了两口气，然后拿着球铆足了劲儿奔向篮筐，青蛙一样高高跳起，篮球在手中砸到了篮筐，他落下时篮筐还在晃啊晃。

有些可惜。

袁耀将篮球拿回来，默默看了看筐，搓了搓手，又放在嘴上吹了两下，他抱起球走到很远的地方，一路狂奔，起跳，斯巴达人一样大吼一声。

球又被不买账的筐弹起来，划出一道弧线，落在我们观众的脚边。

他愤怒地又尝试了几次，尽数失败。路边人都没有嘲笑他，在当时的我们眼里，一百六十厘米尝试在大庭广众之下扣篮是个了不起的壮举。事实上他也非常接近那个目标了，就差一点儿。也是由于那一点儿让袁耀不服气，如果差得挺多的也就罢了。一百七十九厘米和一百八十厘米的差距，完全是两个不同的概念。

不过那时我很难理解，为什么男生总是热衷于将球扣进篮子里，或者是踢进网里，或者是一巴掌拍在别人脸上……总之越是难的事情他们越是乐此不疲。

袁耀扣不进硬要扣，整个人有些脱力，双手摁在膝盖上大口喘息，头发上已经开始发光。

篮筐被他撞得歪歪斜斜，歪着脖子一副随时可能坠落的样子。

场面一时间有些紧张。

留下不是，离开也不太好。倒是有几个高年级开始笑话他，什么兰江小土豆，弄坏了要赔的，你弄坏了让别的人怎么打球？

最后袁耀做了一件让我们所有人想不到的事情。

他直接跳起来，双手抓住筐，野人发狂一般晃来晃去，硬是将篮筐给扯了下来。他把篮球篮筐都放进书包里带回家。

这件事导致他被学校处分，并且让他交出篮筐。

袁耀说没了，砸烂了，为此他赔了一笔钱。

于是大家就知道，袁耀是个暴脾气。不仅如此，几天后，那两个篮球场剩余的三个篮筐都被人给拽了下来，弄得所有人都傻了。毫无疑问大家都认定是袁耀干的，只有他有那么大仇，也才干得出来这种事。对此袁耀不屑解释，学校也奇怪地保持沉默，有人传言袁耀家世显赫，所以校长都得注意点，不敢过分招惹。

九中拽筐男袁耀的名字就这么开始被很多人知道。

"上车啊。"

他戴上头盔，将另一个头盔递给我。

我不好拒绝，可是我手里还揽着纸口袋，里面有香蕉、西兰花、西红柿和一块猪排，抱着这些东西坐在雅马哈后座上太傻了。

最后我还是上车了，能够碰到中学时的同学实在难得，下一次见面也不知道是什么时候。

他开得很慢。我稍微放心了一点儿。

不过这就让同样戴着头盔的我和他更傻了……

我提议："不如取下头盔？"

头盔里面的防护层太厚了，贴在脸上和头发上怪难受的。

他说："安全第一啊。"

我给他气得没半点办法，心里安慰着自己，戴头盔也是好的。这样一来，我这副抱着蔬菜水果的模样就不会被熟人看到，遇到糗事先遮脸总是好的。

袁耀突然问："你不骑车了吗？"

2

读书时我有一辆电瓶车，白色壳子，黑色坐垫，后面有一个椭圆形小箱子，里面常常放着我的反光服，每次我都将它擦得干净锃亮。那时候兰江市第一条地铁都还在计划之中，公交车慢得要命。兰江市本来是几个区合并出来的新地级市，以前主城区这边规划很差，就像是一个新手削土豆皮，一刀一刀连皮带肉一起割，划得支离破碎。

后来哪怕建市也是有很大影响的，只是兰江市地理位置比较有优势，所以才得到了机会。我家住在新城区，从主城区那边过去是非常远的，公交车特别喜欢绕来绕去，抵达我家至少要花五十分钟，实在让人等得难受。

更关键的是放学时基本上是不可能有任何座位留下的，学校是倒数第三个站，很多学生为了座位甚至跑到前面一站等候，我是没这个工夫。如此一来，像我这样就得站在拥挤的公交车上，享受被人撞来撞去，里面人吵来吵去闹个不停的时光近一个小时。我让妈妈把她的电瓶车给我用，那时候对牌照和驾驶者的验证还不严格，我练了两天就直接上路了。

为了安全，家里还给我弄了一件夜行风衣，上面有荧光条，套在身上感觉就变成了一个警察叔叔。

骑电瓶车其实也有很多不便。比如说你得准备一项帽子，这顶帽子能够保证你的头发每天不给吹得乱糟糟的，不然长久下去，发际线会越来越往后。再一个膝盖得上护膝，这个不是用来防摔的，而是防风。每天被风吹膝盖对身体有很大影响，我记得清楚。膝盖上面的毛细血管很少，膝关节主要是韧带和骨头，肌肉脂肪层很少，所以毛细血管没有其他部位丰富，血液供给的量就偏少一点儿，天一冷，膝盖就最明显，摸一摸就清楚了。膝盖一般都是凉凉的。

除此之外上车前要在脸上手上擦乳液，不然皮肤被风吹着吹着就越来越干燥，为此我还戴了口罩。

嗯，我每次出门都比较繁琐。

抚平刘海，戴上压低的棒球帽，黑色口罩，护膝，晚上还得穿上荧光服……也算是装备齐全。

不过也正是这个原因，那时候总是听到有人骑车出事，我就连人都没有撞到过一次，安全第一。

有天晚上，我骑着车正慢悠悠回家。

那时候是初夏，还不是特别热，晚上的凉风能够迅速吸干体表的汗水，保持身体凉爽。路过拐角处我看到有一群男生在揍人。之前说了，兰江市本来就是合并出来的，所以某种程度上大家都算是第一批原住民，互相之间摩擦比较频繁。

打架是日常。

我们兰江女子虽然从小也被教育说不能去凑热闹，看到人斗殴要避开，奈何民风彪悍，大家心情好还是喜欢看，本质上来讲，看男生打架和斗牛斗鸡一个样子。

我一眼就认出那几个是隔壁铁道中学的，因为他们的人特别非主流，清一色喜欢长头发，必须遮住额头的那种。他们跳起来踢人，挥动拳头，刘海飞舞，看起来很有舞台效果。而且他们已经习惯了一个下意识动作，停下时，偏偏头，甩甩刘海。看得我每次都忍不住笑。

看着他们一边甩头一边揍人，我放慢了速度。

他们动作很快，打完就跑，跑的时候是近乎逃的，一个个动作矫健，迈开腿像是被猎人追捕的鹿，不愧是铁道中学的人。

被揍的人背靠墙坐着，他在地上找着什么。

我定睛一看，是袁耀。

他也认出了我。

"江澜，帮我个忙。"

我是真不想帮。

可是看了看周围，又没有其他同学。

"帮我找一找我的隐形眼镜。"他熟练地从兜里摸出卫生纸擦拭鼻子上的血迹，一双眼睛里面全是茫然。

我打开车灯，和他一起在地上瞎摸了好一阵，总算找到了两块软软的胶片。

他一脸如释重负："谢谢你啊。"

我和他聊了聊，得知他就住在我家斜对面的一个地方。顿时我知道，他家里和我一样是从其他地方迁徙过来成为原住民的。

这时候最后一趟接学生的公车已经走了很久了，我只能够顺路送他回家。

不过为了照顾他男性自尊心，我还是问："你骑车载我好了。"

"我不会。"

袁耀哈哈一笑。

"我不会骑车，自行车和电瓶车都不会。车子会坏啊，像你这个，突然没电了就没法了。"

我不知道有什么好骄傲的。

于是我让他坐在后座上，不过我又怕他搂我腰，所以我想了个点子，让他和我背对。这样我们就背对背，我握着车把手，他抱着我的小箱子。

夜风变慢。

路上，我终于忍不住问了一直想要知道的事情："你为什么要把筐扯下来？"

他说道："看着不爽。"

毫无疑问，恼羞成怒，大发雷霆啊。

然后换他问："你爸妈一定很高吧？"

我摇头。这个很多人都想错了，常理来说，一般父母高子女不会矮，可我家父母都不高。

"我懂了。基因变异。"

他说。

这个词让我很不爽，我停下车："下车。"

袁耀老老实实下车。

后视镜上，他离我越来越远，站在原地，有些可怜。想到从这里回家他走都要走一个多小时，我又折返到他那里："算了，不和你一般见识。"

他高高兴兴坐上来，这回换成了放肆的和我同向的姿势。

不过看到他双手插在兜里，我也就忍了。

"你为什么要穿成这样？好多人都觉得奇怪。"

"安全第一。"

我估计他也不会懂。

3

袁耀也骑车上路了。

这天他骑着自己的车跟上来："一起回去吧？"

我头皮一阵发麻。

没想到他顺杆子往上爬，我有心要拒绝，可是没找到一个有力的借口。叹了口气，只好默认了。

不到两分钟，袁耀骑着车突然撞进了一个烧烤摊，吓我一跳。

他却顺势下了车，将车子停好，一脸淡定地对老板说："两串腰子，老板。"

老板一脸怀疑，不过还是做了生意。

完毕之后他递了一串给我，我摇摇头："胆固醇高，我不吃。"

其实我这个人挺挑食的，烧烤里面我只吃藕片和豆腐皮。

他若无其事地吃光，然后又上了车。

开头由于骑得快还看不出来，后来慢下来我总算发现了，他还真的不会骑车。看他绷紧的脸，还有紧张得几乎要捏断车把手的模样，我几乎要笑出声来。那场面就像是一个新兵紧张得握住自己的步枪，生怕一不小心走火，又怕自己打错了目标，眼睛又想看目标，又想看自己的装备，不断陷入选择难题和肌肉紧张。没过一会儿他竟然骑得一头大汗。

我只好提醒："你注意平衡就可以了。"

他虚弱地说："我难受。"

看他大口喘气脸色发白的模样我才意识到，是他身体出现了问题。

怎么可能？我脑子里还停留在那个愤怒地挂掉篮筐的男孩儿印象上，这么暴烈的人也会生病？

我当机立断，让他坐在我后座上，本来想将那辆车停在路边，等会儿再回来取。

袁耀却不干。于是他再次坐在我的后座上，双手紧紧抱住他的车。

我很怕他一不小心撑不住将车子丢下去砸到人什么的，于是一路骑得飞快。

挂号，送去急诊，然后我用他的手机给他家里打了电话，又给自己家讲了一下情况说我会迟一点儿回去。

医生说他是急性阑尾炎，需要手术。他家父母赶到，和我说了很多感谢的话，我这才匆匆离开。

一周后，他到学校上学。

他看起来和平时没有什么不同，只是安静了很多，我想应该是在恢复期的缘故。

为了感谢救命之恩，他送了我一个礼物。一套李小龙的纪录片 VCD。

是要告诉我瘦小子也有很猛的？还是要我学截拳道？

不过有这份心就不错了。

那几天他都赖着我的车子，看到他是病人的份上，我也不好意思拒绝。接触之后我才发现，袁耀这个人相当飘。

怎么说呢，我认识的男孩子里面一个个脑子里应该都是两种东西，漂亮姑娘，玩儿，别的都叫烦烦烦，基本上处于一个生理强于心理的状态。不过从某种程度上来讲也算是踏实，真实。

袁耀说着很天真的话："我想要骑车到处去旅行，靠这个生活。"

我很怀疑。

他这样才学会骑车的人就开始 YY，我可不是被人说一说美好的东西就会佩服人继而晕头转向的傻姑娘，我们兰江不盛产这种类型的女人。

我妈就和我聊过："江澜啊，你要找什么样的男孩儿呢？"

我回答："善良的，聪明的。"

她说："关键是要对你好啊。"

我心想，对我再好如果只是一个废柴有用吗？只会喜欢你能当饭吃吗？

很小很小的时候我当然也做过白马王子的梦，有一天有个开白色兰博基尼的金城武过来，对我说，就是你了，I want you。稍微大一点儿我就发现这不怎么可能。首先兰江里面开好车的我见过的大多数都是大叔，喜欢白车的人更少，因为兰江的烟尘总是很容易弄脏白色的东西，而金城武连电影都演得越来越少。兰江市就是一大碗热烘烘的芝麻糊，稍微待久一点儿，你自己就熟了，黑了。

我妈对我的想法很不理解，那你要求也太高了。

我震惊了，难道说善良和聪明比起对自己好要求更高？后来我读大学了才发现，还真是这样。任何男人都有可能因为荷尔蒙对你好，可是善良和聪明一直在不断被一些东西侵蚀，要想看到他们同时存在的样子很不容易的。

于是当时我只能把要求弄得低一点儿，说，那就踏实一点儿的吧。

所以袁耀一直不是我心目中理想男性的类型。

他却信誓旦旦说："真的，江澜，我要靠旅行为生。"

我说："好吧，你去考导游。"

他立刻说："不不不，我不是这个意思，我的意思是……"

他的意思是什么呢？

我大概懂，可是我不信。

4

江澜又考第一了。

我一点儿也不开心，不是矫情，我们九中一直不算是什么好学校，哪怕考个第一也不能说稳进重点大学。

在大多数是玩来玩去的学生中，我这样一个目标清晰，想要上传媒大学的人就显得异类，而且扎眼。

大家就给我取了一个江才女的外号，不过喊着喊着就变成了酱菜女。还有人说，我每顿都必定吃酱菜，早晨酱菜拌饭，中午酱菜汤，晚上酱菜沙拉，是一个酱菜狂，包里随时放着一包酱菜。

我被这个说法也弄得一时无语。

整蛊好歹也犀利一点儿嘛。

没想到袁耀竟然当真，他请我吃酱菜。

我翻了个白眼："你有病啊。"

"原来是假的。"

他一脸醒悟："可是为什么你不否认？"

"否认有用吗？"

我反问："就像你只是拿走了一个筐，剩下三个筐都不见了。不都说是你干的吗？你解释吗？"

他点点头，有些吃惊："你怎么知道不是我？"

"还用说吗？学校干的。"

众所周知，我们九中看重的只有两件事，一是不要在学校里面发生安全事故，二是老天爷保佑高考时多几个考上大学的，只要是大学，野鸡大学也没问题。这也是平庸学校的死穴，没办法。其中安全比起高考更重要，如果学校发生了喋血案，外界一报道校长任期基本上就到头了。在兰江市，想要学生不打架实在困难。那么退而求其次吧，出校门再打。

就我看到的来说，在体育竞技运动时打架是最多的，因为打篮球身体推搡，因为踢球时一个刚猛铲球引发一场斗殴再正常不过。避免的方法也不难，从根源上掐断，比如说，将篮球场的筐全部拆掉。

从袁耀带筐回家到现在已经近一个月，篮球场四个篮板都空荡荡的，学校对此表示并没有异常，也没有重新安装。

谁是始作俑者不是一目了然吗？

掐掉因荷尔蒙引起的激烈运动，让他们花点时间在学习或者睡觉上，多好。

听了我的分析，袁耀一脸佩服："你真聪明。"

我也知道啊。

所以一个聪明人，希望她喜欢的是另一个聪明人，不算过分吧。

袁耀这个很飘一方面是在理想过于非现实，更多的是体现在他的话题上。

"江澜你也长青春痘啊。"

我随口回道："你还不是一样。"

我看了看他。他脸上干干净净，光洁，没有痣，没有痦子，我甚至没看到青春痘存在过的痕迹。

憋了半天我只好说："最近压力太大。"

他这样无忧无虑的人是不会长青春痘的，每一颗青春痘都代表了一处沉甸甸的包袱。

"送你。"

他摸出一瓶洁面霜。

我看了看，上面写着POND'S White Beauty。旁氏米粹，我到现在还在用这个牌子。

拿着男孩儿送的面霜，我有些腻歪："你怎么一天研究这个？"

袁耀耸耸肩："我姐姐就是搞化妆品的啊，前些天听到我做手术回来，带了一大包。我就拿了一些随便用用，反正男女都可以。"

蹩脚的谎言我当然听得出来。

我没拆穿，只是理所当然放进包里："反正你也用不上。"

他说"对"。

5

有天正上着课，老师突然说："袁耀你站起来。"

他站起来，平视前方。

老师怒道："把东西拿出来。"

袁耀将一本小说从课本里面翻出来。

"不是那个！"

老师更愤怒了。

袁耀有些不情愿地把拳头打开，里面竟然有一只雏鸟儿。

大家都无语了。

老师脸黑下来："让你上学，不是让你逗鸟，等你退休了随便你去遛鸟，没人管你。把鸟放了。"

袁耀叹了口气，走到窗户旁边，拍了拍鸟儿，突然手一摊开，鸟儿不见了。

老师冷冷道："站到外面去玩你的魔术。"

我不知道其他学校的老师怎么样，九中老师们容忍度相当大，不大不行。之前说过了，九中哪怕在兰江也不是好学校，很多人是根本对上学没兴趣。读书是被迫的，哪怕以后考上大学也是被迫。听起来有些荒唐，可事实就这样。那时候就业啊、生活压力啊什么的，我们根本就没想那么多，考虑的就是一件事，痛不痛快。

课堂继续，我抽空看了看窗外。

袁耀竟然在外面看书，看的还正是我们这堂课讲解的资料。这不是给老师找不痛快吗？

他自己解释："教室里太困了，我得找点事做才不会睡着。到外面反而觉得之前做的事比较无聊，看书更有意义，还是外面好。"

哗众取宠。

不过我赞同他后面半句话，还是外面好，这应该是真心的。

学校里面的袁耀很难找到一些值得称道的，成绩不好，性格又常常莫名暴躁，和人说着说着就争执起来。他又非常消极。比如说老师常常说，你们就学学袁耀，你不学，你就睡觉，别打扰别人好吧。把篮筐打包回家后，他对于体育也兴趣不大了，体育课常常看不见他的影子，其实是偷偷溜出去骑车玩儿了。可一旦出了学校他整个人就不一样，从头到脚，从眼神到说话的语气都柔和不少。

"我也不知道为什么，"他整个人也有些迷惘，"反正不喜欢框框条条，太闷了里面。外面好，自由。"

袁耀长高了，高二这一年他长了差不多十厘米，这下身高总算正常起来。眉眼也长开，清秀起来，加上一副天生冷脸，终于有女生在背地里将他作为异性的身份讨论，青睐者还有不少。

他越来越野，常常和一些社会人士混迹在一起，看到我会朝我打招呼，想要过来和我说话。这时候一般我都假装有急事闪过，避免和他相交过多。

潜意识里我还是比较不愿意和三教九流的人物混在一起，在学校里我宁可不交什么朋友，也不愿意被那群没意思的人影响。

我承认我很孤独。

不过谁又不孤独呢？每天你和你的朋友一起聊天，以为这种热闹和安全的时候永远不会过去，可是饭馆会关门，咖啡厅会打烊，就连公交、地铁也有最后一班车。

每个人来到这个世界上都是孤独一人，睁开眼，看到两个大人欢迎你，然后一点点长大，年龄的差距让你们永远无法理解彼此，他们觉得你傻和单纯，你觉得他们市侩和唠叨。年纪大一点儿，你觉得你才是过的正常的现代生活，他们不会玩社交网络，教他们抢红包，看到他们高兴的样子又会觉得他们有点可怜。浪潮就是这样，它在每一代人身体里涌动，吸干他们的疯狂和精力，然后遗弃，涌向下一波人群。

由于家庭的产生，再好的朋友也必须以家庭为主，你也不愿意过分占用别人的世界，再次回到了一个人的状态。接着你不结婚，有个伴侣或者一条狗和一只猫，你认为自己高贵且独特，因为必须高贵独特。慢慢度过自己的高质量生活，你永远是一个人，因为成年人不相信承诺，他只会相信看得到的东西。或者你结婚，和一个爱人有了家庭，你们有各自想法，因此分歧一直在。死掉的时候，你松了口气，他还好不知道你有一个情人。他呢，说不定也是松了口气，可能他并不爱你，只是需要一个一起生活的人……

我给自己找了很多理由，好让自己的孤独没有那么惨兮兮的。

"送给你。"

袁耀又送给了我一个礼物。

此时的他和之前的样子已经完全不同，以前我会刻意模糊他的性别，现在却已经不行。他是一个很漂亮的男孩儿，审美上我不瞎。

我说"不要"。

他很奇怪："为什么不要啊？礼物都不要。"

我也不知道该怎么解释。总觉得现在接受礼物，和以前拿到他的面霜是两回事，代表了不同的意义。

袁耀看到我是真心不想要，赶紧解释："我姐上次去日本买的纪念品，没什么的。就是一把日式折扇。"

见我不相信，他赶紧将那个长条状包装盒拆开，从里面小心翼翼摸出一把纸扇。

这是一把红色扇子，十二根骨架，扇面采用的是渐变红色，上头还有黑色樱花，右下角还有印章，看起来很精致。黑色扇骨不知道是什么木材的，光滑细腻，打开和折叠都很顺滑，拿在手里相当舒服。在盒子里还有一团红绳，似乎是可以系在上面的。

我发现东西昂贵，更不敢拿。

他收起扇子很生气地骑车走了。

第二天我还是在自己的抽屉里发现了樱花扇。

6

袁耀让我帮他鉴定女朋友。

他长高变帅后有女朋友其实是理所当然的事情，我当即答应了。

同时心里也稍微松了口气，不知为什么。

他的女友宁夏是铁道中学女生，此前我并不认识这个人。让我吃惊的是袁耀和铁道中学纠缠如此之深，和他们打架，谈恋爱。

宁夏看起来乖巧可人，主动搂住他的胳膊，还给他喂冰激凌，秀恩爱让我鸡皮疙瘩都起来了。

袁耀找了个借口说去买点东西，让我们先坐着聊天。

宁夏看向我，笑容里带着一种尖锐："听说你们关系不错，袁耀说你救过他。"

这种正室自居的态度有些可笑。

我说只是意外。

"你没有男朋友吗？"

我摇头。

她轻轻一笑："看来你不懂。"

然后她没有说到底不懂的东西是什么，换了一个话题："我听说过你，在九中也算鼎鼎大名了，成绩很好啊。是不是已经想好了考什么大学，读研究生，或者出国深造？"

我哪想那么远，只是读书本就是为了自己活得更轻松一点儿。

在学校里我已经感受到了，比如说江澜上课不想听了就睡觉，下课老师还会关心说，"别太拼了，身体健康最重要"，让人哭笑不得。换作袁耀就是——你们就学学袁耀，你不学，你就睡觉，别打扰别人好吧。

成绩好的人做很多事都是对的，总是会得到更多宽容。

我含糊了一声转话题："你们是怎么认识的？"

"你不知道吗？"

宁夏眉毛一挑："他跑到我们学校来把篮筐扣坏了，打了一架，也算出了名。后来被我们学校的人追打了一顿。"

原来是这样，他还没有放弃扣篮的想法。

她继续说着："被打了之后他又来了，莫名其妙和那群男生成了朋友，也算是世事难料。"

笑了笑，宁夏用食指在奶茶杯边沿画着圈："我喜欢有胆色的。"

我提了一个问题："他扣篮成功了吗？"

宁夏愣了愣，显然是没有想到我在意的是这件事，想了想说："扣成了几次，还拉伤了手。"

我心里松了口气。

接下来是我鉴定环节，我虽然从来没有做过这种事情，不过我聪明啊。

"你们认识多久了？"

"才一周啊。以后有什么打算吗？"

"也是……我听说铁道中学里面帅哥不少啊，为什么不考虑自己学校的，异地恋很辛苦的。"

"你的耳环很漂亮啊，在哪买的？"

只问了四个问题我就已经基本确定了。

宁夏完全是跟着感觉走的，倒也和袁耀很配，俩人都是随性感性的人。现在想起来当时过于自负，以为仅仅靠几句话就能够知道一个人是什么样的。直到现在，我都不断有新发现，周围的朋友们隔一段似乎又变成了另一个样子。

总之那时候我以为凭借自己的聪明，可以洞察和避开一切。

没隔多久宁夏就和袁耀告吹，理由似乎是宁夏让袁耀烫头发，他不干。

"你累不累啊，什么事情都要解析一番。"

袁耀看着我就像看着一个怪物。

我冷静地说："这叫学以致用。"

数学逻辑不就是教我们这些东西的吗？

高三的时候袁耀换了摩托车骑，这让他变成了一个风一样的男子，和我慢吞吞的电瓶车已经不是一个节奏。

他还是喜欢跟着我结伴回家。

直到高考前一个月，他还是老样子，每天过得优哉游哉，和我们这样埋头苦读的人完全不同。这种时刻哪怕平时佯装不在乎的人也都慌了，一个个被迫跟上竞争的节奏，对于迫在眉睫的未来惴惴不安。

我问他以后有什么打算。

袁耀想了想，摇头："没有。不过我已经决定了，毕业后骑车到处去逛一逛。"

我忍不住说："你父母怎么想？"

"他们肯定不同意啊。"

袁耀少有地露出有些难过的神色："不过没办法。"

"这样是不是太自私了一点儿？你有没有想过，你这样飘着，二十几岁最好的年纪不去读大学，不去做一点儿踏踏实实的事情，就这么随心所欲，以后怎么办？"我突然有些生气："你要靠父母养活一辈子吗？你真以为穷游很好玩吗？"

他看到气势汹汹的我有些意外，稍微皱眉："我是在踏踏实实啊，有人选择读大学，我目前对大学没有兴趣，我想要去骑车到处看一看，看看外面真实的样子。这样很飘吗？"

我一时语塞。

"那你怎么养活自己？"

"就靠旅行啊。"

他笑着说。

那时候我以为是借口。

直到几年后我才知道，国内还有专门的陪玩业务，待遇还不错，简单来说就是陪伴外地人或者外国人，一天或者几天带他们到城市真正有趣的地方去看，看到这个城市的人真正享受所在。袁耀为此还专门重新学了英文、日语，变成了从业者之一。他认真地完成了他的计划。

<h1 style="text-align:center">7</h1>

毕业时班上组织去毕业旅行，我觉得在家看看书更好就没去。

不过毕业散伙饭就得去了。

大学时很多朋友都说自己多么怀念高中生活，说高中散伙饭都哭了，我没有太强烈的感情。兰江九中里我每天的生活相当机械，不过并没有觉得枯燥。思考对我而言是很有趣的事情，哪怕一点点儿的事情我都喜欢去想，到底是怎么回事，其中到底有没有内在的矛盾。我是一个正儿八经的理科女，不浪漫，不可爱，打扮也是大学时才慢慢学会的。

散伙饭班上四十个人都来了，吃的是麻辣香锅。饭桌上上演了不少好戏，表白，摒弃前嫌，自我坦白做了对不起人的事情……我默默吃着东西。

到了喝酒环节，我说我不能喝。

几个男生就起哄，说："江才女又在矜持了，最后一顿了，喝一点儿不行吗？"

我摇头。

这回换了女生来劝，换了一个又一个，我还是不愿意。

这时候突然有人摔了个酒瓶。

一个眼睛红红的男生堵在我的旁边，一杯啤酒放在我面前："这杯喝了，以前的不愉快就算了。江澜，给大家一个面子。"

我讨厌被强迫。

所以继续拒绝，我想要离开，这样的环境让我心里不舒服。

他突然一把搂住我的肩膀，力气很大："江才女，你平时玩清高已经够了，今天让你喝一杯就那么难？金口难开？别给脸不要脸！"

他喷出的酒气伴随着一阵恶臭，熏得我想吐。

我看了看周围，男男女女都看着我，一副看好戏的样子。

我端起杯子，却被一只手夺了过去。

袁耀一口喝干："我陪你喝。"

那男生一把把他推开，又摔了一个酒瓶："不关你的事，滚开点。"

袁耀冷冷看着他："借酒装疯？有不痛快冲我来。"

他们俩立刻扭打成一团，我慌慌张张地想要拉开他们，却被人拦住。

他们笑嘻嘻说："让他们打一架也好，毕业不打架，不符合我们这里的传统。"

去他妈的传统，我永远不要再回兰江。

离开时我发现我的电瓶车被人给砸了，明明车子就放在饭馆后面。我问保安，保安说，是我那几个朋友说的，我不要了，他们帮我处理了。

看着一地残骸，仿佛内脏一样被拖出来的车灯，今天的委屈突然尽数涌上心头。

我忍住眼泪。

"上车啊。"

身后有人喊。

是袁耀。

他嘴角和额头都贴了创可贴，左眼下面还有一点儿淤青，整个人却没有一点儿颓丧。他的眼睛在夜灯下闪闪发光，看得我有些不敢看。

"不用这样的，你抱着我也可以。"

我拒绝了，我还是选择了车上背对他，背靠背的样子。也许只有我们俩会这么坐。

他轻轻笑了一声，轰开引擎。

风从两旁刮过，将内心的焦热缓解了不少。我将发带解开，让头发往自己前面飘动，看着不断被自己抛下的商店，街道两旁的行人，路灯，心里前所未有的宁静。兰江，我不想再回来了。

他突然说："江澜，你知道的，我……"

"别说话。"

我打断他："别说话。"

他沉默了。

我是理科女，但理科女不意味着缺乏情商。他想的我都明白，他做的我也知道。送扇子给异性是表示爱慕用的，这是一种相当传统的做法了。他每天赖着和我一起，还学会了不会的自行车、摩托车。我甚至有很大把握，那叫宁夏的女孩儿是他刻意找来的。道理我都懂，可是我做不到。

我对未来充满惶恐不安，我对自己毫无信心，我对他捉摸不透。拼命学习的人其实都是脆弱的，他们输不起，畏惧失败和从头再来。

想要不失望，就不要抱有期待。

安全第一。

我要找的男生是善良的，聪明的，踏实的。不是这样飘荡的，随性的，捉摸不定的。我喜欢符合逻辑的，喜欢严密的定理，它们从来不会背叛使用者，人会。

我宁可袁耀永远不要和我表白，永远不要成为我的男朋友，这样，至少他会记住我，我会记住他最好的样子。

路好长，他的背很可靠，我依旧不能相信。

8

骑了一阵，袁耀突然停下车，一把抓住我的一只手放在他腰部："就这一会儿，就这一段路，抱着吧。"

他的声线无比温柔。

我忍住内心冲动，硬起心肠："我可不是小姑娘了，收起你那套，别说话，好好骑车。"

"慢一点儿……安全第一。"

每个女孩子也许梦中都曾出现白马骑士，或是王子，或是浪客，或是诗人。他不是，他是暗夜骑士，他有一匹燃烧的马，他永远在路上，他亦正亦邪。

他不是理想恋人。

可我很庆幸，黯淡的青春被这样一个黑暗骑士保护着。

病人

1

放学时太阳已经变红，热度稍微降落一点儿，开始用焖的形式将人身上烤出来的汗水一点点烘干，留下洗衣粉一样的汗渍。这是回家的颜色，也是容易胡思乱想的季节。

好友大方骑车停下，问何曳霄："去吃冰啊。"

何曳霄摇摇头："不想吃，最近有点拉肚子。"

"假的吧……你小子最近老是有事，看上学校里的谁了？"

大方一脸怀疑。

"我喜欢乔丹·卡佛那种类型。"

何曳霄无奈道。

大方点点头："那倒是，我们学校里哪有那种身材。回了。注意身体啊年轻人。"

最后一句话时大方露出男生都懂的贱贱笑容。

"滚。"

何曳霄骂了一声。

看到大方离去之后他迅速朝着前方走去。走动带来的风依旧是湿热的，让何曳霄额头、手臂、腿上都是黏糊糊的感觉，只想跳进冰桶里爽个痛快。前面那道熟悉影子让他悄悄停下步子，脚下放缓，隔着七八米远远跟随。

那是一个身着短袖白衬衣的女孩儿，中长发被一个蓝色发卡系成马尾，她穿了条米色七分裤，脚上是帆布鞋，背上是棕色小皮书包，纤细的四肢和身体看起来就像收起翅膀的某种鳞翅目昆虫。

何曳霄最近一直在关注她。

大家常说一见钟情，何曳霄是对她的背影产生好感。他自己也曾觉得奇怪。有人喜欢清秀面容，有的喜欢大长腿，有的喜欢锁骨，有喜欢巨乳，还有的喜欢好性格，自己怎么就这么没出息被背影迷上了？从背后角度看过去，一个人的时候其实是很真实的样子，没有拿捏姿态，恢复成自己本来的样子。何曳霄觉得她很顺眼，看着很舒服。

每次何曳霄都看到她一个人孤独地走在回家的路上，她自己习以为常，非常轻松自如的样子。他猜，她一定是一个有些特立独行的人，不像其他女孩儿，去哪儿都是成群结队，搞得像是春运上车一样。光是这份独自一人的坦然就让何曳霄另眼相看。

听够了学校里女生们不断说这说那，看到一个沉静得不像这个时代的女孩儿，何曳霄很难不被她吸引。

最好玩的是她会自己边走边玩游戏。

街道两旁林荫道上的路面是一格一格画好的，她趁人不注意时会走格子，走错就会非常懊恼地停下来，似乎是反思自己错误在哪儿。她还喜欢丢垃圾箱玩投篮。由于是夏季，不少人手里都拿着饮料、矿泉水，喝完之后还是有人会图省事偷偷丢入绿化带里面。她会从里面找出来，然后开始练习远投，有次反弹正中一个壮汉的膝盖，吓得她赶紧转过来，装作没事人般朝着反方向走去，嘴里还哼着歌掩饰。

正是这次俩人相对，何曳霄看到了她的样子。

说不上多漂亮，不过和他脑子里的设想竟然出奇一致，秀气的五官，眼睛里带灵巧，平静下有一种不安分和跃跃欲试。

以前何曳霄总是不太敢去看她的正面，害怕看到一张和背影完全不同的脸，这次让他心里踏实下来。

表里如一，太好了。

今天的她依旧独自走在热风中，不过戴了张黑色口罩。何曳霄寻思着是不是生病了，热伤风什么的？

大概是身体不舒服的缘故，她没有如往常那般活泼，中途一直很沉默。

连带着何曳霄心情也低落下来。

前面她突然停下脚步，原来是在旁边有一只虎斑猫在蹭她，应该是在求食物之类。猫脖子上没有项圈，身上毛发也有些乱糟糟的，是流浪野猫。

她蹲下来，用手指摸了摸野猫，然后翻开书包从里面拿出一截香肠，剥开给它吃。

她似乎在和猫对话。

何曳霄装作在旁边系鞋带，竖起耳朵听。

"只能吃一半，里面盐分太重，对你身体不好的。"

"喵喵。"

"听话啊。"

"喵喵喵。"

野猫自然是充满野性，求食物时装可爱温顺，护食时则是凶猛异常，直接在她手腕上挠了一抓，她没有喊痛，只是收回手。野猫叼着香肠就一路飞奔逃窜而去。对猫来说给它后就是它的，谁也别想动它的口粮。何曳霄心里倒是为野猫叫好，在街头生活有上顿没下顿，哪还顾得上什么营养均衡。赵云不是喊过吗？能进能退乃真正法器。

过界的善意反而会让人觉得反感。

这一小插曲之后，口罩姑娘就安安静静走完了剩下的路，进入他们小区。

何曳霄也到了折返回家的时候。他家距离学校很近，十分钟路程，加上现在用过的二十分钟，半个小时也没问题。回去就说多看了一会儿书。

2

每次跟随完之后，何曳霄就会陷入深深的自悔中。

无论怎么说，这样的做法也太怪异了一点儿，而且如果被人知道还不晓得会被怎么说，变态，神经病，痴汉都有可能。常常他跟随完后就下定决心不再干这种掉价、容易引起误会的事情，不过隔两天他又会忍不住去看她走路的样子，然后又会觉得有意思……

跟随也会上瘾，前提是你对那个人有好感。

反反复复，何曳霄终于痛下决心，跟随自己内心去走。大胆去跟随！常言道："青春不能有遗憾，对吧？"

口罩姑娘从学校到家会穿过三条主干道，一条横跨在小区间的小路，二十分钟路程。她是几班的何曳霄不知道，她叫什么名字他也不知道，他并没有想过和她产生什么进一步的交集——多尴尬啊，也许以后可以考虑。

夏天不是一个能够理智思考的季节，火辣的太阳，灼人的无处不在的气流，还有几乎在热气下扭曲的街道。

男生可以短袖短裤，女生不行，按照学校要求甚至短裙都不被允许，更别说什么吊带超短裙了，所以穿得更严实的女生消暑特别重要，要么剪短头发要么随时准备着酸梅汤之类饮品和湿纸巾。

口罩姑娘依旧戴着口罩，这让人费解。

何曳霄看着都觉得闷。

他正在想着其中原因，身后突然一个高速行驶物体擦着自己肩膀停下。

穿黑色背心，将衬衫系在腰间的大方哈了一声："你小子果然在尾行！"

"尾行个屁！"

何曳霄气急败坏，尾行是这个意思吗！

"害羞什么，大大方方，连尾行都不敢承认，还敢说喜欢人家。"

损友一脸正气说着。

何曳霄只想一脚将他踹回学校："我只是顺路，我跟踪谁了？"

大方轻蔑地哼了一声，指了指前面。

"夜宵，你真该照照镜子，你这样子太业余了，直愣愣跟着后头。要不是她迟钝，早就发现你了。或许人家早就发现了，现在已经在考虑要不要报警……"

"滚蛋。"

嘴上颇有气势地骂着，何曳霄心里很虚。

据他所知女孩子有一种特殊感应能力，谁一直在注视着自己会立刻发现。自己这么不专业的跟随方式，前面那个口罩姑娘不可能没有发现，是不是真的把自己当成什么恶心人提防，所以才戴上口罩，不再玩之前那些活泼游戏了……越想何曳霄越是觉得有道理，不禁惊起一身冷汗。

警察，学校通报，马赛克打在自己脸上，脑子里不断闪出各种画面，令何曳霄压力越来越大。

"夜宵啊，你也不用紧张啊。那只是其中一种情况，还有一种是人家对你也有好感，所以和你玩暧昧呢。据本人恋爱经验谈，如果女生没有拒绝一般都是有机会的意思。总不能别人停下来，走到你身边，然后开始对你搭讪？"

大方侃侃而谈："不耽误你的正事了。不要感谢我，做好事我从不图回报。"

他骑着车子，脱缰野狗一样快速驶向地平线。

被他一闹，何曳霄心里反而舒坦了一些，仿佛是一个秘密终于有了另一个分担者，至少这种行为并不那么可耻了。

回头口罩姑娘已经不见。

何曳霄一阵找，最后在一处花园小径里面看到了她。她蹲着在和什么人说着话，兴许又是猫猫狗狗。凑过去一看何曳霄看到那是个头发乱糟糟的人，背着标志性的发白帆布包，正坐在地上，激动地和口罩姑娘说着什么。

贾疯子。

他一眼就认出来，心里不免打鼓。

贾疯子常年穿一件不知真假的 LV 短袖衫，头发长得披在肩头，脸上身上脏兮兮的，背一个破旧的帆布包，脚上一双登山鞋。他游荡在城市的每一个角落里，可以出现在任何地方。他常常一不留神就上了公交，然后就得不断劝告让他下车回家吃饭，没谁敢斥责他。他也会出现在地铁口，哪怕平常凶横的卖假手机的和卖票的看到他都会让给他位置，不敢正面和他争锋。他偶尔在公共篮球场打断其他人打球，把球抱走或者一个人在球场上躺着，这些血气方刚的汉子只能忍气吞声。

大家并不怕疯子，只是怕他。

很多人都说贾疯子不是真疯，他犯了事杀了人，一下子就疯了，被抓后医院鉴定说他犯事时精神不正常，所以不用承担刑事责任，然后他就大摇大摆回家了。大家对这件事又怕又疑，谁又知道是不是真的，谁又敢以身犯险惹贾疯子？

何曳霄却因为父亲单位和公安交集很多的缘故知道内幕。贾疯子杀人是真。他妻子长期出轨导致这个人沉默寡言，十年前他在一个出租车公司上班，全年几乎都没休息日，日夜来回倒班，由于他人好说话，常常被同事要求帮忙，一天天下去他越来越压抑。有天，一个气盛的乘客和他发生了争执，对方打了他一顿，他一声不吭用刀捅了对方好几刀，下了车坐在地上哭。别人问他怎么了，之后发现他车上死了人。哪怕这种时候都没有人想到凶手是他，都认为他也是受害者之一。

后来他一直精神恍惚，甚至在法庭上，都由于精神状态异常无法说话。鉴定还原后，证实他就是凶手，由于医院方诊断他当时精神状态有问题，所以按照无行为能力人处理，不承担刑事责任。

凶器是一把锋利的匕首，不是什么水果刀工具刀之类的常用物品。那时候出租车还算相对安全，用不着这种管制刀具防身，唯一的解释就是他已经有了某种想法，想对出轨妻子或者那个男人下手，最后却没有控制住自己提前爆发了。

这件事自然不是什么好宣传的东西，各部门都在尽力淡化，避免恐慌蔓延。

贾疯子在精神病医院疗养了几年后被他母亲带回了家。

平常他母亲将他锁在家里，一般等到晚上人少的时候才会带着他出去走一走解闷。可最近不知怎么的，贾疯子竟然长期在外面流浪，他母亲也没有管他。

城市里有各种各样的怪人，贾疯子算是其中一种。

学校里对贾疯子传得玄乎，说他那包里有刀，所以流浪汉都不敢惹他。何曳霄对此不做评价，心里却好笑——流浪汉一般也就互相欺负一下，连半大的孩子都经常找他们麻烦，实在是一个弱势群体。

不过面对贾疯子，何曳霄心里压力极大。

他可是杀过人见过血的人。

疯子动手是没有任何理由可言的。

3

何曳霄听到口罩姑娘突然叫了一声，他赶紧走过去，恰好和疯狂逃走的贾疯子迎面交错而过。

"你怎么了？要报警吗？"

何曳霄下意识想到可能是疯子伤害了她。

口罩姑娘慢慢从地上站起来，拍了拍裤子，摇摇头："不用不用……谢谢你。"

她声音很小。

他注意到对方手臂上有指甲划过的痕迹，明显是贾疯子干的。

何曳霄却不知道该说什么话，怎么样讲比较得体。女孩儿很明显将那挠伤的胳膊往后藏，躲着他。

"小心他，他以前……杀过人。"

犹豫了一下，何曳霄还是如实相告。

"不会，不会吧？"

对方被吓了一跳，都有些口吃起来。

于是何曳霄将自己从老爸那里听来的消息简要地说了说。

口罩女孩眼里都是后怕："多谢你……"

突然她想起来什么一样说："我叫宝玉。"

宝玉？

这什么言情名字，还是《红楼梦》爱好者？或者是假名？

何曳霄被这个名字震惊了，愣了下也自报名号："我叫何曳霄。"

宝玉眼睛弯了弯："你的名字也好玩。"

"朋友都叫我夜宵，外号都简单了。"

宝玉哦了一声："我的名字是我奶奶取的。"

"取自《红楼梦》吗？"

"不……她听一个算命先生说的，"宝玉语气没有任何涟漪："好像是我命格里面缺东西，要靠玉来补齐。很怪吧？"

何曳霄灵机一动："是缺钱吗……"

宝玉没有笑，认真点点头。

俩人因为贾疯子的事情聊了一阵，最后何曳霄谎称说是就住在宝玉家斜对面居民区的一栋里面。目送宝玉离去，何曳霄心里只有说不出的激动。他本以为一辈子，不，至少读书时不会和对方产生任何现实意义上的交集，贾疯子却帮了一手。

何曳霄这才想起贾疯子是危险人物，自己当时竟然没有丝毫迟疑就过去帮忙了。

他又为自己的男子汉气概而自豪。

对于这个叫宝玉的女孩子，他心里想的东西更多了一点儿。

每隔两天，何曳霄都会假装和对方恰好遇见，然后结伴往回走。宝玉比较腼腆，基本上都是何曳霄主动"呱呱呱"青蛙一样说个不停，每次看到她笑都让何曳霄心里满足。每天到了要放学时何曳霄就会在内心演练和对方见面的样子，不能太刻意，又不能太没趣。

宝玉是几班的何曳霄一直没有问过。他个人是讨厌寻根问底的，对方又不是罪犯，又不是调查户口本和相亲。

可眼前的女孩儿哪怕走在身边，只有几厘米的距离，伸伸手就能够碰到，何曳霄还是发现她身上有很多秘密。

那个黑色口罩她一直没有摘下，面对何曳霄有一种保守的距离，她还吃一种小药丸，说是治疗过敏的。

对此大方给出了解释："年轻人，作为过来人，有必要给你提供一点儿人生经验，不要想起风就是雨……你注意到班上也有女的戴口罩了吗？"

他一说，何曳霄还真发现了两个。

"她是感冒，隔三岔五会咳嗽，你那个宝玉没有对吧？所以她并不是身体问题，而是……青春痘！"

大方单手猛拍课桌："原因一目了然，她脸上起了痘，所以遮住。女人遮住脸从来只有一个理由，比她不遮脸更漂亮！"

"王大方，你拍桌子是对我提出的概念有不同意见吗？那你上来说说看。"

数学老师冷冷看着他。

大方被弄得一个激灵："我是拍桌叫好啊老师……"

"少废话，站到后面去。"

"哦。"

他走到教室角落，那个熟悉的地方。

4

宝玉的黑色口罩有好几款。虽然整体都是黑色，黑色与黑色之间又有细微的差异，有的边沿是编织的，有的图案是细小的黑格子，还有一款上面竟然是千鸟格。光从这一点儿来看何曳霄就断定宝玉也是爱美的。

渐渐他发现一个宝玉的爱好,她喜欢望天。

走着走着,宝玉突然会停下来抬起头,看着天上一看就是几分钟。

何曳霄开头还会跟随她一起做这个动作,试图通过模仿来找到其中的原因。不过……

天上只有太阳离开前的余烬,红通通一片,实在没什么好看的。他也曾以为宝玉喜欢的是云,努力捕捉这些云的形象,心情好它们也会配合一下变成某种奇特形状,大多数时候它们很任性,就是散乱的云,看再久你也凑不到其他东西上去。

一般这时候何曳霄就低头看手机了。

于是路上他们俩就变得略显怪异,一个抬头,一个低头,一会儿后又恢复正常。

何曳霄也曾经问过:"天上有什么吗?"

她有些慌乱地掩饰说:"只是看着玩。"

好像是在试图遮盖某种说不得的秘密。

倒是口罩问题宝玉做出了正面回答:"我呼吸道不好,所以需要口罩预防一下颗粒物,医生要求的……"

说这话时她眼神清澈,没有一点儿退缩,让何曳霄无法不相信。

倒是宝玉微信上的空白让何曳霄怀疑是不是对方故意让自己看不到。这年头,还有女孩儿从来不在微信上拍照和留点文字的吗?既然她从来不用,为什么要申请?这让何曳霄心里有些膈应。唯一让他稍微安心的是,微信上发话过去对方会很快地回复。

不过每次都是何曳霄发语音,那边打字。

俩人聊的百分之八十都是无关紧要的话,比如"我这边停电了,你们对面停了吗""还好,那就出去吹吹风""今天看到一条小狗把一条边牧吓走了,我拍了发视频"。

如果你和一个人瞎聊也能够聊很久,那么说明你们双方真的比较契合。

何曳霄这天回到家听老爸说贾疯子母亲死了,贾疯子要被强制性关入精神病医院了。原来贾疯子的母亲早就在家里死去好些天，发现尸体时都臭了，其实邻居都感觉不妥，不过怕招惹上他们家就没有理睬。尸体是在床上被发现的，身上盖了厚厚的棉被，不用说肯定是贾疯子干的。死因好像是急性脑出血。

于是贾疯子在外面到处跑来跑去。

何曳霄想起一段时间里，贾疯子见人就走上去，嘴里叽咕叽咕。

他想要求助吗？

他有些难过。

不出所料的话贾疯子会在精神病院里度过他剩余的人生，众人的抱怨成真让何曳霄心里不舒服。

他平复了一下心情，将这个消息用文字发给了宝玉。

过了一会儿宝玉回答："对他也是种解脱。"

何曳霄有些意外，按照宝玉平时表现出来的善良，应该说可怜啊什么的。没想到回答很冷静。

对于这个奇怪的口罩女孩，他越看越是觉得迷雾层层。

记得一个文豪说过，神秘是女人最好的时装，它让她们的美捉摸不透。

5

今天何曳霄也和大方一起站在教室后面的角落，一左一右，恍若两位护法金刚。

中途大方还朝他挤眉弄眼，何曳霄却没有这个心情。

考试考砸了，想到回去又要挨训，一想到要面对老爸的"教做人课程"和老妈的"看看别人家"，他就恨不得背上包去浪迹天涯。

放学他几乎是憋着一肚子气，看到前面的宝玉正在看天，何曳霄一把拉住她："走，去喝东西。"

宝玉啊了一声，有些迷糊："怎么了？"

何曳霄勉强一笑："天热，去喝点东西。"

这个有些冒失的邀请竟然被接受了。

何曳霄硬起头带着宝玉到了旁边的一个麦当劳里面，比起肯德基，麦当劳人少。俩人各点了东西，何曳霄端着盘子和宝玉相对而坐。他有些语塞，只能够一直咬着吸管吸冰镇可乐。

宝玉点的是柠檬汁。

她取下口罩。

何曳霄终于再次看到了她的脸，和第一次没有什么太大区别，没有密密麻麻的痘痘，也没有红疹，没有龅牙，没有牙套……这是一张很干净的正常少女的脸，肤色偏白，两颊还有些发红。

她小口小口吸柠檬汁。

不知怎么着，何曳霄一天的闷气就被空调给吹走了。

他开始给她讲自己听来的笑话、编好的段子，逗得宝玉直捂嘴。

正兴头上宝玉突然接到一个电话，有些慌乱地看了看四周，匆匆忙忙说了声家里有事就提包离开了。

宝玉消失了。

何曳霄在路上整整一周没有看到她的影子。他微信问，宝玉没有回答。一股子无名怒气让何曳霄热血上头——有什么事不能说清楚吗？我做错什么了吗？

他打听了一下宝玉这个人，原来竟然不是本校的。

这让他更没辙了。

果然，什么走心就是扯淡，不互相加强了解不行。

何曳霄这天早退。

严格来说也不算，只是他急性肠炎，去校医处拿了药就径直回家了，医生告诫不能吃辛辣和酸冷。

路上他看到宝玉。

她正一个人在街道上默默走着，黑色口罩将她半张脸遮住。

他压住心头火跑到她身边："你怎么没回我？"

宝玉吃了一惊："你没上课吗？"

"不上了。"

何曳霄反问："你不上吗？"

"我……今天不上。"

大概是吃了药的缘故，何曳霄今天勇气格外足："这几天都没有看到你，微信也没回我。"

宝玉哦了一声，看向别处："手机坏了……"

一阵嗡嗡声却突然响起来。

宝玉脸一红，赶紧拿起电话走到一旁低声道："我就回来。"

"我，我家里有事……"

"你走吧。"

"我真的家里有事，下次我解释给你听。"

宝玉再次匆匆忙忙离去。

何曳霄叹了口气。

6

回到家里，宝玉微信发来消息："我有病。"

"我也有。"

何曳霄回答。

如果随随便便跟随一个女孩儿还不算有病，那急性肠胃炎也算不了什么。

"真的。"

宝玉继续道："我怕吓着你。"

没了下文。

何曳霄心里酸酸的，哪怕女神对备胎都要说两句安慰的好话呢。他决定忘记这个女孩儿。

越是想要忘记，她却偏要出现。

这天学校门口，宝玉在等他。她似乎也是第一次做这种事情，很紧张，低着头有些不自然。

看到何曳霄她眼里一下子就亮了。

大方则在一旁冷笑："你小子看起来老实，下手却够快啊……脸善心狠啊。"

"滚蛋。"

何曳霄想要耍个酷问她来干什么，不过过去却变成："怎么了？"

俩人沿着以前的路继续走着。

何曳霄给她买了一杯冰柠檬茶，自己也拿了一杯，将医生的告诫早就忘记了。

"我有病。"

宝玉低低说。

何曳霄等待下文。

宝玉没有继续这个话题，再次停下来，看着天，何曳霄等着。

过了几十秒，宝玉低头："看到了吗，我有病的。"

何曳霄哑然失笑。

"那又怎么样？"

"我怕伤到你。"

这句话更是无稽之谈，宝玉虽然不是什么娇弱的女孩儿，一看就知道也不是那种会伤人的类型。想到她几天不回话对自己造成的精神困境，何曳霄又有些怀疑了。

"谢谢你……宝琦？"

她突然喊了一声。

迎面有一个女孩儿正和她四目相对。

"宝玉，回去吃药！"

何曳霄看了看她，又看了看宝玉，俩人太像。无论是身材还是容貌，只是宝玉多一些沉静，宝琦看起来更加灵动外向。

宝玉欲言又止，宝琦一把拉开她，让她手中柠檬茶都落在地上，宝琦直接道："家里在你身上花了那么多钱，不是让你在外头犯病的，回去吃药！"

宝玉一脸窘迫，唯唯诺诺。

何曳霄捏着拳头恨不得喊出来"是又怎么样"，可他最终没有这样做，因为他隐隐发现了一件了不得的事情。

"你回去。"宝琦以不容置疑的声音道："我和他讲。"

宝玉不舍地看了一眼，走了。

宝琦对何曳霄上下打量了一番："喜欢宝玉？"

何曳霄硬起头点点。

"喜欢她什么？"宝琦脸上没有任何赞许的神色，"告诉你一点儿事情，听了之后你再回答比较好。我姐姐宝玉这里有问题。"

她指了指太阳穴。

何曳霄皱眉："这么说你姐？"

宝琦一脸不屑："有病就是有病，有什么不能说？她的病叫作不自主运动……"

不自主运动指的是意识清楚而不能自行控制的骨骼肌动作，简单来说，宝玉发病时不能够控制自己的行为，常见的情况是看天，偶尔还有其他完全出乎意料的行动，这种病是完全无法预料的，可能突然抽搐、舞蹈样动作、短时间重复行为……发病时她知道自己在做什么，却无法控制。

"也就是说，她可能发病时打你，或者用刀捅你。你明白了吗？"

宝琦眼里闪烁着一种奇特的残忍，让何曳霄心很不舒服。

"上次是你打电话让她走的？"

他反问。

"是为了你好，宝玉现在由于症状严重都没法上学了，她又喜欢到处乱走，害得我到处找人，"宝琦语气中并不掩饰自己的不满，"所以你离她远点，对你好。懂了吗？或者说你只是看宝玉单纯，想要占便宜？"

何曳霄从没有这么讨厌一个漂亮女孩。

他心里已经确定，之前他第一次跟随的是眼前的宝琦，她性格外露，不像宝玉那么规矩和善意。只是他没有想到，曾经以为是女神，真身却是眼前恶毒嘲讽姐姐的少女。

暗暗捏着拳头，何曳霄说："她平时也是正常人。"

"出事你负责？你能负责吗？"

宝琦瞄了他一眼，嘴唇微翘："我说明白了，别和宝玉见面。懂？免得她现在一天想出来和你见面什么的，抱有期待。"

何曳霄沉默片刻，突然嘴唇抖动："关你屁事。"

他扭头就走。

身后宝琦嘴里吐出各种恶毒词语。

何曳霄不知道自己做的对不对，他不管。他想起贾疯子，贾疯子是不是疯子已经无所谓，反正大家都认为他是疯子。一旦你被认定为异类，那么你就会慢慢变成另一种生物，你的一举一动都变得异于常人，你做的任何事情都被认定是危险的，你独身一人，你无人可依，无处可去。

他想了很久，在微信上一个个字打着。

"明天见，我喜欢你那个千鸟格口罩。"

无论是一段路，还是一场旅行，何曳霄都想要再听宝玉说说话，你喜欢一个人，她犯病时看着天空发呆，你也会觉得是可爱的。他喜欢宝玉努力将自己藏起来不想要干扰到别人的样子，他想要保护寂寞的她，成为她的药和口罩。

有的病有法可医，有的病无药可解。

迷 路

1

我从小方向感很差，加上有较为严重的健忘，哪怕待了十几年的城市也会迷路，受到同学们的嘲笑是经常的事。

火火总爱戳我头："有一天我不在你旁边了，你怎么办？"

为此我紧张了很长一段时间，因为能包容我的这个毛病而不厌其烦陪我回家的只有她。

火火叫桂火火，比我大一岁。她让我叫她火火姐，她说这样感觉有跟班的样子很帅，可我从不说。

2

如果人生是一段段歌曲组成的话，当时的主打歌曲是陈柏宇的《固执》。

和火火认识的时间应该是年纪较小，年龄大了是很难对同龄人服软的。当时我还是个有些害羞的内向小鬼，远没有如今的自大嚣张。那种想要融入各个小团体而又被各方拒绝的心情，就像一直让技安欺负的野比，苦苦等待自己的哆啦A梦。

时间一拳一拳过去，哆啦A梦始终也没有出现。我鼻青脸肿地告诉自己，不再回头，哪怕一直孤身一人。我是有倔脾气的。

像一阵风，你看不到，她已经在你身边。

晚自习下课，我独自一人在回家路上无聊踢石子。因为父母新买下的房子在一个很小的小区，并没有直达的公交车，路痴的我只好随着记忆小心翼翼地靠着沿街商铺走。

转到一个拐角，我愣住了。

一排巨大的蓝色钢板堵满了整个路口。按照上面的提示，道路整修，需要绕道。可是，除了这条路，我完全不知道该怎么走，城市里的小巷道纵横交错，不熟稔的话很容易迷失在交叉的小路口中。

昏黄的路灯下，我拖着肩包，真是沮丧到极点。

"喂，找不到路了？"一个极为干脆的声音。

穿着格子衬衣白球鞋的桂火火大大方方站在我面前，干净利落的短发，脸颊秀气，说话时她习惯性扬起下巴。在我后来的记忆中，她一直都奇妙地保持那个姿态，干净的衬衣和球鞋，双手不是插兜就是抱在胸前。

我点头。

她明显惊讶了一下。

"还真迷路了。你家在哪儿？"

我告诉了她地址，以及我印象中的大概位置。说来奇怪，没想我们两家相距不过一条街的距离，她一拍胸口，示意我跟她走。

"你是新搬家吗？这一片地方的确不好找，上次为了伤心凉粉我跑了好久。"

我心虚地应答。

"不过即使新搬家，找不到地方也太弱了。你是路痴吧。"

她数落起人来一本正经，不像才认识不久的人。

"男孩子要运动嘛，多运动才会感觉敏锐，看你腿比我还细，搞什么！"

我默默扭开脸。

"篮球之神迈克尔·乔丹超帅的，The Shot 懂吗！罗伯特·巴乔是忧郁型，可惜天妒英才。作为男生你应该选择一个方向。"

我无奈点点头。

半个小时后，我们仍在蓝钢板一带打转儿。火火红了脸，手指胡乱比画："我也是昨天才搬来。昨天。"

"啊！我知道了，跟着我走！"

就像遇事不决扣脑门的一休，她打个响指，突然有了主意，自信满满带着我往前走。我们拐过小巷，穿过街道，居然真的找到了我家。

"你是怎么办到的？"

倘若我也能学会这一招那就太好了。

"居民小区外围一般都是小商贩的聚集地，主干街道他们是不敢去的，所以跟着烧烤摊走就对了，哪里烧烤摊比较多就朝哪儿走，再排除一下死巷。目的地就出来啦。"

火火说得气势十足，仿佛这种烂理由真的具有某种效用一样。说到底，只是运气，运气而已。

道别后，我忍不住笑出来。

3

不知为什么，我开始尝试打篮球。迈克尔·乔丹的球赛是电影，哪怕前面再多困难，即使前二十次他都投不中，最后一秒，The Shot 必定是篮球之神的表演。他离我们太远太远，看起来总像是开了挂的电动游戏，让人望得脖子都要酸掉。还是凯文·加内特、卡特、科比·布莱恩特、艾弗森、马布里离我们正常人近一点儿。

纽约尼克斯队的独狼斯蒂芬·马布里说："当我在场上拿不定主意的时候，就投篮。这就是我的哲学。"真是非常棒的信条，找不到路的时候就一直朝前，只要还在走，就有可能找到迷城的出口。

随着肌肉一点点鼓起来，身体里有些锁链慢慢断裂。没有变的是，我依然找不到路，某些东西一旦成为习惯，就很难改变。

按照现在的说法，火火是个吃货。她总喜欢带我走小道，找寻新的路边摊美味，逗弄猫猫狗狗。

桂火火不是一个安分姑娘，她的不安分甚至比我的固执更胜一筹。有次她拉我去体育馆看球，清一色一百八十厘米以上的壮汉在球场上绞肉。她居然要和我加组一起玩。

面对大叔们的嗤笑，她毫不介意，我反倒像是个扭捏姑娘。或许是觉得有趣，他们居然真的让我们加了组。一群烂大人。

桂火火是一个理论专家，打起球来完全不是那么回事，各种双手排球脚踢球，不过乐在其中。在身体一次次撞击、篮球击打球框发出的"砰砰"声中，我逐渐进入状态。篮球的意义在于，你可以击败我，但我会一次次挡在你投篮的路上。

真是男子汉到不行的运动。

对方有个青蛙男，喜欢炫耀弹跳力，能跳八十厘米绝对不会只跳六十。连续被他火锅六七个之后，我出离愤怒，假如能变身赛亚人的话他已经死了十次。

绝对不可以认输，这是脑子里唯一的回音。

那一瞬间我绝对是迈克尔·乔丹附体，不要笑！至少是科比附体！运球一向很烂的我居然突破了两个人，离球筐真的只有三步而已，只需要轻轻地抬起手指……一个背心男挡在了我面前——青蛙男。

不破开这道坎是绝对无法取分的。

我一个假突破，果断后撤步到边角三分线，屈膝，挺腰。妈的，完全可以拍成耐克的励志广告！

篮球晃晃悠悠，擦着篮网而过。

不过是下篮网。

只差一点儿，一点点的运气都不给我。这变身时间太难掌握了。

"刘正男，你打球很帅啊！就差一点点了。"

桂火火用力拍着我肩膀，眉飞色舞的样子让我稍微不那么难过。

"不错哦，再来？"

青蛙男挑眉歪嘴，一副教练脸。

"再来。"

我扭了扭脖子，回应一个"比赛才刚开始"的动作。

开挂也是有限度的。被强行挂了一屁股零蛋后，我们俩灰溜溜撤离，一前一后蹬自行车。

天色暗淡，路灯朦胧。车很少，行人都看不到几个。

她大声说："我们来玩丢双手，先用手的请吃冰。"

不等我反应，她扬起双手，拥抱夜风。隔了几秒，她似乎觉得还不过瘾，又说："闭眼，先睁眼的请吃冰。"

她闭上眼，侧脸很美。火火没有一点儿害怕，在她脸上充满莫名兴奋。如果是现在的我，肯定会睁大狗眼守着女孩子，可当时我想不到，她说什么我就想要努力做到。

然后我摔进了水沟，不算深，但很臭。

她捂住鼻子把我捞出来，气鼓鼓地说："笨蛋。"

女孩子说话你不能全信，我不知道她是说我不该闭眼，还是说我笨到栽水沟。我就像一条淋湿的小狗，被她牵着，一瘸一拐走回家。

真是非常非常漫长的一条路，我脑子被火火的"笨蛋"塞满，心里一点儿也不讨厌。

4

说来也好笑，其他人送女孩子礼物都是玩偶啊，首饰啊或者书籍什么的，我送给火火的礼物却是一套篮球球星卡。集球星卡和集邮差不多，需要耐心等待，好在那个年纪我最不缺的就是时间。每天固定钻进老板铺子问一句变成了习惯。

把球星卡交到火火手中的时候我倒是很激动。

火火看了看，脸色怪异地收起来。

"哦。"

她的反应让我有点失落。火火不是喜欢篮球吗，这可是球迷至宝。我想了一晚上还是没搞懂。时间长了，这件事留下的遗憾慢慢淡了。

你知道，男生和女生走得太近，就会引来嫉妒。

044

自己没有，所以不开心，这就是大多数人的想法。可那个年纪有多少人会想到为什么呢，他们认为这是理所当然。

我本来对于周边同学就不感冒，倒是火火的无所谓姿态让我很意外。当然，是好事。我放心下来，继续上课攻读《灌篮》①，下课练习投篮运球。那段时光真是过得无比充实，我真切地体会到，一个人努力，所有人都看得到。

很快我被邀请加入篮球队，不再独自打球。

放学的时候我们用不着谁约谁，自然而然地在回家路上遇见，一起离开学校，刮在脸上的风都变得好舒服。

折腾姑娘桂火火对篮球的热情慢慢降落，她揣上从家里偷偷带出来的相机，开始爱上了爷爷辈的老房子。青砖红瓦，绿柳荫荫，又是一段旅程。

球星卡完了，我终于明白。

桂火火天生就有一种感染人的魔力，和她一起，事情就变得有趣。

讨厌的班主任在校门口斥责迟到的同学，眉头皱紧，一手做挥斥方遒状。

"咔嚓"，她躲在一边偷偷按下快门，连同班主任牙齿上的菜一起定格。

课间，陈胖子双手各拿一个鸡腿，皱眉考虑先吃哪一个。

"咔嚓"，她笑嘻嘻地躲在我身后偷拍，陈胖子的沉思者模样让无数人笑岔气。

5

她最喜欢的还是拍下回家路上的林林总总。

"我一个个给你拍下来，这样你就永远不会找不到路了。我实在太聪明了。"

①《灌篮》，中国唯一的一本NBA官方出版物，拥有众多的NBA球迷读者。

透过树荫，民航大厦斑驳的金漆弥漫出老人皮肤里的味道。

电线杆上停着零零散散的麻雀，它们彼此相依，梳理羽毛，清晨阳光斜着打过来，在雾气中变得五颜六色。

格子地砖上的下水道盖子被撬开，露出黑洞洞的缺口，风从豁口吹过，乌拉乌拉念叨整人咒语。

百花潭公园露天茶座被一群老人们占领，他们逗鸟品茶、打桥牌、唱段子，每逢豆花小贩路过吆喝，总有感兴趣的喊上两碗。

牙科医院透明的玻璃墙里，每天都有一脸苦色的小胖子小丫头被逼着拔牙，家长生气又担心地守在一边，嘴里轻轻祈念。

超市门口总是最拥挤的，老太太喜欢早早排队提着菜篮，领取每天的免费鸡蛋和洗衣粉，售货员焦头烂额地维持秩序，不断朝里面呼叫救火队员。

还有还有，火火最喜欢的路边摊怎么能少。

油条手推车小老板必然是一对年轻夫妇，男人揉面炸油，女人招呼买主，清点钱票。照片上留下他们年轻朝气的脸，金黄的油条，皱巴巴的钞票。

臭豆腐和凉面摊喜欢联合出击，几片臭豆腐后用凉面的辣味去去臭，一冷一热交替进攻实在让人难以拒绝。大概拍的时候火火是屏住气的，所有东西都在晃动，主角变成了黑黝黝的油锅和她的细长食指，其他东西都只抓出个轮廓。

最大的主角是烧烤摊。她对烧烤有一种说不出的狂热，豆腐干、海带、鹌鹑蛋、韭黄、排骨、鸡翅……火火一一拍下食物写真，反而烧烤摊本身只拍了一张。让我印象深刻的是摊子老板，那个二十多岁的年轻人，头发乱糟糟的，他叼着烟，专注地翻开一本叫作《致我们终将逝去的青春》的书。

"我一个个给你拍下来，这样你就永远不会找不到路了。我实在太聪明了。"

在拍完回家路上的街景后，桂火火再次说出这句话，让我有隐隐不安。

"看到了没有，你先啊，沿着右，过电线杆，过牙科医院，对面就是百花潭公园……"

她讲得很仔细，并且一个个标上编号。

"你要搬家？"

我忐忑。

"没有啊。"

她在地砖上走猫步。我一手推一辆车跟着。

"如果有一天你迷了路，我不在旁边怎么办？"

我一听之下恍惚了两三秒，心里默默念，"你不在旁边我怎么办。"

"所以这个很有必要嘛。再说，有这个。"

火火翻了翻小包包，拿出新买的翻盖手机。我看到我送给她的一盒球星卡藏在包包深处。一瞬间，我喉咙里有很多话想说，却说不出口。

"你知不知道为什么女生都喜欢翻盖手机？"

"不知道。"

"因为这样翻开不会靠着脸，手机一直挨着脸脸会变肿你不知道吗？"

"不可能！"

诺基亚害死人。

哈哈哈哈。她笑得不淑女，不过看顺眼的话怎么样也觉得可爱。

"当然不是啦。"

"因为啊，有不想别人知道的信息，就可以盖上。"

又是这种烂理由。

"直板和滑盖也可以啊！"

我当然不服。

"那我问你，为什么那么多人买汽车？"

"帅啊。"

"不是，因为比较快。很多东西，只要有一个理由就够了，因为翻盖可以盖上，所以我买翻盖，因为汽车比较快，所以很多人买汽车。"

我被击败了，明明毫无道理却可以睁眼说瞎话到这种地步，妈的，而且似乎真有道理的样子。

“刘正男，你知不知道自己的优点是什么？”

“篮球厉害。”

“错，你比较笨。”

……

“因为你有时候傻，我喜欢和你待在一起，很放松，很放心。”

要不是开头那一段铺垫，我几乎以为自己被表白。不过显然不是，这种“喜欢”仍然停在朋友的范围里，哪怕它有一只脚已经迈入了不可明知的领域。

她突然抢过我的手机，“哔哔叭叭”输入一段数字。

“以后找不到路了，就打这个号码。是你的话，我一定会接。”

我木木地点头。

“还敢不敢玩放手？”

“开玩笑，我可是以迈克尔·乔丹为模板的，放双手都不敢还怎么去打 NBA。”

少年人最不缺的就是吹牛皮和赌气。

我一马当先，撒开双手往前冲，证明自己可以挑战整个世界。

“你慢一点儿。”

我听见火火在后面喊。这一声成了助推器，让我小腿全部燃了起来。结果十来秒后我就摔了狗吃屎，脚崴了，车坏了，脸也丢了。

火火破天荒没有笑我骂我，她把我扶起来。

“痛不痛？”

“痛。”

“嘶……”

她一把拧在我肿成包子的脚踝。

“慢慢来，懂了没有？”

真是冷血。

6

照例到了我们该分开的那个路口。

"我可不可以去你家那边看看？"

我忍着痛，满怀希冀。

"不行。"

"为什么？"

"我爸给我取名桂火火，因为算命先生说我天命缺火。"

"所以呢？"

"你就不要去。"

完全是两码事吧。不过我没有再提问，每个人都有自己的理由，就像我，宁可找不到路回家也不愿意把这些毛病告诉家里人。只是不想说而已，不想说的时候，哪怕牙医也不能撬开我的嘴。

我故作潇洒地摆摆手，其实心里超级介意。

就像打篮球一样，明明最后一投想投得要死，可有更好的投手守在旁边，必须大度地让出出手权。最后一投，如果是桂火火，我可以让给她。

"刘正男。"

火火穿着火红衬衣，红色帆布鞋，举起相机对着龇牙咧嘴的我"咔嚓"一声。

照出来肯定一脸苦瓜。

我第二天想要回来那张照片，可火火死不松口，敷衍我说照得很帅。

第三天考试，她没有来。

第四天休假。

第五天没有来。

第六天依然。

第七天依然。

一阵风，来得毫无痕迹，走得悄无声息。在这个为晋级而奋斗的班上，在意的只有我。

我终于明白内心那股隐隐不安是怎么回事。我问了班主任，他说得模糊，毕竟火火不过是他工作的五十分之一。几番打听，得出一个小道消息：火火眼睛得了一种很难治的病，到国外去治病，要很长一段时间。

我信，这样就可以解释很多事了。

我一点儿也没有察觉异常，一点儿都没有。很多事只需要一个理由。因为要痛苦很久，所以火火要提前刷爆眼前的快乐。

走在宁静的街头，我闭上眼睛，每一栋房子都在脑子里清晰地展露出全息场景。校门口左手边常年遮一半露一半的下水道井盖，右手边的电线杆，街头转角对面的牙科医院、公园、烧烤摊、大厦、被蓝色钢板堵住的路……

从家到学校大概两公里，最短路线要走半个小时，而每一次我们都要走上一个钟头。因为，因为路上实在有太多可以消遣时间的东西。

埋藏在巷子尽头的祖传面人摊老板可以做出卡卡西、鸣人、我爱罗；第二个路口，穿过某家人的车库有凉糕、凉虾店，黏稠红糖可以黏住舌头；凉糕铺子后面有个废弃花园，里面住了五只猫，四胖一瘦，老好猫瘦子总是把自己找到的吃的先送给其他几个胖子；临街守车棚的老太爷才讲到他光荣从军史之武汉之战。

有太多太多需要我们一起做的事。

7

很多东西有一个优点就够了。

我的优点是固执，或者傻。所以我能够和火火成为朋友，让那一段阴霾的时间吸满了阳光。也正因为我傻，所以我会做火火愿意做的事，她说对，我一定不会说不好。因此我被她瞒着，一直不知道她住在哪里。

傻瓜的我永远猜不透火火的想法，我固执地做自己认为对的事情。每个人需要自由，被束缚的画眉永远无法如电线杆上的麻雀一般欢快大叫。

火火走了。在这座迷之城里，我又要孤身一人上路。

桂火火说，以后找不到路了，就打她电话，是我的话，她一定会接。可是我已经永远迷不了路，每一栋房子，每一条小道都和火火连在了一起，整个城市都是她的影子，回响着她相机的咔嚓声。我不能打她电话了。

我站在学校楼顶用力往前望，看到一片密密麻麻的方格子，格子里满满的回忆正在一点儿一点儿溢出来，一块一块，散发出好闻的甜味。可惜再甜的糖也粘不住时间。

我再也不会遇到比火火更好的女孩子了。她鲜艳如火，灿烂如花。

我祈愿有天能再次忘记所有的路，呆呆站在十字路口受到大人小孩的笑话，不等我按下那个从来不敢拨的号码，穿衬衣白球鞋的姑娘就走到我身边。

"喂，你说我不在你身边怎么办？"

她扬起下巴，笑嘻嘻地背着手说。

阿尔卑斯糖

1

同学结婚，我受邀参加。新郎是个看起来很实在的男人，有点呆，笔直站在门口像招财猫一样对来来往往的人笑。他们两口子很像，因为那姑娘读书时也是这样，老是笑啊笑啊，当过我一阵子同桌。

有一天我们八卦。

她问我喜欢什么样的女生，有没有喜欢某某某。

我说："我喜欢漂亮的。"

"你能正经一点儿吗？"

我只好说："腿长的也可以。"

她批评我庸俗，开心地说她喜欢陈冠希那种，笑起来坏坏的。

不知不觉我们都慢慢偏离了目标。

简单的词语根本没法代表我们的渴望，走过一段路，逐渐靠近才发现它真正的样子。如果说爱情是每个人都必须自己去学会的功课，初恋就是羞耻又让人兴奋的见习期。是那一段笨拙的学习日子，是单纯地跟随自己的眼睛、鼻子、心跳声判断喜不喜欢一个人的时候。懵懵懂懂摸索到那个开启自己超人模式的开关。

听到我单身时新娘十分惊讶："不会吧，大家都以为你成天在外面鬼混，私生活紊乱才对。"

我反击说："你的陈冠希好像更像是伍佰啊。"

她嘿嘿一笑："翻老账啊，我也会。那个周晴呢？你们还不是没在一起？"

我说："别废话，红包还要不要了？"

周晴的小熊依旧坐在我家书桌上，专注用力地盯着我。

我总会想起。

周晴哗地撑开伞，就像一朵盛开在雨天的太阳花。

她朝我挥手。

"进来躲雨啊，你傻吗？"

我装作无所谓的样子说："不需要。"然后顺从地走到她伞下。

2

家庭型聚会我是最讨厌的。里面一堆不认识的人装模作样说："你儿子啊，帅啊。""你儿子啊，可以啊。""你儿子啊，这么高了？""你儿子啊，那个……看起来就很有福相嘛。"每次假客套装乖让我笑得脸都僵硬了。

不过这次我必须去，主办人是学校副校长。

他和我爸妈曾经是同学，这是一方面。

我在学校出的不少状况多亏了他斡旋，这是第二方面。

饭局就是这样，我很早就明白。参加饭局绝不是为了吃饭而已，必定是有求于人或者有人求你。还有最后一种情况，就是炫耀。比如说我有个表叔，他买豪车了要宴请一番让大家鉴赏车子，他买新房了也要请人吃一顿，总之就是必须给大家展示。

如果我混得好大家都不知道，那和混成咸鱼有什么区别？

回到副校长这里来。他其实也有炫耀成分在里面，内线消息说，他年底就会去另一所高中担任正职校长。

吃饭时我注意到有个人一直在看我。

然后我狠狠看了回去。

那是一个短发女孩，看着我像是看某种奇怪动物，这让我很不自在。

这顿饭吃得很不开心，我早早下桌子出门溜达。

门口她跟上来问："你就是四班的李叉吗？"

我说："是啊。"

"我看过你在宣传栏上的画，画得不错啊。"

原来是粉丝啊，我窃喜。

"只是……和我舅舅说的不一样。"

她犹豫着。

"你舅舅是谁？"

她一说我才知道，原来她就是副校长的侄女。

不过我最关心的还是副校长说了我什么。

"他说你有点那个。"

她从嘴唇间挤出几个字来。

"那个是哪个？"

"有点儿一根筋……"

听到是这个词，我松了口气。没关系，从小到大被叫一根筋都习惯了。我最讨厌的是别人说我傻。

"有点傻。"

她补充说。

我捏紧拳头，眼睛都要喷出火来。

她看了看我说，"还真是啊，说你脾气很怪。"

我一时怀疑是不是副校长让她过来骂阵的。没错，我是上次不小心踢球一脚踢翻了副校长，可是我也道歉了，也赔了他一个保温杯，又不是故意的。这人怎么这么小心眼！

她突然笑起来："和你开玩笑的。你还当真了，他怎么会说你这些。只是说你踢球不错。我叫周晴，十三班的。"

我假模假样地说，久仰久仰。

你叫什么名字关我屁事。

路上我突然发现一个问题，我身上没有家里钥匙，所以只好在周围晃荡一阵，等待他们饭局差不多结束后再回去。饭局一般是两三个小时。我跑到了就近的借书店里翻看漫画书。翻了一会儿我看了看表，差不多了。外面不知道什么时候已经下起大雨。没有一点儿乌云，不唬人，直接是雨柱垂直坠落，看起来就像是无数个人站在房顶用水枪往下扫射。路上行人的伞给吹得东倒西歪，看起来都像是醉了酒。

我深吸了一口气跑了出去。

跑到一半我发现已经跑不动了。可见度急速下降，路上又车来车往，积水都已经在脚踝上。那时候我还没有手机，所以只有待在公交站台下面避雨。总的来说我是很喜欢雨的，因为我的名字里就有雨，"叉"这个字就是有窗帘的窗户外在下雨的样子。

今天的雨不太友好，将我堵在路上。我的新外套吸满了水，和国足球员踢球一样，仿佛背上背了一袋米，走几步都困难。最痛苦的是袜子，吸了水的袜子腻腻的，就像抹了油，鞋子踩在地上有一种滑溜溜的怪异感。

站台上聚集的躲雨人越来越多，本来就狭窄的地方看起来更是拥挤，我几乎给挤到垃圾桶里了。耳边都是大家的抱怨声，天气预报不准啦，忘记带伞啦，伞被吹掉啦，公交车又失踪啦……

这时我听到有人喊我名字。

我怀疑是幻觉。我家爸妈从来没有出来找人的传统的。

那人又喊了一次。

我顺着声音扭过头去，发现身后站着一把黄伞。

不对，是由于那把伞太大，我没有看到下面的人。

周晴穿了件透明雨衣，刘海已经贴在额头上，她用湿漉漉的眼睛看着我。

"都在找你，快回去吧。"

周围人都羡慕地看着我。

我点点头，双手插兜走出站台，给淋得眼睛都睁不开。

然而她还在一旁笑。

"进来躲雨啊，你傻吗？"

我眯起眼睛，装作无所谓的样子说，"不需要。"然后走到她伞下面。

和她并肩走着走着，天就晴了。可我才刚刚学会和她前行的步伐契合。心里有些空落落的。

3

我被淋湿得厉害，不得不在副校长家换身衣服。唯一的男性衣服就是副校长自己的，他给我选了件白衬衣。他们家格局有些怪异，每间房都有两个门，房间与房间之间竟然是相通的。于是我和周晴换衣间只有一门之隔。

擦干了头后我突然产生了一个无法抑制的念头。

没有偷看女孩儿换衣服的人生是不完整的。

以前虽然和朋友们一起偷看过阿姨……不过那游泳圈简直不能看，眼睛都要瞎掉了。有了这个想法后我就再也压不下去，不断内心挣扎。当我回过神来时人已贴在门上，门缝被我打开。深深自责着，我屏住呼吸全神贯注瞄进去。其实根本没什么看头，只看到细细的腰和白色胸围而已。

然而当时里面的周晴仿佛有一种奇特的洞察力，能够发现任何偷窥自己的眼神，我至今相信姑娘们都拥有这种神奇才能。

然后她看着我。

我看着她。

我当时只有一个想法。不要叫不要叫不要叫……求你了！

她只是淡定地穿好衣服。我默默地关好门，像才跑完了十公里，浑身发抖，恨不得自己躲进床底下。外面催了几次，我只好强忍住内心忐忑走了出去。奇怪的是她竟没有当众指责我。当时我并没有想过为什么，只是和所有作案人员一样飞快离开了案发地点。回去后我成功地感冒了，借这个机会在家里躲了两天。可宅在家里日子也不好熬。我连续两天做噩梦。

第一天是梦见她突然把胸围脱掉，然后她说，我其实是男人，接着要脱内裤。我就给吓醒了。

第二天我梦见自己去上学，进门之后就被老师叫住。李叉，我们已经通知了公安局。你会以猥亵妇女罪被判刑，做好准备吧！

然后班上的女生都鄙视地看着我。

警察叔叔摸出手铐，拖着我走向警车。

去学校时完全没有任何变化，没有人刻意注意我。同桌依旧在八卦女老师的衣服和鞋子，八卦男老师有没有搞师生恋。我顿时松了口气。

我的异常沉默被同桌发现了。

她问我是不是干了亏心事。

我说"哪有"。

她微微扬起头瞄着我："我已经打听到了，没想到你竟然是这种人。"

我懵了，恨不得用文具盒塞住她的嘴。

接着她说："你家为了让你读重点班给副校长塞钱了！"

原来是这事。我松了口气。

不对，为什么我不知道这件事？

同桌说最近大家都在往副校长家跑，各种送礼、代金券、红包、电器……就是因为高中马上要分班了。这里解释一下，我们这一批学生都是读的五年中学，初中两年，高中三年，算是一个实验性质的教育模式。说是集中突破和根据学生情况压缩时间，我所知道的不同就一处，我们少读一年，比普通班多交一万块。

比起换衣案，塞红包是小事。

由于在一个学校同一个级，我还是常常会和她碰见。她几次都要和我说点什么，我赶紧溜走。但这么逃下去也不是个办法，我决定和她和解。不过不能够太刻意，那样就会被对方抓住把柄。我选择了十二月的圣诞节。圣诞节在学校里是个大日子，常常有人说，你们这些年轻人就是崇洋媚外。我觉得真的没道理的。每个节日我们都想过一过。不过七夕我已经感觉不到什么有趣的地方，不过是分居两地的人相遇的庆祝，春节又是一片"噼里啪啦"的爆炸声，这些过了太多年的传统节日已经没什么新鲜感。

对比起来，能够整蛊人的愚人节，送巧克力的情人节，装圣诞老人的圣诞节要有趣得多。

圣诞节这天，我和一个朋友一起出去买礼物。他要给自己的狗买一条新胶圈。我在里面选来选去，弄得他都不耐烦了。

问我要送谁，是男是女。

我说"男的"。他说："那好……什么，你竟然送男的？"

我改口说"送女生的"。

朋友松了口气说："就送小饰品吧。"

最后我选择了一串金属手链，看起来就像是一把锁的样子，有点酷。那天我偷偷摸摸在走廊等她，周晴正在摆弄挎包上的圣诞老人小挂饰。

我叫住她。

"过来过来。"我压低声音说。

将她带到旁边一层楼梯的转角处，我摸出手链说："送给你……之前不好意思啊……"

她眼睛一下子亮了："没关系，挺好看的。"

她将手链拿在手里玩了玩，想要戴在左手手腕上，也许是锁扣设计有些复杂她一直没能够戴上。我帮她。她的手有些凉，也有些抖，天气有些冷了，金属贴在皮肤上是这样的。给她好好贴在手腕上戴好，我看了看表示满意。

"要取下来就摁下这个小开口就好了。"

我给她解释。

她没有回答。我看着她，她好像在皱眉想什么。

"Merry Christmas！"

我也来了一句随大流的祝贺。

她嗯了声，还在想。

回到教室后，我对自己的机智很满意。副校长的事情给我提示，送礼是最好的抹平误会的方式。正所谓吃人手短，拿了我的礼物，这下就相当于封住了她的嘴。以后她也不好意思打击我了。

从那天起，我们见面时双方都自如了很多。她的热情招呼我也会回应，虽然都只是匆匆一面。我们就这么变成了朋友。

老实说周晴挺好看的。她不是一看你就能够被震惊的类型，而是日复一日，每次看到你都会在内心加分。就像是巧克力，吃过一次之后就再也难以忘记，每次看见嘴里都是甜的。

周围的女生都是一天到晚叽叽喳喳说个不停，绝不给你插嘴的机会，谁喜欢谁啊，谁又自作多情啦，谁作弊被发现了啊……听得耳朵疼。周晴不这样。我每次遇见她她都是安安静静的，认真听你说话。她说话的声音不急不缓，总带着一种端庄的郑重。有时候我会想，如果她是个男的就好了，说不定我们会变成很好的朋友。

性别不同注定我们不能成为好友。

4

我出生在白色情人节，所以对所有的情人节有着一种非比寻常的亲切感。二月十四日情人节又叫作圣瓦伦丁节（Valentine's Day），最初是一个宗教性节日。众多传说中，我最喜欢是关于战争的那一个。罗马帝国征召男人们上战场，为了让男人们无牵无挂，于是国内人士禁止结婚。有个叫作瓦伦丁的神父没有遵守，依旧为相爱的年轻人举行教堂婚礼。被发现后，他遭到处刑，处刑的那一天正是二月十四日。情人节以他的名字来纪念他。

这是一个关于爱情和勇敢的节日。

也是大家表白的好时期。

这天我是比较忙的，因为承担了几个朋友的情书任务。有的匿名，有的署名，总之都是给喜欢的姑娘表白的文字。不知道为什么，我一个画画的却被赋予这种重担。大概大家觉得文学和绘画都是相通的缘故——现在看起来的确如此。

写来写去，查来查去，搞得我眼睛都要花掉了。好在自习时完成了任务，如期交货。就在我准备睡一觉时，同桌八卦女用笔捅我——她就喜欢捅人。

"有人叫你啊。"

我看向门口，周晴大大方方站在那里朝我笑，她手腕上带着我送的"锁"。

我有点慌。然后迈着小碎步跑出去。

一个礼物盒子放在我的手里。

"送你的，不用谢。拜拜。"

送礼之后，她洒脱地离开。

我将盒子藏在课桌里，不过八卦女一直在耳边说："什么呀，拿出来看看啊，竟然会有人送你东西，真是瞎了眼了，肯定是你故意花钱请的人，死要面子……"我被她成功地激怒了，小心翼翼拆开上面的绸带，剥开亮纸。里面是一只毛茸茸的棕色小熊玩偶。我有些失望，本以为会是变形金刚或者金属打火机什么的。

八卦女"哇"了一声，非常用力地拍打我后背，笑着说："长进了啊。人家和你表白呢，看这里。"

顺着她的指引，我发现熊的胸口有一个小红心，上面写着"LOVE"。

我怒斥她："通常小玩具都是这样的，大惊小怪。"

"不是，你看这熊。你看它肚子，看到了吗？"

我定神一看。

熊的肚子是白色的，准确来说是有一圈白色，恰好就像是一个 U 形。

我彻底慌了。

当时到底在慌什么，为什么慌，我至今仍然找不到一个合适的理由。甜蜜的慌乱，犹豫的迟疑，脑中种种所想，最多的还是不敢置信。

我喜欢周晴吗？很难回答。那么拆开这个问题。我喜欢漂亮女孩儿，喜欢长腿女孩儿（这和绘画习惯有关系），周晴挺漂亮，腿也长，那么我应该喜欢她才对。

再说了，按照古代人的方式。我偷看了人家换衣服，应该负责的。

我得负责。

5

然而不凑巧，正好迎来一次月考。月考过后，每个人都像是被烤过一样，脸都是黑的。每天做习题做得昏天暗地，我脑子里都快浆糊了，走路都在记公式，计算夹角和延长线。

有一天自习课，我正在奋笔疾书，有人在我桌子上敲了敲。

我抬头一看果然是班主任。

他特别喜欢在自习时打扰别人，通常手法就是敲桌子，让你出来一下。

在大家的同情眼神中我跟着他到了教室外面。

班主任先是冷了我一分钟，他看向黑夜中的操场，一动不动。我也一动不动。

"知道叫你来什么事情吗？"

"你最近成绩下滑有点严重啊。"

他依旧不看我。

我知道正戏来了。这是套路，先是批判一番，然后有理有据开始训斥。

"学校三令五申不要做的事情怎么你们就是不听？你要记得，你们学生的任务是学习，不是乱七八糟的东西。"

班主任威严地看向我，双手背在身后。

"不止一个人给我说过，你和隔壁班的女生在谈朋友。你自己连课本都学不好，还怎么学人谈恋爱？上次我就说过你，让你把精力用在学习上，成天嘻嘻哈哈，你这样能考到大学吗？看看你的样子，成天一副少爷模样，你是来干什么的？"

"上次你妈妈来学校的事情你就忘了？丢人啊李叉……"

他说的是去年十月份因为我没有按时交作业，和他在办公室里吵起来的事情。其实事情非常简单，班主任要拿走我的卷子让我都不用做了，我服软说我马上做，他说不劳我费劲，让我回去。当时我没忍住，说"也好"。在办公室被学生硬顶大概让他觉得极度没有面子。当即他就说："另请高明吧，我教不了你。"副校长和我妈都来了，又是劝又是好话又是让我道歉。

我说："是我的错，我不懂事，老师你别生气了。"

他对我妈妈看了一眼，说："孩子还得你们注意教育啊。娇生惯养能干什么？"

他那副得意扬扬的样子我至今记得。

"这些事情要自己把握，你不小了。我不想再听到这种事情！回去吧。"

班主任摆摆手，开始抽烟。

我垂头丧气地回到了教室里。不知道为什么，我总是和班主任有些抵触。也许就像是同桌说得那样，我表现得对于学习没有特别大的兴趣，对成绩也不特别看重，这让老师觉得受到冒犯。像我这样的非典型学生大概在学校里被认为是一种病毒。所以我才会被安排在第一桌，班上唯一的有女同桌的男生。这样随时随地被老师们监视在眼皮下，避免我"祸害"其他人。

至于班主任所说的"不止一个人"，我曾经怀疑过同桌，后来又觉得自己太傻。

这完全是一个无法被证伪的命题。

我去问他，他也不会回答我。

一群匿名同学。

和没有证据有什么区别？谈恋爱就会影响学习吗？我们就会变成学校毒瘤，高考落榜，混迹街头，然后开始可悲的一生吗？

何况，我和周晴到底算不算谈恋爱我自己都不清楚。

在我看来谈恋爱必须有三个步骤。第一个是拉拉手，第二个是抱一抱，最后是最神圣的接吻。我们一个都没有试过。

晚自习后，她还来和我一路回家，那是我们第一次放学后走在一起。

快三月的天气依旧很凉，她穿着一身轻便的红色羽绒服，眼睛里有星星，一路走着听我说一些不好玩的笑话，一直在笑。我从没有见过那么爱笑的女孩，让我觉得自己一瞬间变成了喜剧大师。路灯将每个人的影子都拉得很长，地面上像是在演皮影戏，我们踩着影子前行。

"你看起来心情不好。"

她突然说。

我有些震惊了，我那么用力掩饰，都没有瞒过。

"吃糖啊。"

周晴从兜里抓住一颗阿尔卑斯棒棒糖递给我。

如果是平时我绝不会吃这么娘的食物，不过那几天真的太苦了，我必须要用甜食来弥补一下。

"不想和我说一说吗？"

她突然站定了问。

我将糖含在嘴里："小事而已。"

这时候，几个骑自行车的学生从我们身边飞速经过，我本来可以抓住这个很好的机会拉住她的手。可是最后我只是拉住了她胳膊上的羽绒服。

"差点，好险啊。"

我们都说。

"你小心点啊。"

我提醒她。

她有些不好意思地说："今天忘记戴隐形眼镜了……看起来都是模模糊糊的，你要帮我找路啊。"

当时我并没有听懂这句非常明显的暗示。

原来之所以没有举报我偷看的事情也是因为没有戴隐形眼镜。那天本就下着雨，换衣服时她看来是将眼镜给取出来了。这么想着，我心里大大舒了一口气。

她认真问："你要什么礼物啊？"

我说："不用不用。"

6

她依旧每天会来找我两次。上午第二节下课时她会来给我吃的,包括巧克力、麦丽素、辣条,晚自习放学是第二次,我们也都是讲一些寻常琐碎,不谈任何理想未来这么大的问题,天马行空,不惧未来。好像我们只需要往前走,需要的一切都会到我们手中一样。当时就是那么乐观。

在班主任找了我第三次后,我的考试成绩一次差过一次,这股无处发泄的怒火和焦躁让我怀疑是不是真的出在我和周晴的问题上。

周晴这天高高兴兴来找我。

"送给你的!"

她将一本崭新的《扣篮》杂志摆在我面前。

"哦。"

"你也喜欢运动吗?有空我们打羽毛球,打网球啊?"

她索性坐在我旁边,托着腮看我,没有立刻离开的意思。

我注意到不少人都看过来,低声说着什么,心里更是有一种羞耻感。

"我现在只打篮球。"

我语气不是那么好。

"怎么了,又遇到不好的事情了?吃糖啊。"

她又从兜里摸出一颗阿尔卑斯递给我,我一手拍落在地。

"不吃这种东西。"

她手依旧伸向我,脸上混带着震惊和不解,令我根本不敢再和她对视。

我只能够佯装随意说:"你走吧,别找我了。"

"你怎么了?"

她的声音已经有些急促,仿佛预料到了什么。

"我就这个意思,回去吧。我还要做作业。认真读书,懂吗?嘻嘻哈哈能考上大学吗?"

她离去时我看到眼泪由她眼角流下。她没有低下头，只是倔强地在大家注视下一步步离开。

我是一个混蛋。

当天回家，我得到了一个噩耗——副校长被调查带走了，目前初步定下的问题是贪污受贿，很可能要被判刑几年。听说副校长早就预料到了，好几年前就和他老婆离了婚，也相当于保存了财产。

我问起周晴。

曾经的保护伞舅舅变成了一个巨大污点。她现在在风言种种的学校里一定和当初在大雨天的我一样无助，然而我却没有对她撑开伞。

我不知道她是怎么强忍住这种痛苦和我笑着说话的。

如果说我们俩都是演员，那么她才一定是主角。

当天晚上我跑了出去，跑到了她们楼下。

这是我第二次来这里。

我想大声叫她下来。

然而下来又能怎样。

楼下绿化带里突然窜出一条狗，我吓得落荒而逃。

我第一次发现自己其实什么都做不了。连一把伞我都没有，连狗我都搞不定，我只会逞强斗气。

7

好几次我看到她都不敢上前。

周晴比起以前憔悴了很多，更是沉默了。以前她是一个能够在沉静和热情之间自由切换的人，她看似平和冷厉的面容下有一种坚决和内在的燃烧。要看到真实的她只需要一场大雨。物理我唯一学到的一点是，要融化冰，冷水反而比热水有用。

眼下，她像是给自己设置了一把锁，将自己另一面给藏了起来。

我们偶尔会眼神交汇，她总是略带疑惑地直视我，让人难以招架。她一定很想知道，是什么让我有了那么巨大的转变。是因为讨厌她，还是因为她舅舅的事情，抑或是有了其他喜欢的女孩。我根本回答不上来。我以为自己可以坦然当一个硬气的混蛋，一个渣滓。然而她给我的糖，我除了吃掉的都好好收藏，那本篮球杂志我一直放在抽屉里，那个小熊每天都在审视和谴责我。

我生日这天独自一人在外面溜达。

我没有过生日的习惯，因为父母太忙，朋友太少，而且生日每次都不是周末。每到生日这一天我都会到处走一走，感受一下增加一岁后会不会有什么不同。渐渐地我发现，年纪不断增长只会让自己有更多烦恼，如果你停下脚步就会想起很多烦心事，所以你需要不停步，将它们留在脑后。

这天走了一圈后，我回到了教室。

自习时我翻开桌子抽屉，看到了一根阿尔卑斯棒棒糖。

放学后我去找到她，随便说点什么都好，不要再彼此装作不认识。

正要上前，我却看到有个男孩子和她在一起。他长得比我高不少，倒是和同桌喜欢的类型很像，笑起来有几分陈冠希的味道，他机灵地抓住了她的手。周晴依旧被他逗得笑个不停。她好像注意到了我，我立刻转身低下头装作路过。

原来并不是只有我可以。

深深的失落掏空了身体里所有的力量。

我失眠了两天，最后还是吃着甜食睡着的。

有一天，我听说她有了正式的男朋友。这让我产生了一种难过又轻松的复杂心情。那个男的应该会好好对她吧？如果也和我一样怎么办？一定至少比我好吧。

我们再次相遇是在大学时候了。那时候人人网正火，我也加入其中。

一条好友申请发了过来。

我看到周晴的名字，有些发愣。

假装了几天不在线后我还是将她加上了。

几乎十秒钟后她发来一句话。

"好久不见。"

我也说"好久不见"。

她的人人网上都是她和朋友们一起出去玩，西藏、欧洲、迪士尼、东京……看得出她过得不错。她开始化妆打扮，本就底子极好的她看起来更是漂亮成熟了，只是略让我意外的是，她备注为"单身"。难道漂亮姑娘都没有人追求吗？

等了一分钟后，她发来消息。

"真想念以前的日子。"

我没有回话。

她继续说："你真的没喜欢过我吗？"

我慢慢打字说："没有。"

然后我再也没有上过人人网。

无论谁问我，我都会说："没有。"

没有。

我们手都没有牵过。

8

我依旧喜欢漂亮姑娘，喜欢长腿的，我朝她们笑，讲不好笑的笑话。

现在的恋爱总是会想太多，漂亮帅气吗，性格好吗，邋遢还是有志气，星座怎样，有六块腹肌和 C 罩杯吗？

以前的我们是一团毛毛躁躁的火，在荒原上不知疲倦地奔跑，一碰就着，追逐自己最内心的东西，莫名其妙地开始，稀奇古怪地结束，完全不讲道理。

幸运地结成良缘的，我嫉妒他们；错失爱人的，我可惜他们；和我一样混账的，我鄙视他们和自己。

情人节是赞美勇者的节日。

如果当时我……

可惜没有如果。

关上笔记本电脑，阿尔卑斯已经完全融化在嘴里。才赶到咖啡厅的朋友笑我："你怎么老爱吃棒棒糖啊？"

我对她笑着说："秘密。"

相遇 动人心肠

一个人走，虽然
太慌张

part 2

墙壁上站着一个瘸腿锡兵，他双手交叉胸前，扬起骄傲的头。我知道，锡兵已经做好抵达下个战场的准备。锡兵不需要被同情，他是士兵，哪怕只剩一条腿也是战士。但这不意味着他心如铁石，不可接近。他只是需要一点儿距离，以及他独有的表达方式被接受。

芭 蕉

现在很少看到有人在小区楼梯间上涂涂画画了，一来是大家都放弃了这种表白模式，大概是不太容易吸引表白对象的注意；二来是保洁阿姨被划分包区后很警觉，一旦被抓很丢脸，"让一个中年妇女逮到"比罚款挨揍都更让人沮丧。

在以前，大家不这样。我们涂来涂去，写想写不能写的，画难以用写表达的。

1

当时我所住的地方和其他老房子没有什么两样，狭窄的楼梯过道，只容转半个身位的楼梯间隔，阴暗、透着凉气。偶尔外墙镂窗上会摆放一点儿橙子皮、橘皮、南瓜子，味道就会变得甜腻，这都是因为楼里住的老人家不少的缘故。

我不愿意如其他人一样信手涂鸦，想什么写什么，并不是说我是一个规矩的学生。我讨厌过于随便，残次不齐，如果我要画，一定是要整栋楼的墙面同一个风格，要对称又美观。这是审美爱好问题。不同于现在的拖延症借口，当时是真觉得，没有把握能完美涂鸦前，绝不动手。

不止如此，一旦发现有人要毁坏墙面，我就迅速报告居委会大妈，将问题扼杀在摇篮里。我就像看护鸡蛋的母鸡一样，精心呵护着小区的楼道，让它白白净净，等待我灵感来临的一刻。

然而有天，我发现我的蛋被人给画了。

当时那种晴天霹雳很难形容，仿佛正在等一桶爆米花，结果香味飘出要打包时爆米花师傅急急告诉你，快撤吧老板，机器要爆炸了。

我仔细观察上面的图案，力求获得一点儿线索。首先笔迹是亮绿色，很浮夸艳丽的颜色，目测有可能是女性。然后是图样，并没有什么有深意的东西，是一个个填满绿色的圈。从楼梯走上去，看着墙壁，仿佛看到一行省略号。

走走走，偏头：……

就是这种不好的感觉。

一句话都没有就开始省略，这个人未免太省略了一点儿。我的第一个举动是从包里摸出尺子，开始丈量。量毕，我吃了一惊，每个圆的直径都是十厘米，圆和圆边沿间距为四十厘米，不止如此，还有楼梯平行的角度，保持直线的圆心都维持得很好，一点儿不像是随便之作。

当时我比较迷詹姆斯·邦德，脑子里第一个反应是，不好，这是某种帝国主义暗语。目标大概是对小区居民进行集体催眠，然后达到策反的作用。

我努力让自己冷静下来，冷静，冷静，偏头看到一串……

也许只是一个人恰好讨厌这种颜色，于是决定一次性用光，这样就不用背在包里了。或者一个几何狂人，想要从圆和距离里找出黄金分割点的秘密，也可能是涂墙工人提前来试手，看这面墙顺不顺毛刷。

我不断安慰自己，心里却知道，最大的可能是，我的蛋被人给画了。而且那个人极可能是突然起意，为什么你是纯白色的，全市都是花墙，你怎么能例外呢，不合群不好。

那些天我感觉自己被精神强暴了。更伤心的是，强暴我的人我连他是谁都不晓得。他在墙上写了个谜语，留下一串省略号，省略号的意思老师说过，叫作"懂的人自然懂，不懂的人说了也没用"。

树子看我这副样子，很不解。他说你怎么能因为没有地方涂画就沮丧，那全市早就没有白色的画板了，我们岂不是没事干了。

我心想对啊，墙壁这种东西是一次性消耗品，画一个少一个。不过看他们每天都能找到新目标，这点实在值得思考。

树子以看白痴的眼神说：思考个屁啊，当然是涂白涂料了。涂好后就又可以画了嘛。

原来如此。

2

回到家，从老爸的工具堆里捣出一桶乳胶漆。我提起往楼下走，一路刷刷刷，将一颗颗绿色实心蛋给变白。陈奶奶买菜归来看到，赞我能干。我擦了擦汗，朝她露出一个三好学生的爽朗笑容："别客气，我最看不得有人在公共设施上乱涂乱画了。"陈奶奶说："就是就是，真讨厌。"

完毕后，我的内心被一种荣誉感充满，仿佛失去的蛋又失而复得，好好地回到我双脚之间，仅仅是脸上多了一层粉。

第二天我琢磨必须动手了，再磨蹭下去又要被人捷足先登。当我背着书包上楼时，省略号又出现了。

这次它们出现的位置比原来要高一点儿，下方正是我用乳胶漆盖上的圆，已经干透，却还能隐约看到后面的色彩。我知道，对方跟我卯上了。

然后是我们的几次交锋，每天回去我就挽袖子涂墙。对方看来身高比我矮，第二次高度已是极限，后头他只在下方位置找空间，圆也越来越小，笔触也越来越淡，看来水笔已经油尽灯枯，后力不济。

这一天我哼着好汉歌，准备再给对方两刷子。没想和涂鸦犯来了遭遇战，很惊讶。她是楼上的女生，叫作白皎还是白蕉来着。我们仅仅几面之缘，惊讶的原因自然不是内贼问题。她是一个瘸子，出来时要用拐杖，脚才能发力。

一个瘸子，上上下下跑，为了能够涂涂画画也是够拼的。宁可有摔跤的危险，都要给公共区域抹黑，这是一种什么样的精神？

我向来讨厌以缺陷为优越感的残疾人，自从天桥乞丐拿我的钱买了我都吃不起的烤鸡翅后，我就对残疾界彻底死心了。说起来，我也是残疾人，我的胃里总是残缺。

芭蕉，原来是你在到处乱画！

我一个箭步跳上去，抓她个人赃并获。

她转过有些惊慌的脸，手上笔不知道藏在了哪里，她看了看我，镇定地说："胡说八道什么，你哪只眼睛看见了？我画什么了，我用得着吗？"

那是我第一次看到，有人睁眼说瞎话可以毫无愧色，这对于我是个冲击。虽然是残疾人，但也太不要脸了吧！气氛一时僵持不下。

我被她一句话哽得连感叹词都说不出来，要我学其他人说什么"你放屁你放屁，画了我看到了"，我又说不出口。

现代人，要讲道理。

我说："我给你讲，你这么做是不道德的。在这里面乱写乱画，影响市容市貌好吗？年纪也不小了。"

她留个我一个慢慢爬梯的背影。我想过去再理论，但没有行动，我不能够仗着自己是一个正常人，不断拦在一个努力走路的瘸子面前。不管她是不是道德，要不要脸。

我在她身后放话，芭蕉，我会盯住你。

她转过脸来说，没大没小，你该叫我师姐。

3

我回去查证了下大家的年龄问题。老爸说："你怎么想要问起白家姑娘的事，她的确比你大，都读高一了。"

高一还那么矮？我一时对高中生不屑起来。一直以来我都对自己初中生身份很不爽，一来初中生能欺负的对象只有小学生和幼儿园——或许还只是其中一部分，有些天赋神力的，我不见得能够唬得住。第二点，高中生好像蟑螂一样，遍布这个世界，街机厅里有他们，路上有他们，球场有他们，就连吃一碗凉皮他们都会插队，然后露出"初中生就要有当高中生替补的自觉"的表情。

之前我也知道白蕉这个人，算了，暂且叫芭蕉好了。

芭蕉腿瘸了，但我深信，没有人生下来就是摔在地上摔瘸的。老爸也不清楚，说她好像是跳楼，然后就断了腿。一旁没插话的老妈终于有了谈话兴趣，她淡淡说："她是和家里闹矛盾，然后就负气跳了下去。"我说"我怎么不知道"，老妈说因为她是在另一个小区跳的，后来避风头搬过来。

老爸问详情。

老妈语焉不详，说大概就是家里父母感情问题。

对这个理由我就没有兴趣了，夫妻间恩怨情仇离我太远。如果是因为和家里其他人抢遥控器，一怒之下，从楼顶一跃而下，这是我喜欢的剧情。我想这么干想过很多年了，不过，哪怕是从五楼朝下看都头晕，这辈子大概我都不会这么做。

再遇时她正在吃力地上楼，手上还攥着那只彩色笔。她似乎对于满墙的补丁已经无可奈何，找不到地下笔。我突然就自责起来，我，一个四肢健全的人，为了一面墙去难为芭蕉，实在不可取。如果可以重来，我一定会放下涂料，站在她旁边，举起右臂说"请"。

"芭蕉，你这画的是什么？"

她看了我一眼，没好气说："你哪只眼睛看到我画了。"

"芭蕉，给你讲，我也画。你不要敌对嘛。不过我画的话，想让这个不对称的楼道变得对称，让整栋楼比起那些乱画派，更加有原则和规矩。"我第一次对人说内心的想法。

芭蕉愣了下，笑了起来。她笑得很开心，我很担心她过于开心然后丢掉拐杖摔在地上，将另一条腿也摔断。

"乱画？哈？"

她重复了两遍这三个字，似乎很重要，要让我听清楚。话止于此，她撇下我往上走。我捡起她丢下的笔，看到笔头已经被磨平。芭蕉说话和她作画风格一样，欲言又止，留给你巨量省略号。

晚上下自习时，我突然拿到了答案。

那支笔的笔头在发光，淡淡的，萤火虫一样的绿光。芭蕉她大概是想要造出楼间的路灯。

4

回想起来，的确听闻过有老人家摔倒在楼梯间。楼灯时常失灵，你怎么叫，它都不肯给你照亮路。这种时候就需要靠扶手慢慢前行。对于大多数人也许算不了什么，不过如果是陈奶奶这种，就会造成大麻烦。我听说人年纪越大，胆子就越小，老是听到老人家哭哭啼啼。

我不知道其他人怎么样，反正我看到过陈奶奶——也就是芭蕉的奶奶哭，不是一次两次了，她声音很小，让人听得出来，却听不清楚。她一路哭着下楼，我回来时她又哭着提菜篮回来做饭。这和我爸说的一个道理吻合，不管怎么哭，生活还得继续，擦不擦眼泪都得去做该做的。

我问过芭蕉，她说那次是她奶奶忘记关火，所以一路哭，怕出事。这是个谎言，我没有拆穿她——芭蕉奶奶自己到处说过很多次，她是摔倒了，痛得在哭，我们整单元的人都知道。当面拆穿别人的话终究不太好。

我给芭蕉科普，荧光笔的发光必须要有光源，没有光源它根本没用，而如果有光源，也就根本用不着荧光记号。芭蕉坚持说她知道，不过脸上的惊愕却明白写着相反。她在楼道间画上线和圈，想要在勾勒出整个走廊黑暗里的上下左右，好让上下的人能够不再受伤。

我请老爸把楼里的灯都换了一次。搞不懂这么简单的事情，她为什么不找人帮忙。这里我才想起了一个问题，她家里好像就芭蕉和奶奶两人。原来是这个原因，所以她只有自己来。

老爸说："她家有大人，只是回来的时候少。周围邻居都很少打交道。"老妈这时说起她得到的小道消息：芭蕉飞下来是为她奶奶。

我这就奇怪了："好好走楼梯不好吗？奶奶又不会不等她。"

老妈瞪了我一眼，接着说："芭蕉家的大人当时让她奶奶搬出去，每月给她抚养金。"

"于是她就摔断腿，这样奶奶就可以留着照顾她了。"我接着老妈的话说。

可老妈根本不理我，慢慢说着。那天芭蕉父母都喝了点酒，将平日怨气都发泄了出来，早就对胆小又性格麻烦的芭蕉奶奶不顺眼，当即让她搬出去。芭蕉拦不住，只得问他们，怎么样才能够让奶奶留下。

她爸醉醺醺的，大概说的就是他们家没法养，芭蕉没有办法理解他们苦心，也不懂他们到底要付出什么。然后芭蕉跳上窗台，从上头一跃而下，以此表示：她懂，她愿意付出所有。

我觉得没必要。芭蕉看起来好好的，除了瘸了一条腿，她说话很健康。她可以睁眼说瞎话，她面对比她高半个头的我依旧一副大姐模样，她不哭不怨。一条腿走不快，她就慢慢走，慢慢走比较稳，总能回到家。

一段时间里，我老梦到坠落。芭蕉在我眼前无数次从楼上跳下，摔在地上，涂绘出一圈血色。而我只能站在地上，递给她一副拐杖，然后拼命挥舞手中的涂料刷，用乳胶漆盖住那些惨惨的红色。

5

我和芭蕉约定过，不得互相打探隐私。因为我们是楼友，比饭友、邻居都还要次一级别，每天大不了在楼道里聊聊天，出去后各奔各地，回来时各找各屋。

但说归说，言行不一是一种常见病。有次她送了我一本《设计大全》，封面是六七十年代风格，上面有个劳动人民坐在手扶拖拉机上高唱，坐在他身边的是个卷发女郎，正在用尺子量什么。

她说："你今天生日，送你的，家里就剩书了。"我思来想去，想起是来自一次口误，说去年生日去某地玩，那几天全国流感盛行。然后她说了个日期，我说对。芭蕉看起来还是很想出去走走，关心外面的事情，虽然腿不争气。

我不太想要这本书，估计对我也没什么用。但是本着一直以来的习惯，任何礼物哪怕是一张小纸条我都会收好，方便以后炫耀。

我问她何时生日，想要什么。

她又哈了一声，说："又不是要你回报。走走走，一边儿去。"

我这个人讨厌欠人情。

机会终于来了。最近我发现芭蕉总是坐在轮椅上，在下面花园发花痴。这样不行，坐太久就会忘记自己另一条腿，那就真是瘸子了。我过去提醒她，她不理我。

还是老妈信息来得快，她神神秘秘地说："听说楼上那家孩子早恋了，喜欢上了一个男学生。"

老爸说："你连这也知道。"

老妈说："是她奶奶说出来的，她奶奶这个人什么都说，之前白家女儿跳楼也是她说的，现在小区里面好多人都知道了。"然后她用警告的眼神看向我。

我则是怪她奶奶多嘴。老人怎么能这么讨厌呢？芭蕉为了她把腿都摔断了。老人家没想着保护她，照顾她，反而一天八卦，嘴碎。

老妈笑了声："你不懂。上年纪的人也有很多类型，对她奶奶来说其他不重要，她需要的是关注，好的也好，坏的也好，只要能有人围在她身边，她就有安全感，才高兴。"

我说"吃饱了"，丢下筷子，不想去再接触她口中的世界。

我溜到了芭蕉家准备敲门，我之前从没来过这里。这时候我看到芭蕉奶奶从下头慢慢走上楼，看到我她一下子露出笑脸："来找白皎啊，进去坐，坐啊。这楼里多亏了你，现在灯有了，老婆子我是夜盲症，晚上看不清。还有墙上的那些怪画，也都谢谢你给抹掉。真是好青年，哎，你走什么，别急啊，来，拿两个果子去。"

我嘴里说着"不了不了"，跑下楼。看到这张老迈的脸，我感觉很不舒服。我知道她也许不是一个坏人，但想到芭蕉为了她付出那么多，结果她老人家倒好，将孙女儿当作谈资。哪怕我告诉她真相，这位老人也只会将这些事当成可以夸耀的事件，到处找人诉说。我有点明白芭蕉的感受，过早地做出承诺后，无论事实如何都只得咬牙坚守。

这是年轻人的死穴。

她的奶奶以她为依靠，而她呢？

我不禁想到了芭蕉那位传闻的恋爱对象，于是我去学校打听。这些事情从来就不是秘密。树子给我反馈回来，说了一个名字。我知道这个人，小有名气，长相不错。树子说这人其实已经有女朋友了，是个外校女生。我一想，这不就是脚踏两条船吗？不过本着实践精神，我从包里摸出那本《设计大全》去找到那位男友。他正和几个朋友在说什么。

我走过去递给他书说，这是白皎让我带来送给你的。

他"哦"了一声，接过去。翻了下，皱了皱眉，对旁边人说："她就是喜欢这些老古董，傻得可爱。"

我假装离开，躲在拐角墙偷听。

有人问他："送书是什么意思？"

他哈哈一笑："这是一种独家习惯，送你一本书就代表自己的心意。她给我表白时，送我的是什么，你们猜？"

他说："都不是，是《茶花女》。当时拿着书我都傻了。她则是什么话也说不清，急匆匆跑了。回去后我翻来翻去，总算搞懂了，这是一个爱情故事。我就试着问她愿不愿意当我女朋友，就成了。你们想想，就这么个事儿我居然浪费了一晚上时间，第二天才搞懂。"

几个人一片"啧啧"嬉笑声。

他说："就当是赞助残疾同胞好了，这是感情投资。给她一点儿信心。不过说真的，要我和瘸子一起约会真是不行的，所以我一直躲她。这根本就像是和外婆在一起，你得扶着她，等她慢吞吞地来。最合适她的，还是去找到另一个瘸子。"然后他模仿老太婆挪步伐的样子，一群人大笑。

我本来什么都不用做。我又能做什么呢，我可以让他真正喜欢上芭蕉吗？但我觉得有些事非做不可，哪怕是作为一个楼友。我忍住狂跳的心脏，走过去说："我能再看看书吗？"他丢给我，我拿好了，然后对准他的鼻子给了一记直拳，然后迅速夺路而逃。

在他们一行的追逐下，我被堵在了走廊尽头。

我不能被抓住然后挨一顿胖揍，我是对的，正义不能被打倒。这变成了脑子里不容置疑的执念。然后我跳上护栏，呼吸着流动的风，看向捂住鼻子的事主。

在这之前，我本以为我会忍受高中生，直到自己变成他们的一员，然后将自己的愤怒与不甘发泄在初中生身上。我也以为自己会被恐高症缠身，无法站上高处……有的时候，真的不必想太多，只需要，让身体带着你。

跃下三楼。

6

我理了理皱皱巴巴的《设计大全》，拖着疼痛的腿，敲开芭蕉家门。

她和她奶奶都在。她奶奶招呼我进来坐，我没有进去，让芭蕉在门口听我说几句话，但话到嘴边我又不大说得出口。最后我说："你男朋友不是什么好人，他对你只不过……"

芭蕉奶奶耳朵不好，插到我们中间问："你们在说什么呀？"

我继续说："我亲眼看到的，不说谎。你自己保重。"

奶奶还在追问："到底是什么事？白皎，白皎你又出事啦？你也不知道留留人家。这孩子真没礼貌。小李，代我向你爸妈问好呀，让他们没事来串门多走动……"

芭蕉是那种坚强到别扭的性格，过得再好再坏都不想被别人知道，她不安又不断地打开关闭自己的门，不知道该让什么样的人靠近。

她让奶奶进屋，冷冷地说："谁准你管我私事了？当初怎么说的，你很了解我吗？"

奶奶还在里面朝我招手说："进来说呀，进来说，白皎，你怎么这么对人家说话。"

"为什么要单方面毁掉约定呢？"

我说："因为我不要脸。"

"神经病。"

关门瞬间，她眼泪夺眶而出。

她不笨，她当然知道，只是一直没有人告诉她。周围的人只顾议论芭蕉在早恋，芭蕉真可怜。连她奶奶也一样。可是没有一个人说，芭蕉，那个人不是好人，你要小心啊。仿佛，瘸腿的女孩儿能够产生绯闻，本身就是老天爷赏赐的一样。

7

芭蕉家很快搬走了，躲避新一波流言，我和她的交集戛然而止。世间事老是这样，来得猝不及防，走得毫无防备。你以为这不过是开头，其实已经到了句号的末尾。

她走的那天，我家墙壁上出现了一幅画。

墙壁上站着一个瘸腿锡兵，他双手交叉胸前，扬起骄傲的头。我知道，锡兵已经做好抵达下个战场的准备。锡兵不需要被同情，他是士兵，哪怕只剩一条腿也是战士。但这不意味着他心如铁石，不可接近。他只是需要一点儿距离，以及他独有的表达方式被接受。

我脑子又显出芭蕉别扭的样子来，她咬牙切齿地说："谁准你管我私事了，神经病。"

她泪中带笑。

邻居李三

1

河堤上，一个年轻身影弓腰站马正对着水面打拳，伴随嘿哈大喝。

他是谁？来过我家的每个朋友都会问。

他叫李三。这里有问题。

我指向太阳穴。

我家住在六楼，李三住一楼，除去因凶杀封闭的七楼，我们两家算头顶脚底。说起来是上下楼关系，不过以前我可不这么认为。

李三家本有三兄弟，他排行老三。他二哥没成年就死了，李三的称呼却保留下来。他出生后持续高烧，烧坏了脑子，智商不足，影响了部分行为。李三眼神尖锐有力，眉毛总是拧着的，如在眉心处打了一个死结，小孩子一个不注意就被狠狠瞪住，动弹不得。不仅如此，李三走路姿态也显怪异，他脚其实没问题，但他就是爱拖着左腿行尸般一挪一挪地走。有次，几个孩子在楼下丢石子儿捣乱，他一挪一挪，路过一瞪，小破孩顿时四散而逃。

现在他又有了河岸练武的习惯。

老爸拿过一盘非常古老的电影回来。我现在还记得，名字是《龙威小子》，说的是一个蓬蓬头在师傅指导下击败强敌夺回心爱之人的故事，算早期难得的外国功夫片。

夕阳下，蓬蓬头扬起双手，面对大海，于木桩上金鸡独立，在海浪中用力挥拳。

那副对抗大自然的豪迈画面让我记忆犹新，当时我被激得浑身血液逆流，恨不得钻入屏幕，化身为他苦练武技。

自然而然，回头看到李三对小河打拳的时候我心里就多了一份敬佩。如果有个人你发现了一点儿好，其他的也会变得不那么坏。

李三的凶恶脸并不刻意，对他爸妈大哥也是那副样子。回来了？饿了没有？不舒服吗？哼，他统统恶狠狠瞪回去，回应一切。让人稍显意外的是，李三爱卫生，白衬衣、夹克外套、黑长裤总是干干净净，回家前他把鞋子在阶梯上磕，一直到觉得灰尘都掉光，才脱鞋进屋。楼道里也不乏他挥动铁扫帚的身影，从单元门下到楼顶，每个角落他都打扫一遍，因此我们这一单元没请过保洁阿姨。

2

夏日下午，我拿了新淘来的漫画回家，看到爸妈穿戴整齐，都是黑衣黑裤，脸色肃然。怎么了？我脑子里第一印象是他们离婚了，完了完了我只能选一个。

"你李爷爷去世了，我们去拜访一下。你在外面将就吃点东西吧。"他们对我点点头，然后走出了门。

李爷爷是谁？噢，记起来了，是李三他爸。傻子李三也是有爸爸的。

若不是去世，我也许很久想不起这个老人。他下楼的次数极少，我这个常住民也仅见过几次。一次是李三摔倒，他扶李三起来。还有一次是统一交水电费，他排队在末尾，看到我，送给了我一块扳指一样的磁铁。

"以前是军人，转业到我们单位，是个性格非常暴躁的老干部。"老爸曾这么评价过。

但我眼里李爷爷不是那样。李三摔倒时他很耐心，还偷偷用袖口抹眼睛，给我磁铁指环，他笑得皱纹都飞起来了，反正我没看他发过火。

现在李三他爸爸死了。

假如他再摔倒，有谁会去扶他呢。

我丢下漫画书，拿着爸爸给的钱往下走。路过李三他家门口，看到他们的对联全都撤掉了，门口挂了一束不知名的枯草。门栏周围有很多烟头尘土，没有人来打扫。

楼下院子里已经搭了一顶白帐篷，门口有写了挽联的花环，我不知道为什么进来的时候没有看到。李家大哥正在朝进来的人打招呼，李家奶奶没有看到，应该在里面。人来人去，大家都很少说话，空气像全部被压缩到这里变成了看不见的沙袋，咯得人胸口闷。我找到李三，他在灵堂口子里。他跪在地上，头部对着地面，身体套在一件大得不像话的白褂子里，他不说话、不看过来的时候就和普通人一样。

我看累了，就去吃了碗肥肠粉，又在街上晃荡了一圈。回头看到李三依旧是那副虾子姿态，里面没什么人了。李家大哥和李家奶奶都不见了。

只有他一个人傻傻地对空气鞠躬。

他爸死后我就再也没看到李三打拳了。他随身携带一个收音机，在河边的亭子里听音乐，有时是流行歌曲，有时是古典乐。他最爱听《夜来香》。兴致来了他会哼哼两声，看到有人在窥视自己就像某种秘密被撞破，抱起收音机就跑。到了隐秘位置，再继续。以前丢石头的屁孩子常故意出现在他身边，吓得他到处跑，屁孩子跟得就更起劲了。

当他发现周围亭子都不安全的时候，李三白天就不听歌了。他跑到我们打球的地方，站直了看。

我们几个也是篮球新手，经常来个五步上篮、走步绝杀什么的。大家都在犯规，相互也能够理解。看到李三在旁边，不知谁先提出来让他当裁判。其实这个裁判也不用太多技能，满足两个条件即可，一两不相帮，二判决迅速。

李三说话不行，一次只能说一个字，两个字连起来就要了他的命，于是他用手势。你，他一指，那种发自内心笃定的眼神就让你觉得的确是犯了错误。反正我们不需要太多理由。

李三不好意思连续判一个人犯规，过一阵就会在另一个人身上找回来。现在想来这一点和正规篮球裁判不谋而合。但是没有规则的仲裁随着时间问题会变多，你认为你是对的，他也认为他没错，那错的是谁，裁判。

有天来了个外来者，他骑车到我们这里打球。你们太奇怪了，让一个傻子当裁判。他那副疑惑又带着嘲笑的脸让我们很难堪。

李三顺理成章地下岗了。

当他再次举起手指，指向你我他时，没有人理睬。李三看着自己的手指很久，他大概觉得自己手指出了问题，然后不停地在旁边尝试，指来指去。这时候我们才发自内心觉得他的确是个傻子。

李三还是偶尔会来看打球，但他不再挥手指了。让他来裁判，他只是摇头，怀疑地看手指。从此他的手指长期贴着创可贴，五根手指，缠得严严实实，就像一个拳手。

看到他呆呆的样子，我有时候会觉得难过。

李三现在不止认为自己腿有问题，连手指也有问题。以前那个对着河流挥拳的拳手没有了，再也听不到那孔武有力的嘿哈声。

3

天冷的时候灰尘就会变得特别涩，吸入鼻子里就像一把小尖刀。即使如此，冬季来临有些老人还是喜欢烤红薯。在铁桶里塞废木片和枯枝，下面钻个洞，然后一群人围着烧火。烧得差不多变炭了，敲碎了，用铁杵碾一碾，下面塞进红薯。然后大家乐呵乐呵，烤火等待。

这天火怎么都点不着。守门白胡子老头说是昨天雾太大，起了潮，必须引一引。最好的燃料当然是汽油，但谁也没有。

"李三有。"不知谁喊了一句。

我还迷糊着呢，他哪来的汽油，他又没有车。

那人站起来一溜小跑，回来时手中多了一沓纸，有过期报纸，烂掉的废书、杂志。他把它们撕成一页页丢进去，火机一打，呼的一下就燃起来。火焰一点儿一点儿将纸张吞没，变亮，变暗，变成飞舞灰烬。里面的木头被引出了火星，大家松了一口气。

哪来的这些东西？李三？我问他。

他现在就在攒这些废旧品，攒了好高一叠，用这么一点儿没关系。那人皱眉搓了搓手，好像手指很脏。

不过他说错了。李三不知从哪儿拿来一根杆子，一捅一撩，给铁桶整个翻过来，未燃尽的焦纸如蝴蝶翻飞，到处都是蒙蒙黑灰。空气窜进火里，火哗哗生起，映到他的锁眉恨脸。他挥舞杆子大声说："你，你！"

那副歇斯底里的面孔看得人害怕，大家都逃走了。

以前老人家都很照顾李三，但自从他们的红薯被破坏了，他们也不是那么待见他了。宽和一点儿说他没了爸，变成野孩子，激烈一点儿直接说他从傻子变成了疯子。

有的东西彻底失去才能体会得到。

我的篮球掉过几次，每次都能在不同的地方找到，床下、楼道、箱子里、伙伴家，无论走多远它总会滚回来，我一直觉得它是个可靠的家伙。

这次找不到了。

由于期末考失利，我决定出去找篮架出一通热汗，结果没找到球。我趁爸妈不在把家里翻了个底朝天，连他们的私房钱都找到了，球依然没有踪影。没有办法，我打电话到周围几个朋友家，问他们有没有看到，结果都不耐烦地说"不知道"。

天正在黑下来，家里被我搞得像小偷光顾过一样，爸妈即将归来，而我的球也没有找到。一切一切都变成让我忧郁的烦恼。我按照身体的本能跑了出去，装作什么也没发生过。假如问起的话就说不是我干的，预演一次遭贼了，还可以提高大家警惕性。

我坐在院子门口发呆，心里想着一万种应付情况。

嘶嘶——嘶嘶——

声音有点像是蛇吐信。我看过去，是李三。他正拖着一大摞绑好的纸板往回走，那是坚硬质地的纸板磨在水泥上的声音。他挪到我身边停下，对于我的样子不解。

球丢了。我用手做出球的形状，不知道他能不能明白我的痛苦。

李三朝我抬抬手，示意我跟他来。

他把我带到单元楼道下，楼梯后面放了很多杂物，木架子、废书、铁钎，还有一些说不上名字的残次品。李三蹲下去，那一堆杂物里不断有东西被翻出来，洋娃娃、狗链、塑料杯、破热水瓶、葫芦、牙刷……

最后他把找到的东西放在我手上。

一个灰扑扑的球。不是我那个。

指肚的触觉告诉我，这不是给小孩子玩闹的橡胶球，而是纯皮质的。真正运动使用的器具。

李三朝我点头，意思是东西是你的了。

天黑了，考试砸了，我准备打球，结果把屋子给翻了，球没有找到还翻出了他们的私房钱。我本会被他们揍到死。

可傻子李三转眼间就给了我一个，不要钱。我一瞬间觉得老天真他妈够意思。

他没有骄傲的神情，眉毛依旧在眉心处聚拢，是很平常的脸色。我仿佛看到他稳扎马步，正对着波涛打出迅猛的拳头。

我突然就想哭。

想归想，我是不会哭出来的，再怎么说我也是个成熟的初中生。

这时候我才注意到奇怪的事。李三是个整洁的傻子，头发永远洗得干干净净，一身衬衣没有一点儿污渍，裤子也是平整的。可眼前的李三不同，他头发尖都闪动着汗水，手臂和裤脚都脏兮兮的，像一个走了一万里的归人。

他收藏这么多废品干什么。

当然是卖钱。我脑子里迅速补充。原来李三也缺钱。

等到父母回来后，我如实交代。这不符合我一贯避开要害的行为，但是当我想到傻子李三那副"男人间不需要解释"的样子，我就说不出谎。妈的，我也想要成为在海浪面前踏出金鸡独立的男人啊！

虽然我很坦诚，但还是挨了一顿痛揍。这没道理。诚实的人鼻青脸肿，说谎的人却毫发无损，但我不后悔。

直到我把李三给我的球擦拭干净。

这是一个足球。

从那天起，李三成了收荒匠。他用录音机听《夜来香》，他站在篮球场外指点江山，但他还是收荒匠。一旦套上了某种称谓，其他东西就变得淡了。

院子里的人常常在楼上一嗓子喊：李三，来赚钱了。然后他就从不知什么地方窜出来，拿着秤和一圈圈麻绳奔去。他业务广，以收废纸为主，旧窗户、电器、铜铁器也收。李三会自带一双拖鞋入门，你只需要指出哪些要卖哪些要留，他就给你分出来，打好包，上秤，摸出钱给你，不带进一点儿尘土。

我趴在窗户边常常看到他在楼下拖东西。正式做这行后，他要搬的东西每次都有人那么高，看着都累。他肩膀上套着绳，拉着用残联所赠轮椅改造的拖板车往外赶。他身体依旧是那样，脚下一扭一扭的，他哪来的力气？

我坚信他和普通人类不同，不用脚提供能量，他的力量在眉间。每次一怒目就像接通电源，李三立马力大无穷。

4

念高中后被迫要求住校，由于回家路程不短，平日里我也很少回去。一直以来我是个不惹事的人，但依旧遇到了麻烦。班主任让我请家长，理由是我交白卷。严格来说算不上全白，选择题我做了三个。前一天晚上太紧张以至于躲在厕所通宵复习，实战时发觉文字开始打转儿，我要看清楚就不得不与他们保持同一频率。

我睡过去了。

我解释过，不过还不够，还需要爸妈解释。这次我没有被揍，但是他们说了很多狠话，让我觉得很伤心。大家都难过后，照例开饭吃一顿好的。

我没有再给他们讲学校的事，因为我觉得和大人讲小孩故事很蠢，于是我只好支起耳朵聆听。妈妈说了些他起草的企业工作激励制度，我和爸爸点头说做得好。然后爸爸说了单位近况，其中讲到了李三。

好久没看到他们一家了。他无意间提了这么一句。

"不就在楼下吗？"我奇怪道。

"不，早搬走了。对了，你回来得少。他吃着炒鸡翅，慢慢对我讲。"

半年前李三一家就搬离了。李家大哥欠了一屁股赌债被追，为还债不得不卖了房子，据说老干部就是为这事给气死的。李家大哥要卖，奶奶不愿意，李三是傻子，无法表态。最后大哥偷偷转让登记，还是给卖掉了。据说价格挺吉利的，好几个八。

然后李家大哥远走他乡去外地赌钱了。

李家奶奶跟着追去了。

李三应该也只能随着去了。不然他去哪儿？

我到楼下溜达了一圈。有个戴大耳机的男孩儿朝我打招呼："大家邻居了啊，多指教。"我说"好好"，然后转头把他名字忘掉。他门口的台阶处太脏了，鞋子踏上去能盖个章出来，还漂着细碎的包装纸。然后我再往下走，看到单元楼下的楼梯后面。

果然已经没有那些杂七杂八的东西了，那里变得有点空旷，只有一架木梯靠在墙上。

到了傍晚，我在背包里装满水果熟食，踏上返校路。出大门口时，我觉得有些不对，然后倒退回去，看到单元楼下有一辆轮椅改造的架子车，楼梯后堆了一叠扎好的厚纸箱。

我就等在门口。

虽然脑子里有个声音不停地说，是另一个人，另一个。收荒匠千千万，这个为什么肯定是李三？我等得腿有些酸了，就上楼喝汽水吃了点什么，下来我听到了有人在放《夜来香》。到楼下一看，东西已经没了。车子没了，厚纸箱没了。

我觉得就是李三。

到校后，我非常兴奋地告诉同桌，李三回来了。他说李三是谁。我停住了，因为我说不出口那是个傻子。

为了验证这个猜测，我每周都回家，和爸妈说很多话。

重点是我的确注意到，李三的改造板车会隔一段时间就出现，但是少有人见过李三。唯一说看见的是守门的白胡子老头，也就是烤红薯那位。他说李三没怎么变，还是到处收破烂，然后拖去卖掉，放放收音机，偶尔会看着他们原来的房子发呆。

"看来他是在赚钱养家了。"我插了一句。

白胡子老头一晒，腔调一扬。

"他哟，是在赚房子钱。有回他自己说的，说什么他要买房子，他爸住在这里，他妈住这里，他要重新住进去。一套房子现在市价多少，他一年一个平方都买不到，傻子，脑子不会算……"

在我眼前仿佛出现了李三的影子。

他喘着气，抬起头，用力望向曾经的家，手里的汗与累不算什么。在他简单的脑袋里，只有那一个目标。

"傻子就是傻子，真是可怜，被大哥骗签了字。他还去问了中介房子要多少钱能赎回来，又被中介骗，他还以为十年就可以做得到。"

我离开，我怕忍不住破例殴打老人。

李三的车子、纸板、塑料瓶、易拉罐还是会不时出现。但我一次都没有碰到过他，我也并不遗憾，我知道他曾经在这里出现。李三和我一次次在楼道的时空里擦肩而过，我们不需要对话，也并不用相遇。

他不用说话，不必听懂恶意，他有《夜来香》就够了。他在无数阶梯上鼓动肌肉，在冷嘲与烈日中，为了梦想和回忆在前进。

这是另一种挥拳。

5

中秋节下午，小表妹一家来我家做客。

小表妹奶声奶气的，娃娃脸还没长开，眉眼大大的，皮肤娇嫩，不像其他小鬼头那么讨厌。

"哥哥你吃糖，哥哥读书累不累啊，哥哥我不能吃牙齿会坏的，哥哥我想出去玩儿……"我被一个小丫头弄得晕晕乎乎。

她和我在院子里打了一会儿羽毛球，整个人热腾腾的，脸上也多了两圈红色。

我说："别玩了，出汗感冒了不好，回去我教你玩纸牌。"

走到门口处，她不愿意进去。小表妹看着楼上，问我，七楼上面是什么。我心说总不能告诉小朋友一些打打杀杀的可怕事，于是就说上面有野猫，很恐怖。

结果小表妹非常兴奋，她说最喜欢猫咪了，迈着步子就往上跑。

七楼虽然说被封闭，其实就是在门口多上了一把锁而已。大门都是统一样式的，除了上头灰尘多一点儿。

小表妹自然是失望的，被我拉着小手回到屋里。

他们几个中年人围成一圈打麻将，我无事可做，就站在窗口发呆。从这里望出去就是绕城河，有人会扔塑料和焚烧物进去，本来的水腥味也变得奇怪起来。最早河岸边有老人打太极，也许受不了味道，转战到了公园，就只剩下练拳的李三。

李三现在也不打拳了，那里变得空荡荡的，除了几棵孤零零的树，鸟都不愿意飞过。

一个时隔多年的疑问突然闯入脑海。李三他爸是军人没错，但是军人有习惯早上对河练拳吗，练的又是什么功夫？

于是我就去问老爸。

"哦，你原来是这么以为的。碰，七万。"他磕了下牌，丢了一张出去。

"其实他是练声，扎马步和挥拳是为了便于他顺利吐气，这还是老干部想出来的。老干部想要他能够和正常一样说话，为了这个跑了不少医院。哦哦哦，胡了……你表妹呢？"

我从恍惚中回过神来，找遍了屋子没有看到她的影子。我下意识觉得她到七楼找猫去了，几个步子跨上去，看到她正在走进七楼的房子里，往常锁住的门居然打开了。

我喊着她的小名，把她抱住。

"我来看猫猫。"她天真地说。

这样一来，我就说不出责备的话了，只好问她是怎么进来的。她说门一推就开了。

我当时第一感觉是又被玩儿了。大人们总说里面被锁得死死的，死过人后到处是血和老鼠蟑螂，恐怖得很。小时候我谨慎无比，甚至不愿意踏上上楼的台阶。

结果里面空空如也，墙上的白灰已经变得暗淡，屋子里有股潮味。正对门是客厅，中央处有一个破沙发。沙发扶手上固定了一盏灯，蒙蒙亮，带着红晕。

沙发上也坐着人。

他手上缠着创可贴，回忆的影子缠绕在一起，李三变得清晰起来。

时隔几年，我和他再次相见。他脸色有些疲惫，不知道是不是灯光原因，整个人黑了，额头和嘴角的痕迹变得深了，年纪凭空大了很多。他手里捏着收音机，老上海的《夜来香》正从里面飘出来。

小表妹不怕他的脸，或者说小孩子本身就具有分辨好恶的触觉，她退了一下，又抬着小步，想要走过去看清楚一点儿。

"别过来。"

这声音听起来有些硬，像没了油的齿轮咔嚓出来的一样。我大吃了一惊，李三可从来没法把两个字连读的。

他的挥拳等到了迟到的回音。

我欣慰之余又想到，现在他好了，又能找谁说话？

"别过来。"

他对小表妹挥舞双臂，犹如一尊凶神力士。小表妹却不听他的，笑嘻嘻朝他靠拢。

"别过来，脏的，这里。"

李三眼神紧张，一遍遍艰难说着。灯光下，他疲倦的脸努力向两边拉扯，嘴唇下压，力图摆出缓和的表情。

是笑容吧，我想。

一梦三四年

1

阿虎最近老是瞌睡连连，被几个老师各种罚站蹲马步都止不住。连带我这个躲在练习册堡垒后看漫画的同桌也跟着遭殃。

"阿虎！站起来回答这个问题，听到没有。"

"到底听没听没有！陈大胆，你又在看漫画！你们俩真是凑得整齐！都给我站到教室外去！"

天可怜见，我已经很快很快地收拾漫画了。都怪《大剑》封面太暴力，狰狞的血肉妖怪脸和各色课本封面都差异巨大，而且我正在看关键一战，主角被打落山崖……妈的，虽然我知道他死不了，但真的好想看下去。

我和阿虎傻不隆冬地站在教室外面，被十二月的寒风摧残呼吸道和鼻孔。这种天气，连送报阿姨和送奶大叔都不可能干活的，而我们两个十三岁学生因为得罪了老师遭受不人道待遇。

"好冷。我忘了把手套带出来了，你说我现在回去拿会不会被骂？"

阿虎打了个冷颤，哆哆嗦嗦搓着手。身体那么强壮的阿虎会怕冷在我看来也没什么，这家伙空有一副好身体，是个标准老好人。他就像是从火星来谈判的外星人，和我们这些地球人说话总是笑脸相迎，小心翼翼。

"佩服，你去试试看啊。"

我冷笑，是真的很冷，肌肉都要被冻住了。

"最近我老是困，你说奇不奇怪，每晚我都十点半睡觉，到早上总是觉得熬了夜一样。"

阿虎把手指放在嘴边哈气。

"你说不定是埃及法老转世。"

我脱下一只手套丢给他。没办法，讲义气一向是我的软肋。

"埃及法老转世应该是精神很好才正确吧，睡了几千年，按人头算的话也是百人份的睡眠了才对。"

阿虎这个人什么都好，就是钻牛角尖，不过还好遇到是我。

"阿虎，你知道什么叫作惯性吗？惯性现象就是物体保持原来物体状态的一种作用。你还好意思物理考七十分，我才考五十分都知道！"

阿虎笨拙地将两只手撑进一只手套里，想了想。

"那不一样啊，人睡觉是一回事，跑步又是一回事。"

"那就说人，就说我爸，从小喝酒喝到四十岁，按照你的理论现在他应该对酒兴趣越来越淡，反正普通人不喝也不会死。事实是，他现在每天照样必须喝一瓶二锅头才能睡觉。"

"你赢了。"

阿虎垂头丧气。

我还沉醉在胜利者的短暂快感中，没想阿虎有些感伤地说："大胆，是不是每个人都有惯性。我爸我爷爷他们那样，我以后会不会……"

我打断他。

"你想多了。我陈大单，到现在最痛恨就是我老爸。我妈生我的时候，他走了狗屎运拿下一个大单，喝得醉醺醺到医院一路哭吼着'大单''大单'……结果我就糊里糊涂叫陈大单了。你看，现在我至少可以改名叫陈大胆。让我学他一样以后去搞保险，我宁可去卖羊肉串！"

阿虎"嘿嘿"一笑。

虽然我的家庭算不上什么美满，比起阿虎来说还是要好太多。他家被外人叫作犯罪世家。阿虎爸被捉去坐牢，阿虎老妈因为贩卖人口还在被通缉，他爷爷是最老的一拨内古惑仔，被讲义气的老大干掉了。最无辜最难过的就是他奶奶了，我印象里是一个沉默老太太，话不多，每天依靠捡废品养活阿虎。

老太太除了"啊""嗯""好"几个词之外，和我说过最完整的一句话是"如果阿虎有天学坏了就不要再和他做朋友了"。老太太一边费劲地把纸板废品捆起来，一边和我说着话。她动作迟缓坚定，听得我差点都想哭。不管为了阿虎还是老太太，我都希望阿虎可以脱离他们家的阴霾，像其他人一样可以过好每一天。

"大胆。"

"说。"

"没什么……"

看他犹犹豫豫的样子就让人生气，不管怎么说，他家父母都算一号人物，双方强悍的遗传因子到他这里似乎是正正得负了。

"这事情很扯。你不会信的。"

我心说你家已经够扯的，还有什么尽管来。在我威逼利诱下，阿虎终于开口了。

阿虎家犯罪背景很深，所以经常有警察光顾，更有一些和他父母沾边的人也会找上门。阿虎印象中有两伙人来得特别勤。其一自称阿虎母亲的债主，每次都来大吵大闹，砸玻璃扔凳子，头目总要端碗炸酱面在他们家吃，呼噜呼噜吃完了说，下次再来。另一伙人显得亲切得多，大多是女性，都说是和他父亲关系很好的朋友，每次都会带些水果，她们旁敲侧击，问货物什么的。阿婆总是默不作声，等他们闹过问过后，打扫卫生，求邻居帮忙钉好桌子和板凳。

阿虎耳朵变得很敏锐，对于多人的脚步声、碎玻璃声、敲门声总是非常害怕，而他们住在郊外废品站旁，不是一个安静的居住地。阿虎睡眠很差。

听捡废品老人们说，每晚将心愿念够一百遍，一年后就可以美梦成真。这完全是老人无聊杜撰的安慰罢了。可对于年幼的阿虎来讲，这根稻草十分珍贵，他紧紧握住这个希望，每天许下愿望。而这个愿望如此平凡——快点长大，能够读书，不用待在家提心吊胆。

某一个晚上，他躺下后睡得很熟，在他短暂的童年里再也没有比这个夜晚更舒适而平静的了。当他第二天醒来时，他已经十岁。

这一觉睡了三年。

"我有个问题，躺床上三年你每天怎么吃东西？"

"我也不知道。"

"露馅儿了吧，阿虎啊，幽默感是天生的……"

"我说真的。"

阿虎无比认真地看着我，交学费前数钞票也没有这么认真。

不过哪怕是如此认真的阿虎，让我相信这种事情有些强人所难。我陈大胆八岁就不信鬼，九岁发现牛郎织女的破绽，十一岁就知道读书并不能改变命运。

"阿虎，你总要给我看点证据吧。凡事要讲道理，警察抓人都要看证据。"

"我不知道怎么给你说清楚。但确确实实，七岁到十岁这段记忆空白的，只有每天睡觉的时候，还有零星片段会出现在脑子里，家里的、学校的、自己的……你看。"

阿虎挽起厚厚的衣服，露出胳膊，上面有一道很深的伤痕，像是刀伤。

"我根本记不起这个伤口是怎么来的，邻居说我拿着菜刀吓追债的人，不小心划伤的。还有，奶奶有次晕倒，在医院躺了三天才回过神。我也记不清楚了。"

他苦着脸，把手套还给我。

"我就是记不得。"

"就像……那一段时间，我的身体成了出租车，被其他人用了一样。这两年，我每个晚上都很早上床，因为只有躺在床上才能记起那些清楚发生在我身上我却忘记的事。"

"如果以后我不是我，我们还是朋友对吧？"

我也脱下手套。戴着手套的我们太过于眷恋温暖，都快忘记真实的外面此刻是冰冷。我受到一份沉重的信任，心里滋味莫名。

"我开玩笑的啦,哈哈,你真信了。"

阿虎打哈哈,脸上的勉强笑容像套在他身上的无形枷锁。

不等我准备安慰他几句,英语老师又在咆哮了。

"你们两个,在外面声音还那么大!我一向告诉你们有付出才有回报!都去跑操场,每人五圈!"

阿虎若有所思。

<h1 style="text-align:center">2</h1>

到了午餐时间,教室里只有寥寥几人。我喝着老妈炖的番茄老鸭汤,衡量着阿虎的老爸和我的老爸哪个更差劲。

说句不怕笑话的,我没怎么明白我妈为什么会和我爸那种酒鬼结婚。温柔、贤惠、知书达理……我妈简直就是中国女性的杰出代表。给我取名"大单"的老爸陈吉勇,早上起来就是吼"奋斗""努力"什么的,还笑嘻嘻对我说:"儿子你爸这个笑容是不是很有亲和力?"然后昂首挺胸出了门,晚上回家就醉成一滩泥。

"陈大胆,过来一下。"

英语老师,也就是班主任,用食指提了提镜框。

照样子先谈了我的近况。不过今天我感觉班主任另有指示。

"黄虎最近很反常。"

他用鼓励的眼神看着我。

我说"哦"。难道我会把阿虎睡觉的事情告诉他吗?

班主任难掩失望。

"据我所知,你们是好朋友吧,朋友之间本就是互相帮助。他有什么难处,你可以告诉老师,多一个人也多一个办法。"

"黄虎今天没来学校,打他家电话也是停机,老师很担心。"

我脑子里灵光一闪。有人说过,与人交流最重要的是洞悉双方话语中的实质。

"老师，我也很担心黄虎。能不能让我今晚晚自习请个假，去看看他，也好放心一下。"

班主任眉毛扬起来，稍微一顿。

"也好，但你要注意，不能耽搁自己的学习。"

我点头如捣蒜。想不到我陈某居然也能成功揣测上意，最主要的是，终于可以正正当当逃一个自习了。

班主任挤出一个自以为和蔼的笑容。

"去吧。"

我是觉得吧……班主任大概严厉习惯了，笑起来面部肌肉都不是那么回事了，还是训人时比较自然。心里又一想，自己这不是犯贱嘛，天天清水豆腐突然来一块肉都吃不下了？

阿虎躺在床上。

病了？阿虎？

开玩笑，那超越同年人的倒三角身形和肱二头肌是在眼前这个苍白病号身上的吗？从小就有人不断对我说，串门不能空手。我提着四个苹果，深感庆幸，又觉得别扭。前者是因我不用担心尴尬，后者因为这个"有人"是我的酒鬼老爸陈吉勇。没错，前面讲到能够逃掉自习，那个"有人"也是他。

"魔鬼筋肉人也有这一天。"

我接过阿婆给我洗过的苹果，咬了一口。阿虎家比较娇小，房子好像是他爷爷以前拼来的。阿虎的房间堆满了各种杂志和漫画，巨大的足球海报，墙角书柜里堆满了各种杂物，靠着书柜有个书桌，阿虎的大弹簧床则放在另一个墙角。

阿虎撑起身体，手在枕头下摸来摸去。

"阿婆，我的书呢？"

"你自己放的。"

阿婆这时候端来两碗面。

"你也吃。"

她递了一碗给我，不同于其他老人，手很稳。阿婆的皱纹在白炽灯光里笑得很深。

这时应该接近八点，我早在外面点过一碗猪蹄饭。然而这碗巨大的素面热气蒸腾，让屋里的寒冷消散无踪，我默默用筷子夹起面条。

"愿意吃就吃点。"

说完，阿虎埋头不看我，呼噜呼噜吸面声成了屋子里的主旋律。

"实在吃不下了。"

我连续几个饱嗝。

天知道我为什么吃得下这碗面。老人的笑容有魔法，让人不由自主。

阿虎摸出几本漫画塞给我。

"《火凤燎原》①，我从阿婆那里淘到的好东西！"

我翻了下，画风不算暴烈，先不管那么多，装进包里。阿虎的漫画鉴赏水平倒不是盖的。

"天也晚了，你先回去。"

"好。"

我背上肩包。

走到门口，我一想不对啊，正事一件没做。

"你家电话停机了。"

我都没搞懂自己的切入点。

"欠费，月底阿婆有钱了就交。"

"班主任问你，你要请几天病假？不如玩个一周？"

阿虎摇头。

"晚了回去就跟不上了。后天我就回学校。"

"做梦那个事想通了没有？"

阿虎半天不说话。

---

① 《火凤燎原》，香港漫画家陈某创作的漫画，从司马懿和其门下刺客燎原火的角度重述了三国历史，是一部结合了演义、正史和原创的三国题材的作品。

"想得通想不通都无所谓了。你看我家这样子。"

他语气有点异样，右拳捏紧。

"外婆年纪大了，经常咳嗽。任何事情都有代价，我必须更努力了。"

"努力，奋斗。"

我鬼使神差说了这么一句。

3

人以群分，物以类聚。电动党集合在一起天天研究技巧，运动流课后分享各自心得信息，成绩好的一派大多用月考比试来对话，小说漫画宅相对组织松散，没有特定人物，所以存在感比较低。

我对自己曾做了个评估：成绩 B，长相 B，运动天赋 B，游戏天赋 C，追星能力 F，漫画小说能力 A+。

当时觉得世界好灰暗。过个人行道，就可以看到数十个自己长大后的模板。要接受自己是最大众的大众是很痛苦的，但我陈大胆从来不会气馁，到处吃东西的人现在被称为"美食家"，说不定等我年纪大点了美画家就推出了。

阿虎的评估是这样的：成绩 A-，长相 B+，运动天赋 A，游戏天赋 C，追星能力 B，漫画小说能力 A++。

我从没见过比阿虎更怪物的漫画猎人，他翻个三四十页就基本可以判定漫画和小说的可读性，敏锐到令人发指。不过我更感可惜的是，身体强壮、成绩不错（十二三名的样子）的他，只被小说漫画宅这个组织容纳过。

还记得刚入学，阿虎是个非常有精力，话相当多的人——大概是他一梦做了三年的原因。

阿虎非常开朗地想要融入各个团体，参加了足球队，成绩优秀，外表又阳光，看起来他即将成为学校主角之一。一切结束在他家传言面前。

犯罪世家，多么像笑话的恶毒词语。

我叔叔家的一条小狗，精力充沛，见人就围着你跳来跳去。几个烂大人就故意拿出烤肠和鸡腿坐在沙发上吃，假装有意无意要给它吃骨头的样子，小狗就摇着尾巴过来咬。大人们就哈哈大笑，不让它靠近，逗累了，就把鸡骨头统统丢到垃圾桶。

阿虎就是那条小狗。

这是我人生里第一次看到人翻脸就像演戏。所有人都躲着他，怕他，敷衍他，害怕和犯罪世家沾上关系。我和他凑到一堆显得水到渠成。

我老妈是警察，每天中午都要听她讲罪犯的故事，知道部分真相和纯凭想象是两回事儿。穷凶极恶是极少数，大多罪犯非常可怜。

对于阿虎的家庭背景，我倒没有什么感想。

发光青年黄虎变成了落魄青年阿虎，每日看书翻漫画度日，阴差阳错成了我同桌。有次自习我肚子痛，跑去方便后回来看到阿虎被罚马步，原来我没看完的漫画还在桌上，被老师发现，阿虎站出来说是自己的。

妈的，够义气。

我二话不说和他一起蹲到放学蹲成了老寒腿。阿虎正式成为我的朋友。

同桌位置照样空着，我和前后聊来聊去，也没人问阿虎。哦，收班费的副班长问过。我翻开《火凤燎原》发现怎么看都看不进去，没劲。

"现在告诉大家一个好消息……"

班主任手指如指挥家指挥乐队一样挥舞空中。

好消息就是要分班了，便于结合各自情况继续学习。火箭班、航空班、普通班，这是三个等级。普通班级别最差，当然成绩在前面的几人达到火箭班要求也可以申请调班。航空班就恐怖了，完全是为了攻陷国立顶级大学打造的精英副本小队，据说里面的人连拉屎都在背公式。

"陈大胆，给我留下联系方式。"

副班长递给我一张便签，纸张有股香薰味。我塞给她一张我早就准备好的名片——从纸张到介绍都足够硬。

"嗤，大胆工作室负责人陈大胆，你还真敢夸口。"

副班长拿名片在我眼前晃。

"不要小看看漫画的人！说不定我画的漫画会成为你儿子将来的人生导航！"

她脸微红，努了努嘴。

"就会乱说。"

"我也要一张。"

足球队长阿赫笑嘻嘻问我讨要。虽然是踢球的，但他考试也厉害，这种全能人物很让人没好感。是，妒忌又怎么样！

"谁说给你的！限量版是给女生的，这是你的。"

我把缩水版名片丢给他。

"陈大胆……你这也太……"

"有名字有电话有祝语，你还要什么。"

缩水版其实就是一张普通便签，男女有别。

阿赫也只有收下，和我交换了联系方式。

"黄虎这两天在干什么？"

"病了，躺床上。"

阿赫惋惜地说。

"其实黄虎踢球真的很有天赋，意识好，跑位和速度都很不错。唉，让他离队是大家投票出来的，理由你知道的。少了他我们实力下降了不少。你帮我告诉他，有空来踢球。"

我点头。

4

分班是大事，轰轰烈烈搞了两天，各班级班主任领人走了。我和阿虎毫不意外分到普通班。该开火箭的开火箭，该修飞船的修飞船，该走人行道的普通学生跟着红绿灯。

"要不要来一碗？"

我又在喝番茄老鸭汤，没办法，我妈唯一拿手厨艺就这个。

他摇头，看着试卷眉头紧锁。阿虎生病回来就变了很多，像计算机一样每天疯狂运行着，做作业，阅读。如果说以前他是用七成功夫留有余力在读书，现在就是十二成的超负荷运转。

"最近出了一本欧洲杯专辑，讲的是那个……"

他嗯嗯答应，头都没抬。

"书屋里好像新到了漫画，要不……"

他咬着笔杆点头，继续盯着课本。

读书狂人阿虎，业余没和我谈过漫画和足球了，他似乎丢失了漫画和足球的天赋。阿虎努力融入新的学生团体，被碰壁，被嬉笑，被拒绝，然而这家伙如不倒翁一样，撞开了，又贴上，摔倒，爬起来……他成功了。我在他身上看到一个让我熟悉、情感复杂的影子。

放学回到家。

"你今天不用上班吗？"

我看着优哉游哉坐在沙发上喝啤酒看拳击比赛的陈吉勇，心里不爽。

"又拿了一个大单，休息休息。儿子，来来来，爸爸看看有多高了。"

陈吉勇嬉皮笑脸，奔四的人了，没有一点儿身为父母所需的稳重。他衬衫领口大开，穿着短裤，头发也油油的，没有像平日那样用发胶固定造型。

"动手动脚干什么。"

我拿起纸杯喝啤酒，绕开他摸我头的手。

他毫不在意搂着我唱《一剪梅》。

我浑身肉皮都在音波中颤抖，只好堵住耳朵。

"看你脸色这么差，是不是遇到难题了？早恋问题不要找我，找你妈。"

他抱着瓶子喝得一脸陶醉。

平常我会骂两句然后转身不甩他，不过今天我也许真的可以问下。我斟酌用词，说："我有个朋友，最近变得很多，让人不好接受。"

"女的？"

他有了神采。

"同桌，男的！"

"哦。"

他又一副没睡醒的样子。

不管三七二十一，我把阿虎的事抖了出来。为了义气我可以向这种烂老爸低头，没办法，这就是我的软肋。

"反正我不明白，一个人怎么可以变成他以前讨厌的样子。"

老爸翘着腿，含上一根烟，指示我给他点上。

我小心给他点火。

"大胆，我不知道他怎么想的。"

老爸长长吐了一口烟，呛得我咳嗽。

"生在那种环境里怎么能顺心？如果我是他，会选择最简单直接的方法，解决问题。这些问题都是实实在在存在的，奶奶老了，被追债，被看不起。把几百个问题合在一起一次性解决就是我的方法。读书是他最适合的选择，他很聪明。"

"但是……"

"没有但是。"

他冷酷地说。

"当请朋友吃晚饭都只能是一碗面的时候，其他的你根本不会去想。"

老爸咂嘴，抓了抓胸口。

"凡事都有代价，选择了条件一，就不得不放弃条件二。不过你不同，我们家有我啊。我在，你想怎么过就怎么过，想怎么读就怎么读，你和你妈开心就好。"

他理了理刘海，朝我露出一个带胡茬的中年男人微笑。

我承认的确帅气，这是我老妈选他的最大理由吧。

回头他又把手伸进短裤一阵抓，让人实在无言。

选择了条件一，就不得不放弃条件二。

就像我点了猪蹄饭，就吃不下牛腩饭，再点牛腩饭，又要多付出十几块。白天夜晚长久的刻苦，为了交换将来一个机会，忍受家庭带来的副作用，是阿虎走入正常人轨道的付出。等价交换，科学家们早就告诉了我们这个世界的真相。我有种洞悉天机的错觉。

我知道，阿虎可能又一次睡了过去。

新任班主任让我顺路给阿虎带去复习资料，他又请了假。敲了很久的门，对上的是阿虎强压怒气的脸。

"那么大声干什么？"

我有点莫名其妙，火气也上来了。

"大声一点儿又怎么了？"

他冷着脸，挡在门口。

"有事你说。"

我把资料从包里拿出来扔给了他。

从屋里传出咚的一声响，像是柜子倒了。阿虎丢下资料，紧张地跑回去。然后就是两个人的争吵声。

我推开门，看到阿虎正把阿婆扶上床，他激动地说着什么。那个沉默有力的老人，现在整个人仿佛失去了水分，缩小了好多。她轻轻咳嗽了几声，朝我笑笑算是招呼。

"医生不是给你说了不要走动吗，我去给你拿水。"

他把被子给阿婆掖好，安放好枕头，跑到厨房。

阿婆指了指自己脖子，大概是说她喉咙不舒服，说不出话，然后闭上眼。以前看到的老太太总是风风火火的，忽然停下来，看着她平静的皱纹，我真切体会了时间在一个人身上的痕迹。

看着阿虎在厨房里手忙脚乱地煎药烧水，我想到老爸说的那些话。

"一切都会好的。"

我这样对他说。

阿虎眉头紧锁，看水烧得差不多了，他说："你回去吧。"

把铁门关上，我又想起了阿婆那碗面。这一碗面，如今都变得岌岌可危。

5

借用身体、灵魂转换这种鬼话我当然是不相信的。不过如果这不是真的，阿虎用四个月就冲入班级前三跳入火箭班再跳入航空班这个命题我解不了。

身边少了阿虎，难免有些不习惯。我也逐渐融入了更多的同学群体，每天插科打诨，偷偷画自己的漫画。

偶尔我也会碰到一个方向的阿虎，试着同行，但无论他还是我，都显得不自在。生性洒脱的我觉得没意思，大家碰见相互点点头就过去了。一年过去了，两年过去了，三年过去了，时间走啊走，我的自画集都画满了五本，唯一没变的是成绩，十五名就是为我量身定做的位置。

全班肃穆，老师又在念成绩单了。我相信至少十年内，这张纸都有左右广大学生每日心情的能力。

"又是惨不忍睹的一天，我的 iPad 又没戏了。"

现同桌高桥瘫在桌子上，双眼呆滞。

他之后马上是我的名字。

"你看，我始终陪着你。够意思吧。"

我从他抽屉里拿出一罐可乐，"咕噜咕噜"一解炎热。

"我就不懂，反正名次都会张贴出来，为什么还要念一遍？"

高桥拿小刀捅桌子。

"判决书嘛，你看，法院判了犯人罪，还要张贴呢。"

我喝掉最后一点儿可乐，顿觉清爽。

高桥端坐，理了理头发，手指捏着下巴。

"大胆，你看我这样貌，这气质，不去混娱乐圈简直是浪费。"

客观来说，高桥这个人长相清秀，对于装扮时尚也有独到品位。就是太臭屁了。

"自恋桥，没通行证，连狗都进不了学校。你还想要星探？人家探也是探花季少女，你就不要想了。"

高桥泄了气。

"要是能进全校前百就好了。至少八百大元啊！加上我妈给的赞助，iPad 就是我的了！"

他右拳击左掌，露出一副"只差一点儿好可惜哦"的惜败表情。我都懒得理他，全班前十都没进还白日梦全校百强。

"最近在传一个奖学金达人的事，你知不知道？"

高桥八卦能力不俗，且生性八婆。尽管我根本没有表露出一点儿渴求的样子，他还是照着自己剧本在演。

"看你那么想知道的份上，哈，告诉你。"

"他们班的都说人家是在燃烧生命读书，你别那种眼神，这真是他们说的。据说他每天睡五个小时，桌子上写满公式，高一开始这人就一直没下过全校前五，可以心算到小数点后三位……"

高桥拍了我一下。

"除了最后一点，其他都可以考证。"

这个人我是知道的，阿虎。我印象中他还是那个肌肉壮硕的、善良的、讲义气的阿虎。这个被叫作奖学金达人的阿虎，除了成绩很好很好，其他我一无所知。原来的阿虎睡着了，不知道要睡到哪一天。

五月，天开始热了，夜风是难得的享受。在我前面，很久不见的阿虎朝我点头。三年时间把阿虎改造得很彻底，以前健硕的身体变得消瘦，也高了，看起来斯斯文文。

"好巧。"

"不巧。"

他摇了摇头。

"我在这等的你。"

我们聊着一些有的没的，慢慢前行。

"记得我说的一梦三四年吗？我觉得这几年就像做梦，浑浑噩噩，就成现在的样子了。"

我哂笑。

"假如既能浑浑噩噩又能考个前五，我就烧高香了。"

他听出我话中揶揄，有几分尴尬，交谈又回到天气美食这些不痛不痒的话题上了。

走走走走走走走，走到我家门口了。

"上去坐？"

这不过是礼貌性问候，他居然一口答应。

这回轮到我尴尬了，老爸最近又在跑大单，警察老妈常年不在家，家里只有啤酒。我撕开两袋泡面，打了蛋，开个大火烧起来。

这么久没见，阿虎不善言辞依旧，我只好主动说话。

"都说你们航空班是精英小队，我们普通班是炮灰组，还说你们有区别待遇？"

阿虎第一次开怀。

"没有那么夸张。不过奖学金的确要多一点儿。"

"才多一点儿吗？都说航空班学生都有身价的说法了，各个学校都在挖墙脚。"

他开了一罐啤酒。

"有的。不过我没兴趣。"

"那你对什么有兴趣？"

话比脑子快总是不好的，可有时候就这样误事。我内心始终耿耿于怀，不看漫画，不爱足球的阿虎还算是阿虎吗？

这个问题似乎把他难住了，阿虎很专注地想了一下。

"现在就只有成绩了吧。"

对话又停滞了，我趁机去厨房把两碗荷包蛋泡面端过来。

"我也不知道怎么说，反正我就想找你说说话。"

阿虎叹了口气。

"大胆。"这是他这么久第一次像三年前般称呼我。"你知道在我们这里，一个人一个月要用多少生活费吗？"

"六七百？"

"自己做饭的话最少要四百块，除去其他开支。"

他往碗里放了大量的辣椒酱，光是味道就让我鼻子想打喷嚏。

"以前我不知道这些啊，全是阿婆在管。后来她病了，必须躺在床上，什么都要我来了。你知道那个月我们还剩下多少生活费吗？半个月，两百块。这还不算最糟糕的，当时阿婆状态差得不行，走着走着腿部神经就可能突然麻痹，吃不下饭，还说胡话。她在我耳边念，希望我可以好好学习，做个好人。我以为她要死了。"

阿虎不看我，大口吃面。

"我就想，至少在她死前满足一个愿望吧。至少这个我可以做。"

"那一个月我很少睡觉，看到车子我想起动力学动量守恒，吃饭我想到化学反应，听到小贩叫卖我就算着这个月的账。我什么也感觉不到，我都觉得自己要疯了。"

"那是最难的时期。我进了前五，拿了三百块奖学金，加上阿婆的低保，我们有钱了，不用挨饿。阿婆看到我的成绩单，身体居然一天天恢复了。"

阿虎大口喝下辛辣的面汤，鼻涕眼泪齐出。

"辣的。"

他擦了擦脸。

"知识就是力量。我第一次觉得这个东西是对的，没有那三百块，我根本无法想象。我想象不出来。"

他喃喃自语。

"都说我读书厉害。我要养活自己，我要给阿婆买药，我要那些奖学金。我怎么不厉害，我又怎么能不厉害？"

我说不出话来。假如要内向的阿虎开口求助，那会让他多无助？又有几个人会借给他？有谁又能一直帮他？那三百块留住了他仅剩的骄傲。

这家伙还不到十八岁啊。

"拿多一点儿奖学金，阿婆就能用好一点儿的药，可以过得好一点儿。以后的生活就是这样。"

阿虎说得很平静。

"要想获得什么，就要付出代价，我没有选择。"

这一刻，我几乎看到他和我老爸的影子合二为一。

"我生病那次，你来看我，我心里一直在想着，想着。我只能请你吃一碗素面，这让我不敢看你，一个多月睡不着觉。我也没想多好，不过只是想请一个朋友吃一顿普普通通的饭而已，但就是这个简单的问题困扰了我一个多月。我不知道怎么能办到这件事。"

阿虎几乎要把脸埋进碗里了。

"当我可以做到的时候，我发现，我可能已经失去这个朋友了。"

他放下碗，看向前方的玻璃茶几。

"不管我愿不愿意，这都是代价之一。"

我突然就明白了。他当时不告诉我这些，因为男子汉的自尊心，也因为他想要能和我平等、不用亏欠。有些人对朋友的定义是问题解决者，有的人是兴趣同类，也有像阿虎这种，古典的、带着大男子气息的同等关系。男子汉的世界里，最不需要的就是同情。

阿虎从牛仔包里翻出一根尺子模样的东西。几个折叠变成了一个画框。

"送你，希望你能早日有自己的画展。"

我接过这个精巧的礼物，做得非常细致，边角都用铝合金包裹。

"你自己做的？"

"对。你忘了我家经常被混混上门，久而久之我也会修家具，这个东西不算复杂。有中学生的物理水平就可以做得出来。"

阿虎一口气说出积压在心底的秘密，整个人也轻松了许多。

"谢了。"

他站起来，走到门口。

"走了。"

我点头。

"等下。"

我丢给他一罐凉啤酒，他稳稳接住，朝我举杯，然后转身离开。

"精彩不亮丽。"

我大声说道。

阿虎扭过头，露出爽朗笑容，他仿佛从这三年的沉重梦境中一下苏醒。我知道，这个如此坚硬、生涩、难看的笑才是阿虎最自然的表情。

"起落是无常。《火凤燎原》二十二章，孙策别凌操。"

我也举起啤酒。

"还记得嘛。很好。回见。"

他扯开易拉罐，踏步而去。

"回见。"

这是我们的交流方式，默契犹在。一笑泯恩仇吗？算不上，不过是再一次确定，相互的确对口味。友情还没有变质。

时间在变，阿虎在变，我也在变，所幸坦诚未变。有些事情在未准备好之前，不如睡一觉，哪怕三四年。等你想好了，总会有人愿意坐下来听一听。

寄居蟹

寄居蟹又名"白住房""干住屋"，主要以螺壳为寄体，寄居的最大螺体最大直径可达15厘米以上。因其非常凶猛，常吃掉软体动物贝类的肉，霸占其壳为己有，随着寄居蟹的长大，它会更换不同的壳来寄居。

1

周末礼包，拆开得到：

不需要缩水的睡眠；丰盛大餐；别说走神，哪怕躺地上唱哈狗帮《补习》，也没人会敲你桌子让你站起来。

距离上午最后一节课结束还有半个小时，班上人蠢蠢欲动，一个个通过各种方式商量着周末的过法。对此老师睁只眼闭只眼，偶尔停顿，让偷偷叽叽喳喳和传递纸条的学生们稍作收敛。

铃声姗姗来迟。

老师学生都不禁松了口气。

孟文言以最快速度背起包冲出，还是被坐在距离门最近的胡综喊住："孟文言，今天去……"

"家里有事。"

匆匆说了一声，他跳过胡综用来当拒马的长腿，百米赛跑一般冲向校门。

胡综有些不满："每次喊他都是这样那样，搞什么。"

旁边包子正慢条斯理将几本杂志放进自己的亮黄色男士手提包里。作为时尚达人，包子总是不停换包换鞋，算是抓住了学校为数不多的风纪空子。

"他一直就那样，又不是第一次认识了。人家这叫成熟，懂吗？老胡，你知道成年男性生活应该是怎么样吗？工作归工作，学习归学习，私人空间很重要，不然就会透不过气来。"

包子将校服外套脱下叠好塞入包里，里面是一件呢绒棒球服。他整个人的脸色变得轻松起来。

胡综翻了个白眼："行行行，包总你别……"

"说真的，我觉得小孟可能是要去约会，早点回去打扮一下去见人。"

胡综也收拾好东西站起来："是你吧？"

"哈哈哈，一不小心将自己的安排说了出来，我真是太坦率了。"

包子一脸自得。

"行了行了，知道你包总生活丰富，那我就不打扰了，先撤了。"

胡综背起包朝外走。

"别急啊，那是明天上午的事情了。"

包子赶紧跟上："今天我们去打会儿高尔夫怎么样？我爸的卡被我拿来了，我们一人打个150球，输的请吃烤串。"

胡综停下脚步，扭头："不，打棒球去。我不喜欢到处都是老大爷的高尔夫球场。"

"成啊，"包子拍了拍胸口Logo，"你看我这身不就是打棒球用的吗？"

十二月的天已经彻底冷下来，从外到内。

阴天赖在这座城市，调暗了街道上的亮度，然而又没有到达需要路灯的程度，恰好处于一种破晓前黎明的假象。

孟文言站在公交车上看着窗外不断掠过的风景，整个人不由放松下来。从学校到住的地方，搭公交车的话需要四十三分钟，几乎是贯穿这一趟车的起点和终点。他也可以选择乘坐地铁，通过一号线乘坐五站然后转车，如果公交不堵时间差不多是二十分钟，不过这节省的二十三分钟对他来说并没有太大用处。一来他并不是急着要做什么了不得的事情，二来地铁转车要多花钱还得换乘。

最重要的是，他害怕在一号线上遇到那些认识的同学。

只要在回家的路上，一聊天就会让他非常紧张。

孟文言觉得自己有病，他不知道为什么。

手机突然响起来。

他摸出来凑到耳边，是母亲。

"文言，最近过得怎么样？还顺利吗？"

"还好。"

"钱够用吗？"

"够的。"

"月考加油啊。"

"嗯。"

例行公事的问答后，俩人都是一阵沉默。

孟文言只能自己主动提问："爸爸那边还顺利吗？"

"还可以……"

他还想说点什么，却发现无非是将母亲的话再重复一次，他说不出口。

就这样吧。

俩人都说了再见，挂断电话。

孟文言将手机放回口袋，再次怔怔看向窗外，一条拖着橡胶链子的狗正在后面拼命追赶公交车。它身材矫健，是一条黑色拉布拉多，不知道车上有什么让它挂念的东西，执着地跟在车子侧面奔跑，引得车内人纷纷看出去。

孟文言探出头去，看到后面有一辆电瓶车正在迅速追来，伴随着乍乎乎的呼叫名字声，看样子是狗的主人。

拉布拉多没有回头，没有停留，继续夺路逃跑。

孟文言懂，自由，自由的空气太美了。

2

九徐路一百三十五号附二号，合利社区。

合利社区是两千年出头建造的小区，外面的装潢已经换过几次，不得不说改头换面后和周遭年轻小区差别不大。硬要说差别就在于门口那一排荣誉勋章的金属牌子，"区十佳小区""文明小区""××示范小区"，大多数都是建立小区时期的牌子，外面的黄铜已经有些暗淡，摆在一起还是很有气势。一周前才换过了门禁系统，合利社区又更新了一次，大门也是重新涂了漆整容，重返青春。

孟文言低头快速地走向小区大门，在有人刷开门的时候趁机跟在他身后走了进去。

大门亭子里年轻保安正缩在大衣里面玩手机，全神贯注。

走到三栋二单元门口，孟文言摁下 0704。

按照原本情况，他摁下之后应该是里面人开门他就可以进去。今天一直没有回应。

他站在单元楼大门处显得有些尴尬，只好佯装靠着墙把玩手机。

终于有一个老人家慢吞吞走过来，她手里提着一篮子蔬菜，又慢吞吞从包里摸出红色门卡刷了刷，那扇紧闭的门终于轻轻弹开。孟文言松了口气，跟在老人家身后进去，上电梯，一路到了七楼。他摸出钥匙打开门，在门口脱下鞋放入鞋柜，按照要求，鞋尖朝着门外方向，然后穿上自己那双拖鞋，穿过客厅，一路走到自己的房间，将包丢地上，仰面躺床。

一直绷紧的弦总算松了下来。

他想了想，打了个电话给姨妈。

"文言啊，你自己弄着吃点，冰箱里有肉和菜。我们正在车管所弄车的事情，人太多，中午回不去了。"

孟文言"哦"了一声："张河回来吗？要做他的饭吗？"

"不用不用,我们打了电话给他,待会儿去接他。你自己吃就行,晚饭估计也不会回来,晚饭你看着弄一点儿吧。"

孟文言"嗯"了一声。

关上电话,他整个人轻松下来。

这个一百二十平方米的房子在这个下午是属于自己的。不用再去担心自己做错了什么事情,惹得人不开心。

孟文言熟练地穿上黑色围裙,淘米后放入电饭煲,他切了两根西芹,翻出一块冻得硬邦邦的鸡胸肉,又从冰箱里摸出白萝卜,鸡蛋,黄瓜。半个小时的忙碌之后一桌小菜出炉,西芹鸡丁,炒黄瓜,萝卜片汤,一个炒鸡蛋。

洗碗之后,他坐在沙发上,给自己倒了一杯白咖啡,慰劳自己辛苦的一周。他很喜欢沙发,比起硬邦邦的床他喜欢柔软的沙发,能够将人最劳累的腰和颈椎陷入进去。姨妈总说年轻就要睡硬板床,治颈椎病的。躺在沙发上,孟文言翻着手机,班上微信群里大家各自发着照片,分享自己的周末。有的是在电影院,有的在外面吃东西,还有的去滑冰、打球、图书馆、网咖……

看着他们的生活,孟文言不羡慕是说谎。

不过有时候是没得选的,你姓孟,叫孟文言,你有一个公司破产后卖掉房子准备东山再起的父亲,还有一个同样和他一起远赴北方的母亲,你住在姨妈家,等待还有两年才到的大学生活。

你不是胡综,更不是包子。

长大后的第一件事就是学会接受现实。

这时候门突然被打开。

孟文言猝不及防,只能迅速爬起来坐好,姨妈最讨厌有人坐没坐相站没站相。

"文言,你又喝咖啡了?不要喝多了,咖啡因不好的。"

姨妈嗅了嗅,皱眉脱下高跟鞋。

咖啡是姨父买的,他喜欢,姨妈却从来没劝过他。

进来后姨妈左右看了看，没发现什么不对劲的地方，说："张河和他爸去泡温泉了，今晚就我们俩留着。晚上我们出去吃吧，新开了一家泰国菜听说不错。"

自顾自说着，姨妈开始接电话。

她是某企业管理人员，每天生活都非常匆忙，这种匆忙不是指她上班待在单位时间特别久，是电话。总有事情会找到她，需要她。对此孟文言十分羡慕，被人需要就代表着你在一部分人眼里是很难替代的，体现价值。如果说孟文言此刻就消失了，对于任何人影响都不会有多大。姨妈家可以将那个本来就是改装的房间回归到书房的原样，学校里面能够腾出一个座位来接纳另一个学生，保安也不用麻烦给他这个没有门卡的人开门。

孟文言，虽然很努力认真念书，可惜像他这样的人还有千千万万，还远远没有到达可以不依靠他人的时刻。

姨妈下午不午睡，开始铺上垫子在客厅练瑜伽，孟文言回到他十三平方米的小屋子。

屋子里靠墙角落放着他的黑色箱包，轮子缺了一个，是进这个小区时不小心撞坏的。孟文言一直担心，如果有一天到了将自己衣服和书籍打包出去时，用这瘸腿箱包会很不方便。抛弃这个老伙计他又不愿意。

三年前。

孟文言被父母领着来到合利社区门口。大门那时候还是永久性敞开的，保安是一个老人，有一张悲天悯人的脸。

父母将他送到之后就匆匆离去，避免被追债的人发现找麻烦。

电话里姨妈说她正在给他整理房间，让他直接上来就是了。孟文言拉着箱子，尽量让自己动作显得平静，可在门口还是磕到了一个金属缺口，将箱子一只轮子磕在地上滚得老远。他放下箱子将轮子捡回来，怎么拼都没法再次安在箱子下面，于是只好提着走。箱子很大，里面装着他四季的衣物，生活用品，还有很多被绑在一起呈砖头状的书，很沉。

孟文言双手提着箱子，放在左脚边，身体尽量往右倾斜，吃力地搬动着。

老保安喊他站住，吓他一跳。

然后老人从屋子里捣鼓出一个运水泥和砖块的工地手推车，和他合力将箱子放上去，让他这样一路推到电梯口，用完了再拿下来。

孟文言由衷感谢。

老人摆摆手："多大点事儿，去吧去吧。"

那时候姨妈姨父都对孟文言很亲切，吃个饭都要给他夹菜，问他合不合胃口，学校里还习惯吗？然后就开始饭桌上揶揄张河，说他又挑食又小气，完全不像表哥孟文言这么好相处。每次饭后，孟文言都主动去洗碗，帮忙做事，这让他觉得自己多少能够有一点儿用处。四人在相当一段时间里其乐融融。

只是好景不长，没有什么是一成不变的。

3

某天晚上，姨妈和姨父大吵了一架，理由是姨父要去某个大学里培训一年，姨妈不干。平时家里都是姨父做家务，姨妈高兴时会做做饭表示一下，长久做这事对她太困难了。

姨父一遍遍解释这个机会对自己多么重要，通过各种角度来试图说服她。姨妈直接说，两个孩子都是在最重要的时候，她一个人做不好。

张河和孟文言就坐在客厅里看《动物世界》。

他们吵架在主卧室里面，关着门依旧能够清晰传递出焦躁愤怒的声音。

孟文言看了看张河。张河把薯片嚼得咔嚓作响，一脸无所谓，他才九岁。

过了一会儿，姨父率先走了出来，他从冰箱里翻出一包烟，拿上外套，一脸烦躁地出了门。半晌，姨妈也走了出来。她换了身衣服，黑色连衣裙，卷曲的头发披散开来，手指上夹着女士烟，表情平静。

"我出去一趟。"

拿上自己的风衣，她穿上靴子也走了出去。

孟文言有些紧张，问张河："不会有事吧？"

"没事。"

张河看也不看他，舔着手指上的薯片碎屑："表哥，我家就这样，隔三岔五吵一吵。不吵才是有问题。"

孟文言有些语塞。他记得姨父姨妈之间一直都很融洽，看到他们时不是互相喂吃的秀恩爱就是姨妈捉弄姨父，实在很难想象俩人吵架之后的冷战。

一个小时后，俩人一前一后回来。

张河这时候正在同孟文言聊动物世界。

画面上出现了一种奇特生物，它住在海螺壳里面，从海螺壳里伸出带硬壳的几条腿，在海滩上慢慢移动着。

"它为什么要背个东西啊？"

张河皱眉问。

孟文言正要答复，被才走进来的姨父抢话："寄居蟹，很凶猛，常吃掉软体动物贝类的肉，霸占其壳为己有，且住房从不交租。随着寄居蟹的长大，它会更换不同的壳来寄居。你看，他身体本来不小的，硬要缩进别人壳子里面，弄得看起来就很畸形。它自己倒是觉得很安全，其实未必，遇到一些……"

"张弛，你给我闭嘴！"

姨妈突然大发雷霆。

姨父理也不理她，继续给儿子科普："和蜗牛不同，蜗牛是背着自己的壳，它更像是杜鹃，抢占别人的壳。弱肉强食，就是这样。"

姨妈一把拽住他，柳眉倒竖："我们的事自己解决，你说孩子算什么男人！"

"我怎么了？"

姨父冷冷地说。

然后他率先进入卧室，姨妈歉意地看了看孟文言："文言，别放在心上。他气糊涂了。"

她急匆匆返回卧室关上门，传来俩人低语，这次外面再也听不清楚。

张河看了看孟文言。

孟文言只觉得浑身发热，耳根的血都要滴出来，他的手臂都有些轻微发抖，他只想冲出这个屋子，跑得远远的，再也不要待在这里。最后他还是忍住了，默默回到屋子里。

一整夜他都睡不着，翻来覆去脑子里都是那只寄居蟹可笑地在沙滩上挪动的样子，还有姨父冷冷的叙述声调。

寄居蟹住房从不交租，弄得自己很畸形，反而觉得自己很安全。

它和蜗牛不同，蜗牛是背着自己的壳，寄居蟹是抢占别人的壳。

孟文言不是傻子，他当然知道姨父指的是什么。

"寄人篱下"这个词他第一次切身体会。

哪怕平时大家都很和睦，仿佛一切都没有问题能够一直友好地相处下去。只有到了这种时刻，你才能够看到那些甜软外皮下的硬涩，足以硌破你的牙齿，刺出血，让你只觉得赤裸裸站在寒冷冬天，羞耻与生理上的恐惧让人手足无措。

第二天，姨妈姨父特地带他去海洋馆玩了一整天，吃了海鲜，姨父依旧如往常一样笑着给他夹菜。

孟文言明白，这是希望昨天那场意外能够被今天冲散，回到以前的秩序上来。

他也努力笑着吃，只是破碎的东西再难完整。

或者说，本就破碎的东西哪怕用手段粘连，让它看起来似乎完好本就是一件强人所难的荒唐事。

寄居蟹躲在别人的壳里，以为自己是绝对安全。

可惜壳里都是别人的气味，无处可躲。

4

季节变化之快往往让人忽略了短暂的春秋。

孟文言是在凉爽的秋天来到姨妈家暂住的，一个月不到就开始了寒冬，一场突如其来的降雪让室外温度稳定保持在五摄氏度左右，再也没有比这高过。

冬天晚上下自习后，不少学生都习惯出去加个餐，吃点烧烤，喝一点儿热奶茶什么的。孟文言就是通过喝普洱茶认识包子和胡综的。

一群喊丝袜奶茶、原味奶茶的年轻声音中，突然冒出一个"给我一杯普洱茶"就显得醒目。

包子回忆起认识孟文言的过程总是会由衷说："审美果然是结识志同道合朋友的最靠谱手段啊。普洱又健康又好喝，小孩子才抱着奶茶吸来吸去。"

孟文言没有否定。

然而其实他只是心血来潮，突然想要试试不一样的东西，没想到被包子和胡综搭讪继而变成好友。那么喝普洱的理由也不是那么重要。

好朋友并不是为了某种东西而聚集在一起的同好。

志趣相同更像是一个引子，让共同频段的人能够互相认识。孟文言发现一个有趣的地方，如果共同讨厌某些东西，反而更容易成为朋友。

你喜欢羽毛球，他也喜欢，你们未必会互相欣赏。

你讨厌虚伪，他也是，你们很轻松就相互看得起。

包子、胡综、孟文言共同讨厌的东西有三个，一是纵容自己幼稚，二是念完高中就是幸福大学的谎言，三是叽叽喳喳的麻雀男女。

幼稚是每个人都会有的一种内在属性。

比如说两个下棋的人会因为一步不对争得面红耳赤，还有大打出手的时候，有的三四十岁的人了，看到周围没有人还会偷偷跳起来看看能不能摸到篮板。不过持续过分幼稚就让孟文言很难接受，张口闭口梦想人生让孟文言听得起鸡皮疙瘩，很多人以为读别人写的经验就能够不惊不险地过好生活，那些作者强行说教赚钱也就罢了，还强行要教育别人怎么怎么做去误导，简直可笑。

每一个男人的成熟都离不开漂泊的生活经历。

每一个女人都该尝试独自旅行的自我寻找之旅。

如此之类，让孟文言看得很难受。

如果我就喜欢老老实实待在家里，看电视，和狗玩，那么我就无法变成成熟男人吗？路痴姑娘必须强迫自己假装旅行很开心吗？

父亲还没有破产前，孟文言一家过得还不错，每年两次旅游是固定的。他就很讨厌到处跑来跑去，开车的父亲总是疲倦，晚上到了宾馆恨不得倒头就睡，坐在车上飞机上孟文言精神总是消耗很快，匆匆忙忙地来，急急切切地走，费了老大劲儿只是为了那么一点儿的不一样。也许对于有的人来说超值，可孟文言并不这么认为。

念完高中就是幸福大学的谎言在中学流传了很多年了，公然散布不实消息，也不知道老师们为什么热衷于这样的说法。孟文言想到清洁工。有次他起得很早去跑步，看到有个清洁工打扫到某一条街的地方，清洁工将灰尘扫开，垃圾聚拢，就在他前面一米远有人随手丢了饭盒在地上，里面油洒了一地，还有一些剩菜也落在地上，看起来很恶心。

他仿佛看不到一样，停步在那里，然后吹着口哨走了。

后来孟文言打听才知道清洁工是分区域制的，那里是他和另一个同事的分界点，不归他管，所以无所谓。这不就和老师一回事吗？高中老师说"高中好好学，大学好好享受生活"，到大学估计大学老师又会说"认真学，出来你才好找工作"。反正只要不在自己区间里闹事就好。

想到这里，孟文言觉得自己有些恶毒。

我是凶猛的寄居蟹，当然会用凶猛的眼光来看待别人。

他如此自嘲。

至于最后一条。

"他们俩成天叽叽喳喳，应该算是八卦界的北乔峰南慕容。"

老胡说的是两个代表人物，A女和B男。

A女擅长情感类八卦，据说能够通过简单对话洞察每个人的感情经历，一时间变成了女生们的心灵导师，或者说是知心大姐。B男则是比较特殊，他似乎想要和每个人交朋友，随便一个人他都能逮着你一阵狂侃，最神奇的是，哪怕你和他一起聊过很多次天也根本不了解他这个人。因为他从头到尾说的都是对谈话双方涉入不深的话，小到指甲的剪法、鞋带系法以及牛仔裤的AB折，大到国际形势原油价格和国际反恐最新动态。老胡猜测，B男估计每天都要摄入大量的信息，否则根本没法消化和对其他人输出。

金庸已经写过了，北乔峰南慕容注定会相遇一战。

这天A女竟然分析到了B男身上。

她说B男非常危险，目前已经有了gay的倾向。

B男大怒，然后迅速找了一个女朋友，让大家很服气。

结果俩人嘴皮子一斗反而斗出了友谊，他们俩加上B男女友一起组队参加学校辩论赛，获得了第一名！

看起来似乎是圆满结局，可没想到AB俩人产生了超出革命友情之外的情谊，三角恋弄得三人都是痛苦不堪。最后A受不了关于自己的各种流言，索性去了私立学校，B男也被女友抛弃。从那以后他就沉默了许多，不再是麻雀男。

包子突然说："你们以前是这么讨论我的？"

老胡和孟文言都点头。

没错，B男就是包子。

包子解释过，他从小就喜欢说话，谁也管不着，谁说话都不好使。他说话开心，他也喜欢听别人说话。闹了这一出之后他才发现，哪怕投其所好的话人家也未必爱听。

"给你们讲，健谈的人往往就会说很多谎，说谎变成一种习惯就会连自己都给骗了。"

包子说。

孟文言并不觉得包子是一个那种格外热情的人，真正热情的人不会那么保留自己，会将自己的东西绽放开来给人看。包子并不，他嘻嘻哈哈，可你总是很难猜测他到底在想什么。

5

与他形成鲜明对比的是老胡。

老胡个性低调，他是那种宁可给自己戴上头盔不让自己被注意的人。可越是如此，他反而显得更特殊。

老胡话不多，愿意和他交朋友的人不少，不少女生都评价他是一个可靠的人。

你可以很久不和他接触，不用天天和他聊天打交道，不过一旦你遇到了麻烦，你会想到的人里面绝对有他的名字在。他很坦荡。

孟文言经历了寄居蟹这次事情之后心理上有隔阂，老胡敏锐感觉出来，说他需要运动。于是每天下午放学后，老胡都带着孟文言在隔壁小区的半截篮球场上玩投篮，每个人都要进二十一个球，只能在上一个投篮人投篮不中篮球碰筐落地位置进行投球。俩人球技都不行，打得篮筐咣当作响，旁边的老大爷都不忍直视。然而就是这么一个简单的运动，一周后就让孟文言恢复了正常心态。

有次放学后太迟，老胡直接说去我家吃个饭算了。

孟文言跟着他一路东拐西弯，最后进了一个老胡同里面，是一间外墙都变成铁灰色的老房子。他家父母都是做小贩的，白天做粥推着摊子在地铁周围叫卖，中午卖煎饼果子，晚上做大排档，整天都很忙。在他家有两个冰柜，大的一个里面是用来卖的食材，小的一个是自家人用的东西。其他的，什么铁签子、泡好的土豆片和藕片到处都是，看起来更像是一个小仓库。

老胡熟练地炒了鸡丁，炒黄瓜，还有一碗蘑菇汤招待孟文言。孟文言发现味道都挺不错的。

中途俩人不经意间说起了粥的事情，老胡叮嘱他记得在外面买粥尽量吃蔬菜粥，和肉相关的尽量不要碰，特别是猪血粥和瘦肉粥，都不要吃。问他为什么，他就说是行业的一个规矩，不方便透露，你记得就行了。

后来包子也来蹭过两次饭，然后他就请孟文言和老胡去他家做客。

包子家和孟文言想的一样，在市中区某个别墅区，进去后里面是纯欧式风格，洛可可风格的沙发和床，墙壁上有贝壳和山石一样的镶嵌装饰，高大上得让他有些拘谨。只是没有人气，只有包子孤零零一人。

反倒是老胡，进去后就和自己家一样，坐在沙发上看电视。

包子家父母也都在外忙，于是他们只能够叫了外卖，包括比萨、印度飞饼、泰国酸奶、寿司、烤鱼……各种大杂烩胡吃海喝了一番。完了三人就开始玩 Wii 的家庭体育游戏，从皮划艇到网球再到拳击和乒乓球，以输家下赢家上的轮番制度拿着各自的遥控器激战到了天黑，这才算结束。

回家路上孟文言发现了一个紧迫的问题，包子和老胡都邀请过自己了，自己不回礼是说不过去的。可是他现在并没有家，只是寄居在姨妈家里，姨妈是一个非常讲究规矩的人，他们一行进去后拘束不说，说不定还会过得不满意，当然最难的还是没法和他们开口。

"对不起，这里就是我的临时住处，我爸把房子卖了去创业。"

这样的话他说不出口。

记得某天中午，一家人在外面吃剁椒鱼头，父亲依旧将鱼头挑给孟文言，看着他慢慢挑刺，他和母亲还笑了笑。

"文言，你爸给你讲一件事。"

母亲给他夹了一块茄饼，柔声道。

孟文言只是"哦"了一声，继续和鱼头较劲。

"我们把房子卖了。"

这句话让孟文言有些好笑。

"那我们住哪里？"

他理所当然反驳。

"你住在你姨妈家直到读大学，我们已经和她商量好了，这三年暂住她那里，我和你妈妈去北方 H 市重新创业。要不了多久，我就会把房子买回来，我们就能够继续过以前的日子了。"

父亲温和地说着计划。

孟文言傻了，这不是玩笑话。

憋了半天，他说："为什么？"

父亲让他擦擦嘴，轻言细语讲述了一下最近家庭里发生的大事。公司因资金链断裂破产，他决定利用房子钱作为启动资金重新开始，关于这个计划，母亲已经和他达成共识。日常开销什么的让孟文言不要担心，他们很多年前就开始储备了，所以让他舒舒服服读完大学没有任何问题。当然这些都是美好的修辞，父亲欠了一屁股债，得跑路，提前卖掉房子还有一点儿机会，不然就什么都没了。

完了父亲说："要和姨妈一家好好相处啊。"

母亲附和："乖一点儿。"

孟文言胸口里堵着一口气，荒唐，离奇，不可置信，愤怒，无能为力，一瞬间这种种感受变化令他变得有些消沉。

最后他只是点点头，连一个恼怒表情都没有表现。

父亲是坦荡的，孟文言没有继承到他这一点儿。也许别的人会大吼大叫，说那都是他们的错，为什么要自己来承担。孟文言不是，他立即想到哪怕自己像个泼妇一样成为餐厅的焦点也不会带来任何改变，还会让包括自己在内的家庭三人都陷入窘境。

事已至此不必难过，他想到了朱自清的这句话。

《背影》里朱自清看着父亲蹒跚买橘子的样子，努力让自己像个大人一样沉稳平静。这才是面对困难最好的态度，你难过，让其他人更难过，那又有什么用？

他想要努力给父亲一点儿安慰，说点比如"姨妈家挺大的""他们家沙发很舒服"，可最后他什么都说不出来。

孟文言从未想过，人生第一顿散伙饭是和父母吃的。

那一顿饭后一个小时，孟文言就提着箱子走入合利社区的大门。

6

"晚上出来，草莓音乐节的票我有，老胡和我在一起，我们还认识了几个姑娘，都漂亮！"

包子打电话过来，兴致勃勃地说。

孟文言看着沙发上睡得正熟的姨妈，回答说："不去了，我这里也有一个姑娘需要照顾。"

那头包子嘿嘿了一声："别犯错啊年轻人，你的思想很危险……"

"……"

"喂，不来吗？"

这次换了老胡的声音。

孟文言"嗯"了声："就不了，你们好好玩，拍点儿视频给我看看。"

那头果断挂断电话。

胡总就是这样说一就是一，绝不拖泥带水的汉子。

晚上姨妈出门时，突然接到上级通知，集团公司的大老板过来视察，让她过去陪饭，她歉意地塞了一百块钱给孟文言，让他在外面随便吃一点儿，风风火火立刻就走。

孟文言不得不从她车上下来，看着她远去。

随便找了一个快餐店吃了点东西，他买了两本书回去慢慢看。大门处，今天不知怎么回事就是没有步行的业主进去，一个个都是开车直接驶入地下停车场。

孟文言是没有门卡的，因为这一周门禁系统才更换，每个业主只能够拿三张卡，姨妈姨父各一张，剩余一张就只能是孟文言或表弟拿，他很懂事地让给了表弟。表弟在另一个中学才上初一，所以俩人没法一起回家。对此姨妈姨父也没有放在心上，只是说一周后就去再拿一张门卡给他。谁

128

也不知道，这一周对孟文言来说是多么煎熬。

他必须随时注意自己的脚步，不能太快也不能太慢，要恰好等待有人进门时他跟在身后进入。

由于新保安并不认识他，好几次喊住了他。

"你谁呢？卡呢？"

孟文言脸涨得通红，赶紧说："我也住在这里的。"

"业主什么名字啊？"

新保安很负责地问，一脸怀疑："现在到处乱涂乱画的小孩太多了，我得多问一句。"

他这一句话说得没有任何问题。

"我姨妈叫方悦，三栋二单元，七楼四号。"

"哦，是来玩儿的吧。别放心上啊，我就问问。"

年轻人脸色柔和了不少，给他打开了门。

孟文言不由松了口气，迅速进去。

以前的老爷爷不会这样，总是非常体贴地看着他，笑说"又忘记带卡了啊"，主动给他打开门。

年轻保安看到他屡次这样，不由提醒他："记得带门卡啊，现在小偷小摸的人很多的。"

一番话让孟文言更是尴尬。

他解释说："我家三张卡，就我没有。"

"哦，"保安也知道这事点点头说，"其实可以办卡了啊，你去物业办公室那里，找人办一张就好了。"

孟文言立刻跑到物业那里，却被告知必须业主来才可以，他只能告诉姨妈，姨妈和姨父都说改天空了去办，结果一个个都忘记。

青年保安脾气不好，给孟文言开了几次门就说："你看着有人进去就跟着啊，跑快一点儿啊你，不知道吗？"

孟文言不想受他闲气，也不想回去打小报告，于是每次都跟在别人身后进去，可心里总是别扭，仿佛自己是在做什么见不得人的事情。

今天孟文言实在不想等了，就敲打亭子的玻璃窗："保安大哥，帮我开一下门。"

里面玩手机的保安看到是他，皱眉不爽地说："你等一下。"

过了大概一分钟，他这才慢吞吞站起来，一脸不耐烦地打开门，嘴里说着："给你说过很多次了，带卡带卡，我们很忙的，这个机器就是拿来用的，知道吗？不然弄门禁系统干什么？给你姨妈说一声，让她把卡给你弄一张，临时卡也可以啊。你爸妈呢？"

孟文言走了几步。

他扭头，看到那保安还在摇头一脸不爽。

他低头加速，抵达大门时突然用手一撑跳起，从自动门锁上一跃而过。

孟文言用力推开保安的玻璃，直视他的眼睛："我这次够快了吧？"

里面的人一脸呆滞，嘴巴蠕动，却一句话都没有说出来。

草莓音乐节还没有开始，由于天冷，又是在室外，引来了不少商贩，烧烤，小火锅，香锅，烤年糕，烤鱼，烤羊，馄饨醪糟蛋等等，到处都是。

三个年轻人围坐在一起等小火锅。

"嘴上说不要，心里却很诚实。"

包子揶揄着孟文言。

向来少惹事的老胡也问："怎么想通了啊？"

"外面……空气好。"

孟文言给了一个蹩脚的理由。

这时候姨妈的短信突然发过来："你没在家，在哪儿？"

他回："和朋友在一起吃饭。"

姨妈："别喝酒，早点回。"

孟文言回了个"OK"。

包子突然"咦"了一声。

"你这个待机画面是什么？海螺怎么爬得那么快？"

"寄居蟹，吃掉软体动物的肉，住它们的壳，可以保护自己柔软的身体，其实只要合适，牙膏盖，水杯，易拉罐都是可以被它们用起来的，相当聪明。"

老胡代替回答。

"牛×。"

包子说。

孟文言看着前方正在调试灯光的舞台，摸着有些拉伤的大腿，自嘲："不凶一点儿不行啊。"

李桠的假期

1

"人造卫星被火箭和其他运载工具发射到预定轨道，就可以绕地球和其他行星运转，从理论上来说会一直在轨道上运行，不会坠落……"

李桠看得津津有味。

她今年十七岁，多想，不像以前愣着笑着一年就过去了。

这是七月中旬，夏天还未到最严酷的时候，她整个人已经被烤得没了力气，躲在家里看从图书馆借来的百科书。

"李桠出来玩儿。上次给你说的事情考虑得怎么样了？去吗？"

同班好友赵舒舒给她发来短信。赵舒舒是一个忘性大的女生，她好些次嘴上念叨今天回去要带练习册，不带课本和辅导书，在校门口老是发现自己还是带错。李桠建议她每次都记下来，记在手机或者备忘录上。可赵舒舒会忘记是记在本子上还是手机上，是绿本子还是牛皮便签，是手机记事本上还是闹铃提醒里，赵舒舒索性每天背着那个大包回家。里面有她可能需要的一切，书本，错题集，发卡，杂志，润肤露，防晒霜，透明胶。

李桠有些恼火，为什么赵舒舒偏偏记得这件事，简直是没道理。

李桠和赵舒舒同样今年高三毕业，高考成绩还未公布，都处于一种惴惴不安的状态中。

不少人有估分的本事，学校里甚至在培养学生的这种习惯。去年，学校常年年级前三的一个学生就自信地提前放松。没想到成绩下来后比他预估足足低了五十分，五十分是什么概念，有了这五十分他就是学校骄傲，没有这五十分他就变成了笑话。后来学校里的人都知道，他拒绝领取通知书，坚持是分数有误，查来查去，得到的回复是"对不起，没有问题"。

然后他就不读书了，独自北上去找工作，前途未卜。

李桠之前不懂，不就是考试吗？考不上再复读，反正他成绩那么好，失手一次还能够失手第二次？

直到自己上场她才明白。

与预想不同，考试时她一点儿也不紧张。整个城市那三四天静悄悄的，连建筑工地都早早挂灯休息，路上鸣笛的车辆都极少，来来去去都是神色坚毅的学生。这座城市对学生比任何时候都要友好，然而当时李桠根本感觉不到。那两天她不是自己，是一个即将赶赴前线的士兵，起床，穿好衣服，洗漱，出门右转，上车，赶考，一切井然有序。往常笑笑闹闹的同学们都变得无话可说。沉默、忍耐，只是将手里的文具袋抓牢，把鞋带绷紧。好像每个人都想要去抓住一点儿什么，这样能够让自己的反常得到一个着力点，避免自己摔倒。

考试结束的那一瞬间，李桠就像个大病初愈的病人，她站在太阳下十几分钟直到自己双眼发黑，那些久违的东西才重新回到了身体里。她又成了李桠，那个不怎么说话，喜欢安静的普通女孩。愉快持续到李桠乘车回到家，然后灾难接管了时间。

"考了多少？"

首先是母亲问。母亲一双眼睛就像被打过蜡一样闪闪发光，充满期待。

"不知道。"

李桠照实说。

"不，我的意思是，你估分了吧。分数大概多少，有数吗？能上二本吧，还是说重点？"

母亲急切的样子让李桠很厌恶。她看起来就像一个赌徒，正在瞪着彩票频道的双色球，希望能够凭借几个毫无逻辑的数字一跃得到一辈子的财富。李桠嘴上含糊说了声"不太记得了"就回到自己屋子里。虽然隔有一扇门，她还是听到外面焦虑的拖鞋声，来来回回，来来回回，就像在磨刀。

于是她忍不住走出去说："和平常基本一样。"

"二本啊。"

母亲脸上涌起一股难言的失落。她强颜欢笑说："二本也好，二本也有好学校的。你先好好休息，这几天你就别出去和你同学玩儿。等到通知书再说。"

晚饭颇为丰盛，鸡鸭鱼羊都有。父亲皱眉不满："结果都还没出来，急着庆祝干什么。浪费钱。"

李桠家并不宽裕……老实讲，她家应该属于艰难的家庭。母亲是商场导购员，一个月基本工资两千，没有社保，提成一般在三百左右。父亲在给一个朋友当保安，是个小队长。从母亲抱怨的话里，李桠判断父亲也只有两千多块。这样的家庭在城市里是很难生活的。

好在房子不用交房租，是一个远房亲戚放置在这不用的，所以李桠还算是有一个小小的家。

李桠厌烦母亲，害怕父亲。

她是真的很害怕这种闷声吃饭突然会将筷子往桌子上一拍的人。父亲生气的理由有很多，单位里有人人模狗样，路上被一辆车溅起的污水弄脏了裤子，买到假烟，甚至连外面的狗叫大声了也会激怒他。他是个粗鲁的男人，在家里从来不顾虑什么，随便就能够骂出各种恶毒语言。母女俩就只能听着，等他结束。骂痛快了，他一般就开始抽闷烟，一根又一根，直到母亲忍不住说"别抽了，你的肝不好"。

这样的话只会让他抽得更猛更剧烈。

一团团烟雾从他发黄的牙齿间，从没怎么修饰过鼻毛的鼻子里喷射出来，让李桠心里莫名羞耻。

在很小的时候，李桠一直和其他小孩一样，以为自己母亲温柔体贴，父亲坚毅可靠。可随着年纪渐长，她发现双亲缺点越来越多，心里失落感不断递增。同时一种难言的恐惧常常会涌入大脑内——我以后会不会变成他们那样的人？我身体里是他们的基因，我该怎么办，我能怎么办？

李桠放下筷子说了声"吃饱了"，逃亡一般躲进了自己小小的屋子里。房间不大，十四平方米却足够装下一片安宁。

手机待机灯还在一闪一闪，是赵舒舒又发了短信来。

"来嘛，李桠。一定要来！"

李桠很想答应，可她做不到。

很简单的事情，赵舒舒和另外两个女生决定去消暑名地"小东海"毕业旅行。在那里可以一边吸冰橙汁一边看浪花，只要愿意，还可以和那些游客们一起玩沙滩排球。晚上去夜市，有无数好吃的海鲜烧烤、甜食等精美小吃。累了，回到宾馆里，打开空调。大家一起打个枕头仗玩桌游，然后洗澡。又是美妙的一天！多棒！

只要三千块就能够玩一周。

如果没有这句话，李桠也许会考虑。向家里要爸妈一个月的工资？她想都不敢想。

2

"李桠，你真的不来吗？"

电话那头的赵舒舒很失望。

李桠特意想了一晚，第二天终于想到了一个很好的借口——家里要给我单独庆祝，时间没定。赵舒舒很不满："给他们说啊，就说你和我一起去他们不会担心的。上次来你家，你爸妈对我挺好的呀，而且他们看起来也是很开明的人。"

赵舒舒上次来李桠家是给她送课本的，由于李桠生病请了两天假。来到李家，赵舒舒表现得十分乖巧，李叔叔和阿姨一直挂在嘴边，说的都是学校里同学和老师的问候。那一天，李桠是这一年头次在家里吃到爆炒虾和山珍鸡，可怜她必须忍住食欲，小口小口咀嚼，还得不时回答赵舒舒的问题。父母认为赵舒舒是一个乖女孩，赵舒舒也认为李桠家很开明，其实呢，都不对。他们双方只是装出各自最适合的样子，看得李桠很腻味。

这一顿就吃了近三百块。

李桠恨不得赵舒舒多来家里几次。可是她知道这不可能，晚上爸妈又在卧室里摁计算器，长吁短叹。不过他们有一个好，对于面子这件东西保持高度一致。但凡有客人拜访，无论大小都要好好招待。这并不是热情，而是为了脸面。为了面子，甚至可以连续吃四五天面条。有一段时间，父亲的同事时不时就过来吃顿饭，家里就得不停超支。

就剩家里人时，李桠忍不住问："请他们吃点面条也可以的吧？"

父亲很不高兴地看了她一眼："你还小，不懂。"

她懂。家训就是人活一张脸，树要一层皮。所以家里对于有些看不惯的人最多的评价就是，不要脸。

房子不是李桠家的，却有一百平方米，什么家具都有，不知道内情的赵舒舒自然以为李桠家境不差。李桠有苦难言，那一点儿自尊让她默认下来。这正是李家的风格。

从高考完毕到出成绩的这两周，李桠过得浑浑噩噩。她不能一直待在家里，因为母亲灼热的眼神让她害怕，只要走出自己小屋，她总能够和母亲的眼神相碰。顿时，李桠就感觉自己像是一个隐藏了自己犯罪事实的人，耳根发烧。可她又不能够跑出去，如果赵舒舒从其他人那里知道，误会就太大了。

李桠很珍惜赵舒舒这个朋友——除了有点作，她什么都很好，李桠希望能够继续和赵舒舒要好下去，至少一直到双方都找到下一个陪伴的人。

图书馆是她的避难所，凭借学生证李桠可以从早待到晚，而她确信这个时刻这个地点不会碰到认识的人。

不同于家里嗡嗡响的老风扇，图书馆里的冷气让她浑身舒畅，仿佛连日来的焦躁也都短暂冻住了一样。她在那里读各种书，推理小说、爱情小说、历史故事，甚至她还偷偷翻看了一本男女避孕的手册。纯属好奇，她这么说服自己，不一定要会但是一定要知道！

上午待在家里画画，躲着客厅里的母亲，下午泡在图书馆里，这样的轻松日子持续了两周。货真价实的成绩终于出炉，和李桠所说几乎一模一样，比二本线多二十分。面对这个意料之中的结果家里人似乎都不高兴，气氛更加压抑。

母亲说，最近要加班，李桠你记得给你爸做饭。

中午变得只有李桠和父亲俩人。他们之间几乎不怎么说话，都在默默扒饭，唯一让李桠心里稍微好一点儿的是父亲会自觉去洗碗。她讨厌洗碗，油渍和洗洁剂涂得手里腻糊糊的，有些恶心。

赵舒舒再次打来电话，这次是报喜来的．

"李桠，我才超二本十几分，唉，只能报个普通学校了。你呢？"

李桠照实说了。赵舒舒声音里多了一份同病相怜，建议说两人不如报同一所学校。上海和北京是赵舒舒最先提到的两个地方，赵舒舒特别喜欢大城市，她总认为年轻人一定要去大城市，不然就很容易变成父母那样的人，老得快。电视剧里的年轻人生活对她有影响，购物，美容，美食，谈情说爱，还有讲不完的新鲜事。李桠这方面比她谨慎，她一再隐晦提醒这位朋友，电视剧和电影里的故事很难成真。

拜一位长辈所赐，在李桠应该看童话的小小年纪这位长辈却把原版的格林童话给了她，吓得她很多天睡不着觉。后来李桠悄悄和大家看的版本一比较，发现完全不一样。她的版本才是作家真实写下的，无删减，大众版本是专门编排后给小孩子看的睡前故事。她心里产生了一种别样的优越感，一种掌握真相真理的骄傲。

童话故事里并不是骗人的，只是写的童话未必会被完完整整出版。李桠将那本繁体书一直放在自己的小盒子里，和其他重要的秘密藏在一起。

"李桠，李桠桠。"

电话那头传来赵舒舒的撒娇声。

赵舒舒天生具有一股子娇小姐气质，和作是一体两面，而李桠又是最能够包容和沉默的，所以俩人能够成为好友。

李桠说，听着呢，你说。赵舒舒接着讲了自己的计划，八月中旬到学校，然后在那个城市玩儿一圈，免得以后都找不到路。她想要成为一名设计师，可以将自己所想的东西变成现实，多棒。

客厅传来母亲呼唤她的声音："李桠，李桠，你快过来。"

李桠匆匆挂掉电话。

"我觉得这所学校不错。"

母亲手捧择校指南，说的是一所本地师范大学。李桠有些惊讶，按照之前定论，自己应该是要去学财会类。因为不少亲戚都身在银行，其中大表叔不止一次在饭桌上公开讲过，李桠你一定要报财会，以后工作的事有我，绝对比你大多数专业工作实在。那时候父母都含笑不语，李桠还以为他们是默认。

"靠山山倒，靠人人走，"母亲说到这里冷笑一声，"你大表叔自己都自身难保，和人合伙搞房地产工程，现在欠了一屁股债，能不能保住饭碗还另说……"

李桠有些不相信："不是前两个月大表叔还买了一辆八十万的车吗？"

"是啊，这种时候才更需要买车。告诉投给他钱的人，自己不差钱……"

说到这里，母亲似乎也觉得自己讲得太多，转而分析起专业形势来。李桠不想听母亲谈行业形势，说到底母亲不过是在商场内卖东西，她所谓的形势就是什么东西卖得多，进而想到制造东西的人生活的好坏。想到这里，李桠又会觉得母亲很可怜，她努力地在用自己少得可怜的经验来教导女儿。可这些真的对吗？李桠不知道。

"……所以，你报这个专业好！"

李桠"嗯"了一声，老实说："我不知道。"

母亲用铅笔在那一行滑下一道黑线，眉飞色舞地幻想起李桠以后的美好生活。

3

李桠给舅舅打了个电话。舅舅是她唯一算是比较欣赏的亲戚，他是一个小学老师，工作了几十年，认识他的都说不错。他这个人总是有一股从容不迫的气度，好像什么事情都无法让他惊慌失措，让他退缩。更关键的是他从来不如大表叔这些银行业人士那么张扬，什么嘴里说着几百几千万，好像都是自己分分钟的事情一样。舅舅更喜欢关注一些简单而实际的问题，他对每个人都了如指掌。

他凑过来小声说："李桠你不舒服吗？"

李桠吓了一跳。出门前她还对着镜子端详了自己好久，认为自己的异常不会被人看出来——反正自己在学校一直被嘲讽为死鱼脸。这些天她不高兴，因为她最爱的几本百科书都被母亲大方地借给了隔壁的一个小男孩，那可都是她最喜欢的，上头还有她精心的笔记。收回时书页里不但有油渍，还有鼻屎。

她很想将书丢掉，但又舍不得。于是种种复杂让她心不在焉，虽然脸上根本看不出来。

舅舅问起她平时的学校生活，李桠简单地选择性回答，一切犹如长辈和小辈之间的标准问话。舅舅没有心满意足地离去，反而问："是不是遇到什么困难了？能和我说一说吗？"

从小到大，从来没有一个人问过李桠"你是不是有麻烦，需要帮助吗"。李桠当时差点忍不住说了出来。然而她还是憋住那股冲动，摇头说："没有的，大概是今天有些不舒服。"

舅舅将电话写给她，说："只要有需要随时可以给我打电话的。"

李桠现在就想到了舅舅。

可她从来没有联系过舅舅，贸然寻求帮助她很难堪，于是先发个问候短信过去。过了一阵那边回信了说"谢谢"。于是她就将自己选择学校的事情发了过去，李桠并没有说明整个过程，她相信舅舅能够明白其中含义。果然舅舅立刻打电话过来。

"你怎么会想到报通信专业？"

李桠说："是听说不错，加上现在不是到处都在用手机吗？而且人造卫星现在用得越来越频繁。"舅舅沉默了一阵，说她讲不好这个行业，说我把你的号码给你表哥，让他给你讲。

表哥赵子棋今年二十五岁，念的就是通信专业，大学毕业后一直在省城通信行业工作，从李桠见过的几面来说，这个面相温和又安静的表哥还不错。虽然仅仅是从面相判断。两分钟后电话立刻响了，是一个陌生号码。

"李桠，我是赵子棋，你要选通信行业？"

李桠还是第一次和赵子棋电话中对话，有些紧张，说："是的。"

"为什么？"

赵子棋的问话很尖锐。他完全不同于老一辈的强势或者谆谆善诱，开门见山，让李桠有些猝不及防。她有些慌乱地组织语言，最终找到了一个理由。卫星，她喜欢人造卫星。

"这样啊，喜欢就好。"

这个奇怪的回答却让赵子棋声音里多了一股如释重负。

他用自嘲的语气说："我选了这个专业可是走错了路，当时老是去问别人到底什么好什么好，只有自己知道好不好。没有人能够告诉你……我虽然不在这个行业了，不过还有一些认识的师兄弟。如果需要收集资料或者别的什么的，尽管说，我去试试。"

他不是在省城通信行业干得好好的吗？李桠有些迷糊了，据她所知，表哥赵子棋是在一个知名央企上班，待遇优厚，休息日稳定，是很多人眼里的好工作。

"不喜欢啊，"赵子棋以轻松的语气说，"不喜欢，所以去年我就辞职了。这件事就我爸妈几个人知道。别给其他人讲。"

辞职后，赵子棋和一群志同道合的朋友们开始开发游戏，按照他的说法，现在进展不错，收入也算可观。只是因为还没有正式运营，不方便宣传。对于那群长辈，哪怕是赵子棋也是心虚的。

"我说辞职，肯定是要被教做人的。"

他不无牢骚地说："然后他们就会用自己几十年的经验告诉我，我脑子坏了，走错了路，吃大亏，你懂的。"

李桠"哦"了声。同病相怜的奇妙感觉让她整个人放松了不少。

赵子棋接着给她讲了很多行业历史和发展，包括几年内的重点方向。从无线通信到卫星通信，再到国家大力开发的北斗系统……

"对了，一周后我大概会路过你们那边。到时候你在吗？给你带东西。"

听到李桠肯定的回复后，赵子棋满意地挂掉了电话。

4

在大表叔要求下，家庭聚会再次举行。和每次一样，他永远将自己放在餐桌的中央位置，一来就问起李桠的学校问题。

李桠只好说了她报的学校和专业。

"通信……也不错。"

大表叔笑了几声，意义不明。他举起杯子，说大家干个杯。

这一顿饭吃得很没滋味。各路亲戚都偷瞄着大表叔和李桠家，之前大家都晓得，大表叔是表态了的，说要将李桠的工作问题扛在肩上。然而现在竟然演变成这样，自然不是李桠的错。那么，肯定就是李桠爸妈的怂恿。明明大表叔说过的，他们也没有拒绝，看得出报志愿和大表叔也没有通过气。不是给人难堪吗？大表叔这人可是非常好面子的——这一家子都有这个习惯。

外婆不高兴了。

"你们懂通信吗？"老人家以前是妇联领导，自有一股气势。"小幺，不用说，肯定是你出的主意。"

李梛母亲有些发虚，笑着说是孩子选的。

"好，当我老糊涂了对吧？李梛这孩子不多言不多语，是个好孩子。"外婆放下筷子，平静地说："她表叔表态了，你们同不同意我管不着。不能亏着孩子。"

外婆一说话李梛就知道要糟。

老人家一直厌恶李梛父亲。

李梛母亲和父亲结婚后很久才告诉外婆。这事是其一。其二，李梛父亲在女婿中是最潦倒的，自然而然就被老人看不起。

李梛站出来说："外婆别生气，真的是我自己想的。"

"真的？"

"真的。"

"乖女。"老人恢复了和善，还给她夹了一根鸡翅。

顿时餐桌上终于恢复了和睦。

李梛发现爸妈全程都沉默吃饭，尤其是父亲，恨不得一口吃饱。放下筷子，他整个人有些焦躁不安，想离席又怕不符合礼数，只能埋着头，小口小口喝酒。周围没人搭理他，也没有人找他敬酒。和每次一样，大表叔是绝对核心。和往常不同，大表叔哪怕客套也没有和父亲客套一句，仿佛眼前根本没有这个人。

李梛不由想到，这不就和自己面对父母时一个样吗？

全程再没有人谈及李梛的大学问题。

外婆问了表姐为什么没来。大表叔回答说她在出差，赵子棋则是因为一个朋友父亲去世了，前去悼念。

家宴的地点是在大表叔家里，所以亲戚们三三两两凑在一起说些有兴趣的话。李梛在出卫生间前听到外面有人说起自己家。于是她将放在门把手上的手放下来，侧头将耳朵贴在门上，聚精会神。

其中一个人说："他们家也真会得罪人。孩子选大学这么重要的事情愣是一个人都没问过，我本来都和几个大学同学说好了，只要李梛想去，就能够给她调到那两所学校最好的专业。"另一人讲："李大勇和周兰就是那种人，结婚谁都不告诉，独来独往。这次连李桠表叔都得罪了，你说他们家到底怎么想的？"

李桠听了出来，开头的是二姨，与她聊天的是小姑。

她这才知道，原来家里看似平静原来是真的平静。母亲给自己选学校就和选土豆差不多，看着合适就够了。她听着不是滋味，等到确认外面没人了她才打开了门。这时候母亲看到她，招呼她和他们一起离开。

外婆将一袋子坚果塞给李桠，让她吃着玩。

回家的路上，父亲又开始抽烟，一根又一根。李桠知道父亲在家宴上是不递烟的，因为他抽的烟是最差的，拿不出手。

母亲则从李桠手里拿过袋子，在坚果里翻了一阵，眼睛一亮，从里面找到了三张百元钞票，放进了钱包里。

父亲瞄了她一眼，不说话。

5

赵子棋是开车来的。之前李桠并不知道他有车。

一辆崭新的黑色奥迪停在她旁边时，李桠下意识后退几步，握住手机。

"是我，车是朋友的。"

赵子棋摇下车窗，露出爽朗的笑容。

车上很凉爽，赵子棋问她有没有需要帮助的地方。李桠摇摇头。赵子棋还准备说些什么，可他接了个电话就放弃了这个念头，只是让赵子棋将车里的一个旅行箱带走。那是一个漂亮的荧光绿铝合金的箱子，看起来就像是间谍电影里的道具，四个轮子都可以收起来，提在手里轻巧，有质感。

赵子棋说这是上次一个朋友送的，让李桠拿去，这样每次来回，学校和家里就会方便很多。就在李桠要往家里走时，他又摸出个小红包塞给李桠。

"别给你爸妈说，大学花钱的地方多着呢。有什么需要打我电话，先走了。"

李桠将红包放进短裤口袋里。

回到家，听到是赵子棋送的东西，母亲点点头表示还算满意。很快她拿在手里摆弄了一番，估了个价格，告诫李桠一定要小心，不要把箱子弄坏了，很贵的。李桠闷头将自己再次锁在屋子里。她翻出那个小红包，将钞票一张张放平数着。

一二三四……总共五百块！

她脑子里瞬间就产生了很多美妙的想法，衣服鞋子，书籍，或者偷偷做个头发？

赵舒舒又打来电话："李桠李桠，你家的聚会完了吗？"

原来之前的小东海之旅取消了，因为那两位要跟着父母单独去玩儿。赵舒舒想了个近的地方，那是一座雪山，来回只要两三天，山下有非常著名的小吃街。最关键的是便宜，只要五百块一人。能够玩的项目包括山地越野车，滑草，索道，温泉……她抢的团购票。

李桠说，好，我去。

6

下午从图书馆回家时，天色已经有些蒙蒙黑，根据天气预报，今天将有降雨。李桠想，今天可以睡个好觉。

家门口她就听到屋子里面有人在骂："你他妈就会惹事。"

是爸妈的声音。

李桠立刻折返，走下楼。在不远的商场里享受了一个小时免费冷气之后，李桠看着时间差不多再次回了家。家里已经过了最初的互相对骂时段，现在变成了冷战。父亲站在窗户边抽烟，不时咳嗽两声。母亲坐在椅子上，眼睛红红的，把玩着手中的指甲钳。

李桠只好自己去做饭，晚饭是粥，包子，还有炒黄瓜。

父亲冷不防说："你自己做错事还有理了。饭都不做，你给谁脸色？"

"丢钱怎么了，我人都丢过，丢钱怎么了！"

母亲不知怎么的，一点儿也没有压火的打算。她红着眼继续开火："我给你说李大勇，你不要以为自己怎么样。你那点钱，要不是我妈定时救济，你那点钱还不够你自己看病。"

"你他妈再说一遍。"

父亲拍桌而起，嘴里的烟头都跌落在地上。

李桠只好再次躲进自己屋子里。她从来不劝，两个人的事情只有这两个人才清楚。不过她还是偷偷听着。因为她还没太搞懂是出了什么状况。外面又是骂又是摔东西，李桠听得心惊胆战。最后她终于模模糊糊补全了整个事件。之前外婆给的钱母亲拿着准备去买社保，她每个月都会买，再有几年就可以满足政策退休后有养老金了。可是在社保局时，她突然发现钱不见了。她当即拉住保安，大喊有小偷。忙活了一阵，又是调监控又是找人证，耗了一下午，母亲又将家里角角落落都翻开看了，哪里都没有，她慌了神。

恰好遇到父亲提前回家。看到妻子神色惶惶的样子他小小试探下就得出了真相，气得他差点摔了烟灰缸。俩人一直对骂到现在。

李桠知道这下不得了。父亲是一个喜欢翻旧账的人，自己以前不小心弄坏了他的扣子，每次都被他作为反面教材说出来，以彰显自己的大度。这次母亲却是丢了那么大笔钱，简直是送到他手里的鞭子。

睡觉前母亲敲门进来。

她一脸憔悴，失去了往日神采。李桠本以为她是要和自己睡一起以躲避父亲的。

没想到母亲支支吾吾了一番，说了一句让她吃惊的话。

"真的不是你拿了吗？李桠，做人要讲诚实。"

李桠觉得非常荒唐。

为什么母亲会认为是我拿了呢？你掉了东西为什么会想到我？

李桠摇头说没有。

母亲不死心，在里面兜了一圈，翻翻找找，书柜，箱子，甚至抽屉里，最后勉强一笑说你屋子里有点乱，我帮你理一理。

李桠这一天睡得很不好。她好几次从梦中惊醒，觉得好像有什么人一直在偷偷看着自己。老风扇依旧在咔咔咳嗽，窗外已经下起雨。李桠浑身大汗，感觉自己仿佛要被炙热的湿气给融化了。

"我不去了。"

李桠给了赵舒舒回复。

电话那头的赵舒舒十分惊讶，问为什么。李桠只好继续说谎，她说表哥要请他们一家去鼓浪屿玩，所以去不了了。得等表哥办完手中事，父母都答应了。

"你家真好啊……我表哥除了玩游戏，什么都不做，"赵舒舒语气里充满羡慕，转而说，"只是不知道这次以后，我们还有没有机会一起玩儿了。李桠，你一定以为我是纯粹玩心重。不是的，告诉你吧，我家要求的是我大学毕业后就要马上结婚……"

李桠震惊了，怎么可能。现在家长怎么还会这么封建呢？

赵舒舒苦笑："这是他们的底线了。候选人都给我选好了，说不要和那些不三不四的人交朋友，被骗。不然你以为为什么我要抓住每一个时间去玩？"

李桠辩解说，大学毕业后事情又是另一回事了。

"是啊，"赵舒舒叹了口气，"可是，谁能够说清楚呢。那时候我们双方肯定有一方会不痛快，至少现在先忘记一下。"

下午，李桠照常去了图书馆。这天她觉得时间过得特别慢，书上的字她一个也看不进去。脑子里想的都是赵舒舒的话，爸妈的争吵，外婆的外硬心软，大表叔的漠然……回家时，她又有些期待。当母亲将失踪的"钱"从沙发垫子缝儿里找到，她一定会很惊喜吧。家里至少能够缓和一下，天气已经够热了，火气再大简直没法过。

回到家，她脱下鞋子。

母亲坐在竹椅上，看电视剧。看到她回来了，脸上露出一个笑容。

李桠总算松了一口气。说到底，这个世界上太多问题都是钱的问题。她不记得是从哪本书上看到的，不过目前很符合家里的情况。

"今天看了什么书？"

母亲少有的以轻松的语调说。李桠说了个名字，她知道母亲根本不是关心她看的什么。

"我今天啊，在沙发垫子下发现了你外婆给的钱。之前都没有想过，会在这里。真是我的粗心。"

李桠"嗯"了声。

"趁着你爸还没回来，我们单独谈谈吧。"

母亲说。

"李桠，我说过。不是我们的东西，我们不要。你最不该的就是拿家里的钱……"

她露出失望和痛心的表情。

李桠整个人愣住了，怎么会变成这样？她张了张嘴，干巴巴地说："不是我。"

"不是你？你当我很好骗？"母亲冷笑一声，"昨晚睡觉前，我在沙发下找了两遍，都没有找到，今天就出现了？你爸不可能干这么幼稚的事情。李桠，你还想要狡辩？我早就发现你不对劲，我可是在屋子里看着你将钱放在垫子下的……"

李桠终于知道自己的问题在哪儿了。这个女人，自己的母亲，现在根本不是为了钱不见在生气。她要找一个人承担"失窃"的责任。

自己的一举一动都在她的监视下，自己早就变成了她眼里的可疑人。

李桠想说点什么，她想要把表哥赵子棋的事情全部说出口，可她办不到。她答应了赵子棋不能说。

眼前的母亲一副识破诡计的模样，满脸的盛气凌人，看着自己仿佛是看着不共戴天的敌人。

"你给我说清楚，你之前是不是还干过？你要是讲得老实，反省得够好，我就不告诉你爸。不然，他的脾气你知道的……"

母亲脸上有一股妖异的快感。

李桠心里悲哀，母亲已经不是在为自己找借口。她需要一个更弱的对象来承担自己的怒火和发泄不满，发泄她不得不接纳的父亲的阴暗情绪。

捏紧了拳头，李桠紧闭双唇。

"李桠，人要一张脸，树要一张皮。人不能不要脸。"

母亲依旧数落个不停。

李桠低声说着："你们要脸，你们只有脸了。"

"你说什么！再说一遍！"

母亲被激怒，手里多了一个可笑的苍蝇拍。

李桠扭头跑出了家门。

她摸出电话，翻来翻去，发现竟然没有其他人可以打。她只能打给赵舒舒。

"怎么了？李桠，要来吗？"

李桠说："不知道该说什么。"

衬衫通过汗水黏在皮肤上就像是一层保鲜膜，盖在脖颈上的头发又变成了一团热烘烘的干草，手中的手机也变得有些滑，李桠有些难过。

站在空气都被扭曲的街道上，每个人都在太阳炙热威慑下。他们低下头，不敢看它。

离 猝不及防 别

假如生活出其
不意

part 3

也许未来的某天，我们没能够抵挡住痛苦与绝望，会再次陷入个人困境无法自拔。可在此之前到我们相遇，这么漫长而又短暂的时光里，我们是幸福的。

漫漫长路的终点是未知。在旅途中的我们要用尽全力寻找幸福。

猫 眼

1

立秋的话总是对的。

她说，冬天手冷脚冷，所以心里必须格外热，以达到微妙平衡，这样一来人才可以度过痛苦的寒流。

讨厌冬天的不止是立秋一个人，我也不太喜欢。如果算上立秋的立场，我可以将太字也去掉。冬天要穿很多衣服，里三层外三层把人裹得动弹不得，手根本没法举过肩膀。认识的人见面会拍拍肩膀或者撞一撞胸口，冬天就不行，抬不起手，撞的力道掌握不好对方就"啪"地倒地，像一个装了太多东西的圆筒垃圾桶，半天爬不起来。大家见面减少肢体语言，话就多了一些，我戴着眼镜，常被人喷满眼白雾。

我讨厌冬天，什么东西都是模糊的，人是模糊的，气温是模糊的，连公交车也常常逼近你时换成另一个号码牌，让人迟到。

立秋对冬天的厌恶在于她家是开火锅店的。

人人都知道冬天的火锅店生意最好。说到这里，立秋纠正了我一下，她说夏天有的时候比冬天生意还好。夏天酒水卖得好，收入好，看在钱的份上也就算了。冬天不同，来的人都只顾吃，什么酒水都不要，空着肚子来，一肚子油回家暖床。

我说："那就是钱的问题了？"

立秋递给我一罐从她家拿的可乐，想了想又收了回去，换成一罐椰奶。男生喝这个比较好，你还是少喝可乐。

她说话就这个样子，随心所欲，跳来跳去，就像一尾不喜欢深水的鱼。

第一次见到立秋是在街角的星星奶茶店。

我有个独门发现，往往大热的东西反而名不副实，比如奶茶店的奶茶，××甜点的××甜点，火锅店的火锅，学生快餐馆的学生……

星星奶茶店的烤土豆很美味，不过每次我都不点奶茶让老板娘对我很有意见。连带着她养的猫也不太理我，摸都不给摸。后来我也有些自卑，你啊你，买一杯奶茶就那么难吗？假装好喝有多难。可还是不行，我这个人其他方面很没有原则，可对于口腹之欲一点儿也不能凑合。

也许就是所谓的没有少爷的命，患了少爷的病。

所以基本上我是打包带走，避免大家各异的眼神。

结果那天有一个女孩子排在我之前，她竟然也只点了烤土豆。不骗人，当时真有一种他乡遇知音的感觉。于是我激动地说："这个好吃吗？"

她看了我一眼，"哼"了声，晃着肩提起饭盒就走。然后我一个人一边等土豆一边接受大家的鄙视和嘲笑。

我这才觉得后悔。我不应该用疑问句，而是该说这个我也喜欢，也许效果会不同。

立秋笑了一声，说我当时真的好好笑，眼镜上全是雾，就像漫画里出来的一样。她快速走开是为了不让自己笑出声来。

我有些不解地问："那为什么不回答我？"

立秋说："不知道。"

你看，她就是这样一个人，让人捉摸不透，跳来跳去。

第一次见到立秋，她"哼"了我一句，然后让我遭受了无妄的嘲笑。

但是我一点儿也不后悔。如果没有那一天少有的主动，以及简直令自己也惊讶的搭讪，后面的事一个也不会发生。

2

冬天是个忧郁的季节，总是让人想要躺在床上，忘记下床后的痛苦。不过偶尔也会让人认为，冬天是个好孩子。比如，可以尽情敞开肚子吃各种以前父母不让吃的热辣辣食物，那些减肥的言语也被寒气冻住，少有出现。

一个寻常的火锅日，我们一家扎到街对面的火锅店。在那里我又遇到了立秋，她一个人无聊地在柜台写写画画。我灵机一动，将筷子丢在桌子下。

于是我就有了借口。

"是你啊，好巧。"

看着她没有丝毫感情的双眼，我说得有些结结巴巴。

"要酒吗？"

我哑口无言，最后只好要了一瓶可乐，颓然地回到座位上。

这就是我们的第二次相遇，一点儿也不浪漫，充满了刺鼻的火锅味，以及吵吵闹闹的上菜声、催促声。

回家时我觉得肚子有些胀气，于是一个人跑到旁边的废楼上溜达。这是我新找到的一个栖息地，整栋楼到处都被喷着"拆"的字样，可一直没有人动手。闲置了好几年，似乎拆迁方已经忘记这一处遗珠。

楼里有很多野猫，它们都很和气。从来不乱跑吓人，看到人总是彬彬有礼等你先过，会很认真地观察路过的人的表情。如果有人脸色不善，它们就会躲得远远的。大概就是因为它们如此谨小慎微，所以就连专门处理野猫野狗的人也对它们睁一只眼闭一只眼。

楼顶除了有几只小野猫还有一个猫眼洞。

透过那个猫眼洞，可以看到一些有趣的电影。我无法得知是不是里面有人，可能猫眼洞正对着里面的大屏幕。

家里每天七点钟就得开始看新闻，看到天气预报之后又是地方新闻，我家对于新闻有着难言的执着。对于电视我是没有发言权的，要么来这里要么待在家里看书——漫画之类早就被两老查封，集装在他们床下，根本没法子动。

今天猫眼洞电影频道播放的是一部恐怖片，讲的是一个山中酒店里突然出现了无数的毒蛇，看得我捏了把汗。

有人在我耳边问："你是谁？"

我被吓了一跳，转过脸来看到一个短发女孩儿正一脸警惕地看着我。

"我，我……"

我一时不知道怎么回答。突然我才想到这里是无主之地，谁都可以来。

结果才说了几个字，我的眼镜就被嘴里呼出的雾气给弄得全白，根本看不清眼前的景象。然后对方"扑哧"一声笑出来。

立秋说，她记得我，连续三次，每次一说话眼镜就花。第一次是憋笑，第二次不理我是讨厌和客人说话，第三次，她觉得我还不错。

本以为我们之间才刚刚认识会很尴尬，事实上完全不是这么回事。所谓紧张不过是开口前的那一瞬间，说起话来仿佛什么都清清楚楚印在脑子里，只需要不紧不慢念出来即可。

我告诉她，这里可以通过猫眼看电影。

她试了试，扬起眉毛，很感兴趣。我觉得很奇妙，我本来独自一人寂寞地在奶茶店不务正业地吃土豆，结果来了一个同僚，好不容易在附近找到一个猫眼电影院，她又再次出现在眼前，恰好还一点儿也不认为幼稚。

我觉得我认识立秋应该是命中注定。

离去前我用力做了自我介绍："我叫甄昔。"

她"哦"了一声，慢慢下楼。在我满心失望之时突然转过头来，说，"我叫立秋"。她下楼时是跳着小步的，仿佛一只鹿。

3

有的人你需要漫长时间去认识，从仅仅是两人互相点头到无话不谈，也有的人不过一个见面，就发现彼此竟然一点儿也不存在交流的隔阂。

以前我一直认为，衡量两个人的关系好坏在于他们有没有共同话题，是不是可以一直一直地聊天，一点儿不厌倦对方。

立秋改变了我的想法。

所谓默契应该是指如果说起一件事，对方立刻都能够明白你的重点，双方也不必强颜欢笑，博人欢喜，沉默也是一种默契。

立秋的话并不多，大多数时候是我在讲。她说话的节奏很快，每一句话的信息量都不少。如果她不停说着废话，那么就说明她心情极好，所有的话都是一个意思：你听我说呀。

猫眼电影院成了我们俩心照不宣的相遇地方。为了让她同时也能够观影，我偷偷摸了家里的小锤子和小凿子，又给开了一个小洞，如此就变成了真正的一双猫眼。

一般来说我们会聊两句，然后各自抓住一只温顺的小野猫在怀里，看着猫眼电影。

影片有的时候是黑白，有的时候是彩色，时间跨度很大，类型也不少，科幻片、恐怖片、警匪片、爱情片……我不知道猫眼电影的主人对于电影到底是何等狂热，但我一直想要看看主人的真身，是一个颓丧的中年人，还是一个凭借回忆度日的老人？

我终于看到了他，却不是我想的画面。

猫眼里的景象不再是电影，似乎是被切换了角度，变成了一个屋子的镜头。一个光头男人正坐在沙发里侧身对着我。他有两撇胡子，肚子微微凸起，目测年纪至少三十五岁以上，穿着一件 polo 衫——真是不怕冷。屋子里到处是衣服袜子，沙发上有几个空啤酒瓶倒在一起，正对面有一个小小电视。

光头男人从怀里摸出一张纸，我看见上头写着"离婚协议书"几个大字。他看了看，撕得粉碎，然后摸出了一把刀，对准自己的胸口捅了进去。

我原本以为是一场戏，直到他肚子停止起伏，胸口里不断渗出血液，染红了裤子，一滴滴落在地上，我才意识到这不是演习。

这人自杀了。

不知道是天冷还是过于恐惧，我浑身都在发抖。小猫被我手指间的突然用力给疼得惊叫了一声，从我怀里挣脱出来跑得远远的。

心脏前所未有地剧烈跳动，几乎要从密集的血管丛中挣脱出来。我飞快跑下楼回到家。

那天晚上，我一点儿也睡不着，闭上眼就是光头男人用刀子插自己胸口的画面，无数鲜血从里面喷射出来，喷到我脸上，嘴里全是一股腥味。那个人就在我面前，用无神的双眼看着我，嘴巴张合，想要说出自己的冤屈。

好几天我都不敢再去猫眼电影院。与此同时，我也偷偷打听那栋楼里有没有发生命案，附近有没有发生自杀。

结果是根本没有。

在这个冬天，治安好得不像话，就连以前最勤奋敬业的扒手也觉得冬季不是好日子，偃旗息鼓，或者在暗地磨练手艺，准备春天再度开工。

秘密就像种子，埋进去就会一点点发芽，时间拉长，那些新芽就会不断成长直到堵塞人的大脑和呼吸。

我能够告诉的就只有立秋。

看着惴惴不安的我，立秋横了一眼："你以为说个恐怖故事我就会害怕吗？"

我解释说真不是，我不骗你。五天前我真的在这里看到有人自杀，用一把尖头水果刀捅自己。

立秋从她的大衣兜里摸出一罐椰奶递给我，铁皮罐还带着体温。

"我是想相信你，不过问题很多啊。"

她喝的是纯牛奶，不同于大多数女生用吸管，她摸出一把小剪刀将牛奶袋子口沿虚线减掉。古典又正式。

"首先，用刀捅自己是很痛的事情。如果自杀的话，吃点安定药、开个煤气应该是最没有痛苦的死法。还有，你看到的男人是不是穿着一件长polo衫，戴着眼镜？"

我听了她的描述说对对对，就是他。

立秋露出为难的神色。

其实，我也看到了他。他没有死。

她说的话让我一时很难接受。

在我看到光头自杀那天稍晚的时候，立秋也来了。不过她错过了惊慌失措的我，一个人无聊地逗弄着小猫，看着猫眼。在猫眼里出现的也是同样一个男人，不同的是，她看到男人正在同一个女人吵架，声音非常大。

我一再确定时间，希望是她记错，如果是她在我之前看到，那么一切都顺理成章。偏偏她是在我之后看到男人生龙活虎地还在与人争执，那么只有一个可能，在他自杀之后又恢复了原样。

面对猫眼电影院，我第一次吃不准它背后到底是什么。

4

我为此很是不平。

虽然嘴上说着大概是自己眼花，可是我心里相信自己绝没有看错。我从没有见过人捅自己，那一幕让人非常震撼，甚至说是感同身受，仿佛持刀的就是自己。锐利的刀刃扎入自己柔软的胸腔，异物入体绞碎内脏，然后是锥心之痛。

因为你戴了眼镜嘛。

立秋这么解释，将这一争执画上了句号。

我们依旧在这里"偶遇"，一起看电影，漫无边际地聊天，说天气，说火锅。立秋就像这里的野猫，她说话时会看着你，如果你露出一点点疲倦或者不感兴趣的样子她就会巧妙地停止。

这让我也不得不小心注意，避免自己的一些举动让敏感的她产生错觉。

我们越来越熟稔，连很少谈及的彼此个人事件都开始慢慢对对方倾诉——当然了，我是愿意给她讲，最难的是她开口。

有天立秋招呼我看猫眼。

我小心凑上前去，免得眼镜被墙壁刮花。

里面的景象让我大吃一惊。

那个本就自杀的光头真的活过来了！

猫眼里，他正在打扫卫生，身体也变得没有以前那么臃肿。最让人在意的是，他一点儿也没有我看到时的颓丧与绝望，整个人精神奕奕，充满活力。仔细观察，还能够发现他一边拖着都已经亮可鉴人的地板一边还小声地哼着歌儿。

不到半个月前还要死要活的，没想到转眼又这么开心。我能够想到的唯一扭转道具就是他中了双色球。

我爸说，中了双色球大家就会开心了。老师说，要考上重点大学，你就会体会到和中双色球大奖一样的感觉。很久以后我才知道，老师那一句暗含讽刺，并不是一个纯粹的激励。不过掉头想起来，我爸说的话又何尝不是呢？如果一切问题都可以用双色球解决，那该多好。

立秋仰起脸，得意地看着我。

"怎么样？我就说嘛，你看错了。"

在她脸上，我明明白白看到了几个字：还不认输，我赢了。

事实就是如此，对于死没死人我们并不是很关心。争论的主题早就越过了它本身，变成了我和她到底谁对谁错。

很不想承认，不过这一次的确是我错了。一个人的生命无法重来，我的眼睛却有可能说谎。

猫眼里出现了越来越多的那个男人的身影，我本以为立秋会觉得无聊，然后产生离去的想法。这让我相当紧张了一段时间。除了这里，还有哪个地方我能够和立秋一起毫无芥蒂地相见呢？我想不到，或许就是后会无期。

可立秋表现出了极大的热情。

"没劲。"

嘴里这么说着，她的眼睛却看着里面的画面。大概是她第一次看到独身男人的生活，显得新奇。不停地问这问那。我不是住学校的学生，因此对于有些东西不太懂，不过我这个人也许和大多男生不同，我比较无法容忍脏乱。

"男生是不是都这样？用脚摁电视？"

我倒是想，这门技术怕是需要长久练习才行。

"他好好笑哦，从沙发摔到地上接着睡。"

我突然有些不是滋味。潜意识里知道这肯定不是吃醋，吃一个陌生人的醋，太奇怪了。就在我们讨论这到底是一个什么样的人时候，里面似乎来了客人。

男人颇为开心。门关上后，再也没有了响动。

他似乎是跟随来访者一起出去了。

立秋突然问起：这里似乎没有人住吧？住在里面的到底是谁？这时候谁会来？

她的脸在发光，我却一点儿不觉得有趣，看着猫眼，心里隐隐有一股难言的恐惧。

5

立秋的问题我始终无法回答她。对于念书都是磕磕绊绊的我，面对这种难题更是无从下手。天气越来越冷，我们来的次数也渐渐变少，楼顶铺了积雪，地面变得有些滑，站在上面得非常小心。不过猫儿依旧活泼，它们永远不知疲倦，尤其是才长大不久的小野猫，对于下雪非常兴奋，跳来跳去，不断在扑击，仿佛想要捕获雪花。

我将双手揣在羽绒服里，低头一步步走上天台。上头还吹着冷风，对于一个近视眼来说并不是坏事，这样我呼出的热气就不会蒙在镜片上了。

我待了很久都没有等到立秋出现。我知道，她是在躲我。

我们之间的分歧早就存在，比如我见到志同道合的人会主动出击，她不会；我会玩些小聪明，她不干。从我嘴里得知光头自杀，她说是恐惧倒不如说是另类的兴奋，在一系列观察之下，她对于这个人的兴趣越来越浓。

有时候，我和她说话，过了很久很久她都不回答，我提醒她一下，她就"哦"一声，说对不起，走神了。很多这样的小小细节，构成了巨大的雪球，滚啊滚啊滚，只需要有一点儿推力就可以将我给击飞。

推力出现了。

首先是出现在我们对于火锅的分歧上。立秋家里开火锅的，她却一点儿也不喜欢，比起油腻的火锅她更愿意喝热牛奶。我就说了句大概是审美疲劳，她就很不高兴，说我不懂。

我的确有很多事不懂。

可是每次吃火锅，我都会指定到她们家的店里。

立秋大声说："火锅是什么样的东西，你根本都不懂！我家的火锅和其他地方的火锅没有什么两样。用的二道油或者残次油，后台的工序有多么脏你根本想象不到。每次看着你们来，离开之前还要对你们说欢迎下次光临，我就恶心。"

她说的我大概都了解。世界就是如此，总是在很多东西里包裹了谎言，便于让它更为美丽。不，应该说是谎言本身就是一种另类的美，它是一种配菜，一种餐盘上的装饰和拼盘。我们早已习惯谎言，因此面对立秋说出的真话，我下意识想逃避。

"没事的，"我说，"你们家肯定不会那么做的，至少会比其他店要做得更好，对吧？"

她没有领情，依旧用冷冷的口气说着他们是怎么将死老鼠混在鸡肉里，又是怎样收集客人们使用后留下的油，甚至那些油碟都没有浪费，混合了人的唾液、残渣、碎屑、毛发……给我们食用的就是这样的东西。

我几乎当场就要干呕出来。

从报纸电视上看到和听到亲历者说出来，完全是两种不同的感觉。

　　立秋呼出的热气有一股牛奶的味道，她的声音仿佛这个季节的夜风，带着一种无情的冷淡："明白了吗？我看着你用，你们家一起用，我什么都没说。我就是这样的人。"

　　我想要扭头离去，却又没有这个决心。

　　如果我真的走了，她的目的的确达到了，也就更伤心。立秋和大多数女孩子不同，她不会撒娇，或者说她从来不愿意软弱。她嘲笑我的无知，刺痛我的神经，不过是为了告诉我她有多么痛苦。作为店家的女儿她需要隐藏秘密，笑脸迎人，作为我的朋友，她又不愿意我被那些劣质东西塞满肠胃。

　　然而不懂玄机的我一次次拉着家人进入他们的店里，还以为可以博她开心。

　　可以肯定的是，立秋绝不是像她嘴里那样的人。她虽然无法说出口，但是她总是拒绝给我拿可乐，每次都会换成椰奶。这就是她的温柔。

　　有些话不必说出口。

　　我停了半晌，说没关系的，只要没有拉坏肚子，我还来。

　　立秋"哼"了一声，气呼呼地走了，将鞋子踏得"嗒嗒"作响。

　　事情非没有结束，而是另一个开始。立秋仿佛想要故意挑动我的愤怒，我说什么她就反着来，不同意我的一切说法，还大加反驳。最后问题回到了猫眼上来。

　　立秋说，你根本不对。里面的那个人明明还在，每天都在打扫卫生，而且一天天在减肥，我看得清清楚楚。

　　换了其他的事我可以妥协，不过猫眼这件事让我无法释怀。况且就在眼皮底下，她还继续无理取闹，让我心神疲惫。

　　立秋，你自己来看吧。

　　我的眼睛也许不好，看不太清楚，不过不会一直那样。猫眼后的那户中年人已经搬走了，现在来了一个年轻人，不过二十九岁。他还有一个漂亮的女朋友，每次俩人都在里面吵吵合合，颇有肥皂剧的特质。

　　立秋却没有接我的话，而是再次"哼"了一声，头也不回地离去。

同样的"哼"一声，代表的意义是截然不同的。我不想再费神去揣摩，冬天里人太容易疲倦。

6

我和立秋的时间彻底岔开了。

我到火锅店她不在，我在猫眼等她，她也不会来，但是到处还能够看到她的痕迹，她在墙壁上和火锅店记录本上的小图画，留下的空牛奶盒——以前这都是我收着去丢的。

她只是躲开我，不想和我见面。

说来有些奇怪，我们两个甚至没有真正交往，从这里看起来倒是有小夫妇闹别扭分居的模样。从这个设想里，我又得到了某种奇特的安慰。在立秋眼里，我也是重要的人吧，不然的话没必要这样，只需要和第一次一样问"要酒吗"，我就一败涂地了。

利用这些被冷淡的空窗期，我仔细研究了一番猫眼。它表现出来太多奇特之处。为什么刚开头的电影一会儿黑白一会儿彩色，为什么里面的男人死了又活过来，为什么我和立秋看到的东西相差越来越远。

是猫眼的问题，还是我们自己的原因？

猫眼处在顶层的蓄水塔墙壁上，也就是说，如果里面住人也只会是一个能够在水下呼吸的人。我这才发现，这么巨大的问题，我和立秋竟然一直忽视了。说得也是，毕竟猫眼不过是一个连接的道具，我们真正来这里的目的并不是为看免费电影或者真人秀。

我绕着蓄水池下头走了一圈，上头有冰渣，太滑，我不敢爬上去。退一步来说，如果蓄水池废弃，在里面搭个临时住所，里面应该无法安下那么大足够覆盖猫眼观察范围的电视。再一个，之前中年人在时常常有人来拜访，现在换了年轻人也是，可是我们却从未听到过敲门声。无论怎么说都是在这一栋楼里，在这最顶层不仅没有敲门声，也没有上楼的脚步声，而我也没有找到那扇门。

　　就在这时，久违的皮鞋踩着楼梯的声音传来。

　　跳着小步的轻快节奏，我一听就知道是谁。

　　她没有上楼，而是在楼顶门口位置说："在吗，在你就说话。"

　　我闭住呼吸。

　　立秋说："我就当你在。上次我也在这里给你解释过了，我爸啊，竟然让我在学校帮他宣传铺子，还给老师们发名片，我真是受够了。我的头衔不过是他的女儿，又不是他雇用的员工……反正我没有错，不是你惹我，我才不会发火。"

　　说完这句话她就"嗒嗒"下楼了，听着轻快的脚步，显然立秋心情好了不少。

　　我呢，则是感觉得到了奇妙的治愈。立秋就是这样，或许她猜到我就在上头，她那么聪明不会猜不到。不过她不是会好好道歉或者解释的人。

　　面对立秋这样的女孩，你需要像学习外语一样的耐心，将她那些小小的情绪和皱褶的别扭小心抹平翻译出来。你就会发现，她是那种独一无二的可爱。

　　我几乎忍不住想下楼抓住她。可是内心告诉我不能够操之过急，如果那么做了就相当于正面揭穿了她，脸皮薄的立秋还不知道会怎么样呢。

　　离去前我忍不住又朝着猫眼张望，一望之下我却整个人盯住了。

　　里面也有一双眼睛凝视着我。

　　我想要逃走，却整个人仿佛被冰住，动弹不得。

　　看着我的正是搬来的那个年轻人，他看着我丝毫没有异样，自言自语。我顿时小小惊讶了一番，难道从里面看不到外面？这怎么可能？

　　他仿佛只是看着一面镜子，或者一本书，一个闹钟。

　　"为什么我会喜欢上你呢？"他说着话，一脸深陷爱河的沉醉模样。

　　他摇了摇头，搓了搓手，继续对着我说话。

　　"能够遇见你，是我这辈子最大的幸运。我这个人向来说话比较笨，不太会讨人欢心，你却一次次原谅我的不浪漫，陪着我走过高中、大学、直到今天。没有什么能够表示我对上天的感激，也没有东西能够代替我对你的感情，今日，我唯有将这枚戒指放在你手中。它表示的不仅仅是我爱你，也是将我的未来放在你的手里，在以后的日子里，请你继续陪伴我好吗？立秋。"

他深吸一口气，耶了一声，原地跳了起来。

我则是如遭晴天霹雳。

如今立秋不过十六七岁，根本不到法定的结婚年纪，这肯定不是我知道的立秋。

接着那人继续单膝下跪道："我甄昔，愿意一辈子保护你照顾你，让你做我最美的新娘……"

怎么会那么巧。那个人和我同名同姓，他要娶的人和立秋同名同姓。我脑子一时半刻反应不过来，不停梳理着各种线索。

看到那个甄昔最后整理衣领的动作时，我呆住了，和我一模一样，双手先提了提，然后左右手交错在领口前，分别沿着领子整理。

那个人，是若干年后，二十几岁的甄昔。

经常出现在他房间里的那个女孩，也就是未来的立秋。

未来的某个日子，我会和立秋在一起生活？

巨大的幸福感与惶恐击中了我弱小的心脏。

一方面我为能够和立秋在一起而开心，另一方面我又不知道能不能够做得很好。不管怎么说，这都是一个天大的好消息。

7

在我持续不断的努力和厚脸皮下，立秋终于原谅了我。按她的话说，看在你这么笨又有诚意的份上，我不计较了。然后她丢给我一罐温好的椰奶。

猫眼能够看见未来的秘密我绝口不提，告诉了她说不定又要多生事端，就让我这小小的私心作怪一把。

化雪是凛冬将去的标志。

我和立秋再次来到这栋猫眼楼上。她最近参加了一个素描比赛，背了画板来此练习。本来我说上面冷不如就在室内画，可她坚决要来，还说我笨。

走到楼上我才想明白，如果在学校或者少年宫里，自然是不冷了，可是没有我们俩单独相处的机会。我的确是真笨。

看着迎风画着冬季残歌的立秋，我摸出手机来偷偷拍了一张。

不经意回头时，我又看到了那两只猫眼。我们迈过了最初的羞涩和不适应阶段，现在已经不需要它们作为我们的媒介。可每次看到它，我总会想起它身后的时光魔力，忍不住再次将眼睛凑到了上面。

猫眼里，男孩儿正拿着手机在一个画画的女孩儿身后偷偷"咔嚓"。

这幅画面正发生在刚才。

我终于确定了猫眼所代表的含义。

在我们的世界里，时间是正向流失的，而在猫眼里是逆流的，我们不断前行，里面不断后退，最后汇聚到了今天这个点上。一切都是那么奇妙，能够看到未来的瞬间，给了我足够的动力和勇气。

我依旧没有和立秋表白，但我知道她听得到我想要说的话。我想要以她的方式，用行动来告诉她我的感受。

就在这时，我突然想到那个自杀的男人。

如果说，猫眼里面都是我和立秋的未来，那么最初我看到的就是终点。

我的终点是被和立秋的婚姻搞得精疲力竭，最后自杀倒在血泊里。奇怪的是，我并没有感到毛骨悚然或者惊慌失措，只是觉得，唉，还真是一个不好的结局。

"喂，你躲在那里干吗！还不快点过来给我暖暖手。"

立秋对着手指哈气，朝我怒视。

我赶紧一溜烟跑过去，将衣兜对她敞开。

我们的手指一冷一热，相遇后触在一起，仿佛两块互相吸引的磁铁。

也许未来的某天，我和她没能够抵挡住痛苦与绝望，再次陷入个人困境无法自拔。可在此之前到我们相遇，这么漫长而又短暂的时光里，我们是幸福的。

我突然无比想尝一尝立秋家的火锅。

漫漫长路的终点是苦涩，旅途之中却如此美妙难言。

哪怕现在就能够看到未来，我依旧不会放开她的手。

一个陌生女孩儿的来信

准备好了吗？她问我。

好了，我看着有些忐忑不安的姐姐，打了个响指。然后，我开始按动键盘。

"事情要从一双袜子说起，俗话说男生费纸女生费袜子……这是我从一本沙发杂志上抄来的，还请您不要笑话我。圣诞节时我将心愿放进袜子里，由于我有那么多的愿望，所以丝袜看起来很丰满，看得弟弟不停嚷嚷说我真麻烦。

在我的计划里，愿望采用分级制度，分别叫作非它不可的、人生遗憾的、前进鼓励的三类。看名字就知道了，前两类让人非常期待，但我其实是并不抱有希望的，因为我知道那有多难，节日就是让平时失意的人们互相慰藉，用安慰奖抚平往日的不安与不幸……"

1

我想了想还是要对您先说起这一件事，虽然有点难为情，但是假如避开它，剩下的话题就都无法进行下去。

从小时候起，我的皮肤似乎就比一般孩子的皮肤更敏感，说是敏感不如说是更容易受到伤害。比如说，翻动课本时，如果动作过猛就容易被纸张割破手指。这一点让我在很长的一段时间里做事情不得不慢吞吞的，哪怕如此还是手指缠着创可贴，被同学嘲笑为"豌豆公主"。

那时候爸爸总是安慰我说,我大概是在投胎时犯了迷糊,本来要成为富贵人家的小姐,结果一不小心到了我们家。爸爸信心满满地说,不会辜负老天爷的美丽失误,会努力工作让我生活得像公主一样。

(也许)为了这个目标他总是很忙,忙着从一辆车换到另一辆车,飞过天空,越过海洋,从不停留。他寄来很多美丽国家的明信片,还特地选用软胶包裹好的纸张。

那时候我很小,甚至产生了好笑的念头:如果将来长大可以和爸爸结婚就好了,那什么事情他都能考虑好,用不着我去操心。连带着,那段时间对妈妈也就显得冷淡——爸爸在外头那么拼,她却可以安然自得坐在家里看美剧,结结巴巴练习英文。

她是一个全职太太。

一起出去或者购物时,认识的阿姨婶婶总会百说不腻地老话重提:你们母女可真像啊,简直就像是姐妹,保养可真是好。妈妈总会微笑说,这样才是亲生的嘛,然后双眼轻轻在他们子女身上一瞟。当时我不太明白这两句对话,现在想来却是蕴含了成年人之间的刀枪剑戟,人竟然可以一边笑着一边说伤害对方的话,真是不可思议。

看到那些阿姨每天为了生计而不断奔波、忍受冻暑,而妈妈可以悠然自得地在家里做瑜伽,我也觉得世界的确不是很公平。那时我更觉得爸爸伟大,因为他,妈妈可以优哉游哉地生活,保持身材与青春。

妈妈有很多的时间,她擅长养花、折纸、做甜食、买衣服、买鞋子,各种买买买。用她的话说,正是这些完全没有多大价值的兴趣,生活才会有趣。只剩我和她时家里就静悄悄的,因为我们都是喜欢安静的人,兴趣也是安静的兴趣。她给我印象最深的一句话是在我被嘲笑为豌豆公主的时候。

"豌豆公主才是真的公主。"

简简单单一句话,却让我几乎流下泪来。

学校里,同学们以此打趣,长久之后,老师也觉得我是个麻烦。我变成了一个不断给大家添麻烦的人。

　　然而我的母亲，却告诉我，真正的公主才是这个姿态。

　　"不用理会他们，我以前也一样。现在有时候还会扎到手。"

　　说话时，她并未像大多数母亲一样给人拥抱或者抚摸，她喜欢亲近又不喜欢太过于亲昵——就像计算过一样，她喜欢一种近距离的美。她和我并排坐沙发上吃甜点，毯子将我们裹住，一起看偶像剧看得泪眼婆娑。

　　"拉上毯子，这样就不会被眼泪冷到。甜食，可以让肠胃稀释苦涩。"

　　这是我见过的最好的安慰。

　　之所以讲了这么多关于我的母亲的事，其实是我总感觉自己将来会慢慢变成她的那个样子。遇见长大结婚后的自己，总是让人想要多看几眼。

　　平静生活持续到马航失事。我的父亲就在遇难名单里面。那天晚上，安慰弟弟睡着后，我和妈妈依偎在一起看偶像剧看到东方破晓。

　　当然的，泪眼婆娑。

2

　　我弟弟的脾气不是很好。父亲逝世后，他的坏脾气又更加厉害了。每次看到剪着利落短发，却又固执用发胶将头发竖起来的他，我总是会想到擂台上的拳手。他仿佛想要每个人都知道自己的愤怒。

　　他有一段时间很喜欢打架，而且专挑打不赢的对手。哪怕在高年级里，我也听闻了。每次他都被狠揍，然后爬起来继续和对方扭成一团，后来他的名字让人听到就觉得头疼。

　　有一次他装作不经意在我耳边问起："现在你们班还有没有人乱给你起外号？"

　　我说没有。

　　他就骄傲地走了。

　　我后来听说，他天天在路上等候那几个特别喜欢笑话我的男生。天天等天天候，天天不顾一切冲过去，到后来他们看着他就绕道走。

　　在动物世界里，他大概就是属于鬣狗那一类，一旦锁定了目标，狮子也好猎豹也好，都无法阻止它的爪牙。鬣狗常常被狮子咬得只剩一口气，但很快又能够恢复过来，生龙活虎继续同狮子群争夺猎物。

说到这里，您大概会误会我弟弟是一个只知道争强斗狠的男孩。其实不是的。我也许无法改变每一个人对他的看法，但是他是我弟弟，所以我不希望有人误会他，看轻他。

在马航失事后，加上爸爸的抚恤金，家里的存款并不少。但我们三个人花钱如流水，没有一点儿收入，加上我生了一场重病，于是很快家里就陷入了财政困难。而这时，妈妈才慢悠悠告诉我们，她已经和美国的公司联系好，过去上班了，让我们不用担心，每个月会有定额生活费汇入。我终于明白她为什么要努力学习英文。

生病后，我就没法去上学了，待在家里的生活是相当无趣的。除了家里财务、业主、学生、家政，弟弟就又多了半个护士身份。我们家的男人都很不容易，家里要养两个豌豆公主，什么都得自己来。

我也不争气，老是帮倒忙。有次我试着做水果拼盘，小心翼翼切苹果，切到一半我发了会儿呆。节奏一断我就不敢慢慢来了，双手握住刀一通乱剁，然后加上沙拉酱。结果拿错罐子，弄成了黄油水果派。事后我们都哈哈大笑，我却再也找不到刀在哪里了。

有时候他会将厨房弄得一团糟，摔碎碗碟，烤焦饭菜，然后将勺子敲得哐哐震天响。我担心他一怒之下把厨房给一把火点了——他真做得出来。但是他没有，因为我们没有太多闲钱来重新买一个厨房。这也是他说的，我不太清楚家里的财政情况，他也不愿意告诉我，但每次问起他总是支开话题。

"钱财一少，缘分就断。"

这句话我是从邻居那里听来的。那天弟弟陪我在下面散了步，然后步行上楼，接近电梯口听到几个邻居在讲家常。然后就说了这么一句。

"他们家啊，少了男人就不像样子了。"一个女人这么说。

"纯粹靠男人，那女人就别活了。能靠脸蛋活一辈子吗？"另一个妇人说。

前头那人又赞同道："不上班当太太，图一时痛快。一旦家里出个什么事儿，就什么办法都没有。知道吗，我听那边亲戚说，钱家的那位太太在美国做事，说得好听，其实就是在那做临时工，和服务员、务农工没有区别。"

"还是在国内拉不下脸，美国月饼又有多好，最后还不是得受人脸色？外国人可粗鲁多了，还不知道要吃多少亏。"

"谁说不是，哼。"

我本以为弟弟会怒发冲冠过去和她们理论，结果他只是握紧我的手，扶我从她们身边走过。我问过他，为什么他会那么冷静。他酷酷说："我不和丑女人说话。"

在我看来，弟弟就像猫狗一样，你顺着他的毛发他就非常温柔，如果你心怀恶意，他就会显露斗牛犬的一面。

我喜欢给他洗头，这是作为病人的我唯一能做的事情了。

弟弟的头发短而密，每一根都充满力量，不像我，软塌塌的，病秧子。我小心翼翼让自己的指甲不会伤到他头皮，他小心翼翼跟随我的手调整头部位置。他的头发很扎手，好几次都扎到我手指里。细小的头发扎到指尖里，碰一碰就痛得要命，我不得不偷偷摸索用细小的针将这些倒刺从指头里挑出来，手指现在一定很难看。所以我在家的时候，手指也缠了创可贴，这是为了保护手指，也是为了不让弟弟看到上头的那些伤痕。

不像其他姐弟出现泡沫满天飞的场景，我们简直就像是在上礼仪课。因此出现了奇怪的现象，我要帮他洗头按摩，他每次都想拒绝。

他是一个特别的男孩子，腼腆又别扭。

好啦好啦，不说他了，现在他在我身边还在说个不停，嚷嚷要把这一段全部删掉。

3

您也许有些不耐烦了。我说了这么多，到底是想要告诉您什么呢？

还请您能够耐心听我说下去。因为这就像一整块拼图，少了任何一角都无法组合出它的模样。

我喜欢手机，它很小，可以始终握在手里。不像钱包或者钥匙，总有那种时刻，你会认为非检查一下不可，然后就翻来翻去。手机多好，随时都在掌中，让人安心。

无法上学后，在一段时间里我迷上了煲电话粥。迷上电话，也许是转移自己注意力的一种手段吧。打电话其实也是很讲究的事情，时间短了显得敷衍，过长又让人厌倦。我个人总结的最佳时间是在十五分钟到二十五分钟——如果是固定电话的话那可以加长。

手酸差不多是七八分钟，二十五分钟内要换三次手，都说事不过三，再多一点儿就让人觉得有些赖皮了。

可以煲电话粥的对象并不多，差不多五六个人。有以前的要好一些的同学，一起上兴趣班的朋友，弟弟，妈妈以及8792。

我最喜欢和同学一起聊，因为我无法去学校，对于到不了的地方总是充满憧憬。换老师、分班、足球赛、全校签名抵制三天一考的制度，这些都变得让人神往。

"告诉你，我们全校学生都动员起来了，觉得要和'三天一考'这种没人性的制度抗争到底。昨天我还摁了手印呢。"

"那么厉害。"

"可惜昨天在挂横幅时被老师发现，当场的同学可倒了霉了。"

"哦，真是可惜。"

……

交谈如果变成单方面的叙述，另一头是听筒，那么一旦对方将胸腔里的东西倾倒干净，那么彼此间就再也无话可说。我也自嘲般说起自己单调的生活，但是他们不感兴趣，就连我自己都觉得没有意思。

每次都是"有没有好一点儿"开头，以漫长沉默和"那我挂了"结束，到后来就变成了不耐烦，哪怕我将电话周期削减成一月两次也无法阻止。慢慢地，连对方接电话的时间也延迟，到后来一次打通，接电话的却已经是不认识的人。

妈妈远在他乡，我是不忍打扰她的。弟弟已经被沉重的琐碎生活纠缠得无力愤怒，除非要紧事，我也不愿意找他。

8792出现了。

这是一次我摁错了键，结果对方接起电话。

"人工服务，请摁3。"

我无聊地松开准备挂机的手指，呼通了人工服务。

"您好，8792为您倾听。"

通过他解释，我才知道，这个电话是某个电台的热线。好像是专门为都市男女解答感情问题的。我还没有谈过恋爱，但努力装出情场失意的样子——后来我觉得很好笑。

"女士您是刚和男友分手对吗？"

"嗯，他劈腿了。"

"下面的谈话，您是希望电台公开还是希望私密呢？"

"不公开。"

我的毫无感情经历很快就被他识破。但8792保持了足够专业，他低沉的男声只是一笑，说不用在意，其实也有很多人像我一样。谈恋爱也并不意味着一切，有很多男女谈过无数恋爱，拥有很多情人，感情生活依旧一塌糊涂。

我说："错了错了，我不是来寻求感情帮助的，我是打错了电话才进来的。"

对方停了下，疑惑说："那您是为什么和我聊起来了？"

"我觉得你挺不错。"我直言。

"这只是声音，其实我可能依旧四十岁，邋里邋遢，每天骑二手自行车上班，而且没有洗头习惯。"

我想了想，说："那也没有关系。"

8792说："你可真奇怪，难道不会觉得这样的人很厌恶吗？"

厌恶的话最难受的应该是他自己，我这么解释，如果其他人光是看着自己都觉得难受，那么自己住在这个躯壳里，受到的羞辱无时无刻都存在。

"真是善良的人。介意听我讲一个'朋友'的故事吗？"

8792阅历很多，至少故事不少。他仿佛张口就来，每一次我打入热线呼叫8792，他总能奉上热腾腾的"有一个朋友"。花样百出，而且从不重复，有的故事开心，有的故事悲伤，也有的故事让人听不懂，也有些色段子……听他讲述，我就仿佛借用那些人的名字，体验了他们的生活。

我迷恋上了这种足不出户却可以走遍天下的感觉。

连带着，我觉得8792也可爱起来。我甚至问过他的电话号码，他犹豫了下，终究告诉我。最后反倒是8792先打通了我的电话，他问我"想不想见个面"，我说"不想"。

就在我再次迟疑要不要让弟弟陪我去见见他，弟弟却气冲冲回家。

"你怎么这个月花了这么多话费！"

"我查了通话记录和账单，看看你打的电话，两性咨询电台……"

他气得话直哆嗦，最后几乎是大吼着说出口："你就这么想要男人吗！"

然后他甩门而去。

我没有对弟弟的话感到气恼，更多的是对自己的痛恨。好朋友都无法忍受持久的电话粥，更何况是素未谋面的8792，在他眼里，我不过是一个提升业绩的客户而已。

但哪怕是这种时刻，我依旧不相信所谓"钱财一少，缘分就断"。晚上弟弟回家给我煮了汤，期间不停咒骂那家无良公司，咒骂8792。

但我并不，我很感谢，在无聊的时候能遇到8792。

4

如果没有8792，大概我就跟您的书擦肩而过。

还记得就是和弟弟吵过（也许单方面并不能称为吵架）第二天，他买了一本书送给我，正是您写的《对不起，我说不出口》。

他虽然念书名的时候尽量显得自然，可我还是轻而易举发现了他的目的，他就是这么别扭的一个人。明明想要说的话，却总是藏起来，不让你

174

直接找到。

说起来这本书第一次发挥作用并不是用来阅读，而是成为我和弟弟之间的传声筒。既然买了书就不能浪费，怀着这样的想法我就让弟弟念给我听。

您大概也猜到了，我双眼已经看不到了。因为那次大病烧坏了视觉神经，导致我双眼失明，很有可能一辈子都将在黑夜里度过。

"温室效应严重，世界越来越温暖，人却将自己冰冷，避免融化……"

弟弟念第一句话就让我迷住了，我不断催促他将接下来的片段念出来。到后来，弟弟不得不先抽空提前完成录音，给我存在手机里。以前我也听过《假如给我三天光明》以及史铁生的故事，但都没有什么感觉。

他们都是鼎鼎有名的人，人与人是不同的，有的人可以在上百米处走钢丝绳，有的人在缆车上都会恐高。也许我的看法有些奇怪，大多数人认为，因为某些人做到了不可能的事所以他们变得不一样，在我看来，难道不是因为他们本身就同大多数人不同，所以才能完成常人难以想象的事情吗？

拿破仑即使无法成为欧洲之王，也不影响他异于他人的成就。莱特兄弟不正是执着于让人类像鸟儿一样触碰天际，才会创造出飞行机吗？

8792说过，喜欢一个人和喜欢一条狗一样，都是没有道理的，假如能够说出一二三四那就不是喜欢，而是投资。我没有做过投资，但我做过证明题，如果要证明自己喜欢一本书，那就必须符合逻辑，要不然就只能用反证。

因为不讨厌，所以喜欢。

显然胡说八道。

所以喜欢是无法证明，没有道理的。

由于我和8792造成了当月家庭财政赤字，伙食也差了不少，我本来就吃得少，难为的是弟弟。男孩子向来消耗快，夜宵也从馄饨加水果变成了面饼。我没有追过什么星，不过如果按照狂热程度的话，我大概也算是您的脑残粉了吧。

《对不起，我说不出口》的书评我几乎都看过，对那些赞扬的我都表示赞同，对于那些污蔑诋毁的，我恨不得借来一双眼睛和他们理论。

之前我也说过，我是一个没有恋爱过的女孩，虽然我已经十八岁了。不怕您笑话，我母亲曾经严厉告诫过我，恋爱一定要在大学，不然吃亏的永远是女孩儿。我想大概我是没有机会上大学了。

在您的书里，我仿佛体会了一次爱恋。男女主角从初识到相知，到恋爱，没有一丝滞涩，让人想要祝福他们。结局他们却无法在一起，我能体会，真的，就像我的爸爸和妈妈，都是很好很好的人，但是无法拥有完美的结局。

完美也许只是一个瞬间。

您大概不知道吧，在我的愿望里面，一个男孩子送给我的礼物是"非他不可"。请原谅您的签名书位列第二顺位。不过这也是拜您所赐，因为读过您的故事，才让我这样不见天日的人也希望能够拥有一段美好恋情。

5

圣诞节总是很热闹。

妈妈很早就和我与弟弟通了网络视频，弟弟说她化了浓妆，以前她一直是淡妆的。互相说了几句祝福，她在那头许诺等安定下来就回来看我们。

不知为什么，从母亲话里我总感觉那边有些隐情。我知道不该乱想，可我就是忍不住蹦出这样的想法——她会不会在那边有了新生活，嫌弃我们麻烦呢？一个病恹恹的女儿，一个还处在最易怒易躁阶段的儿子。

我将这个可怕猜测丢出脑外，回到礼物上来。

弟弟是不相信圣诞节和圣诞老人的，说了句无聊就去看书。所以当他给我端来蜂蜜水时，被正在往丝袜里装许愿纸条的我惊呆了。

"再怎么说圣诞老人也不会为你一个人准备这么多吧？"

我从丝袜里摸出我写的几张纸条——纸张很大，上面用荧光笔写着字，这样哪怕圣诞老人不用开灯也能知道我的愿望。

虽然看起来多，其实也就是三个愿望而已。

"你不小了，怎么还相信这个？"

他嘟囔着走开。

我不管他，早早上床睡觉。我说过，我和妈妈都有些几乎病态的敏感，很容易被东西咯到，也很容易被打扰——失明后耳朵接管了很多的任务，也就变得灵敏超常起来。这天晚上我听到窸窸窣窣的声音，当我轻轻叫了声弟弟的名字时，声音又消失了。然后就是开门关门开窗关窗声。

我从床上坐起来，因为过于急切导致摔了一跤，桌子上的书被弄翻在地。我咬着牙好歹没有发出声来。外头响动突然一顿，就在我屏住呼吸、心中忐忑时，夜晚恢复了宁静。

我很害怕弟弟看到我那时的样子。一个睡觉也出问题的姐姐。连我自己都觉得碍事和讨厌。对我来说，唯一愿望就是不要再给弟弟增添麻烦，哪怕能让他多睡一会儿。

"我们家遭贼了。"

第二天弟弟严肃地告诉我。

我想到昨晚的动静，然后告诉了他。

"我怎么没听到呢？"

我心里莫名其妙有些小得意，还好没有吵醒弟弟。

"报警了没有？你有没有受伤？"我猛地想起这个问题，一把拉住他的胳膊。

弟弟无奈地说："你没事就不会有事，咦，你身上是怎么了？"

我捂住手臂，支支吾吾说不小心撞到了桌子。他翻出药箱，用棉签轻轻给我涂药酒，嘴里慢慢说着："等有钱了，我把家里的桌子都换成橡胶的，那样就不会受伤了，这些无良厂商，设计也不知道多考虑一下，是做武器还是做家具啊！你说报警啊，还是算了。"

见我疑惑，他慢慢地讲出了整个故事。

原来第二天弟弟起床发现家里有被翻动过的痕迹。看到我没事，他就先将家里彻底检查了一番。结果一查钱包，里面现金不见了。

就在他焦急地拉开电话，准备报警，突然又在餐桌上找到了它们。一张张纸币叠得好好的，放在桌子上，而且还不止如此。

"除去失而复得的纸币，还有一本签名版的《对不起，我说不出口》——是我买了放在我房间里准备送你的，被他给翻出来了。"弟弟有气无力地说。

我吃了一惊。

"还有一个手镯。上头镶嵌了两颗蓝色的石头，看起来有点星空的感觉。"

我大概叫了出声来。

"还有……一盒方糖，咖啡厅常见的品种。留了张字条，大概看得出，落款是不具名先生，都是送给你的。"

我捂住嘴。

"除去拿走十块工本费，这贼到底干吗来了。"弟弟语气不善。

我没有来得及回答他，整个脑子里都是这三件东西。三个级别的愿望，来自异性的礼物，签名版的书，甜食，都实现了。我当时被从天而降的幸福给打得晕晕乎乎的。

我说出口的第一句话就是您书里的最后一句：世界如此温暖，你不需要冷漠。

弟弟说了句"神经病"。

我几乎可以在脑子里放映出这位贼先生的故事。

他蹑手蹑脚地来到一对姐弟的房子里，也许在我房间门口被袜子里的荧光色给吓着了，然后看到了我写的愿望清单。于是他在这个圣诞节之夜做了一个不同寻常的决定。

他将从咖啡厅顺来的方糖留下了，又摸出（可能）上一家捕获的战利品，送给这位看不见的可怜女孩。

可能故事就是这样。

我能够这样想，就是要您知道，这样一本书给我带来了怎样的变化与历险。

感谢您的文字与故事，我一定会好起来的，因为世界如此友好。

6

在得到姐姐允许后，我将附件上传，发送到了作家先生的邮箱里。

投递完毕后，姐姐又有些局促不安地捏了捏手，问我会不会写得不好，或者写得太长。

这时候外面传来连续敲门声。

"是谁？"姐姐疑惑道。

"估计是找我的同学，你听听这本书，我觉得还不错。"我轻轻给她戴好耳机，然后走到玄关。

猫眼对面是一脸不耐烦的房东太太，她抿紧薄嘴唇，双眼轻蔑。这不怪她，作为房屋拥有者她有这个权利，而我们的确已经三个月没有交租了。

我打开门，笑着讨好说："就在外面说好不好，阿姨您看能不能再缓两天……"

母亲已经三个月没有寄钱过来了。这一段时间我得利用每一个空闲去赚取我和姐姐的生活费。房租的确对于我来说有些困难，困难总是层出不穷。父亲尽到了他的职责，我也不会退缩。

没错，所谓圣诞夜之贼都是我自导自演。姐姐情绪最近要好很多了，但是还不够，还不够她重新去努力睁开眼。

于是我想到了这样一个陌生的贼先生，送给她一份看不见的礼物。

一切都会好起来的。

我保证。

不要联想

1

字如其人，声如其人，见字如面。

这些说法已经传递了不知多少代人，近乎根深蒂固。小时候闻小声练字就清楚，父母并不是要他爱上写字成为书法家，而是希望他能够有一副好字，变成对他个人的加分。与衣服鞋子发型这样随时不得不改变的东西不同，一手字的装饰保质期很长，从你小时候才学字到老年握不住笔，只要你愿意都能够保留这一装饰。

"你必须有一手好字，不要像你爸。"

妈妈如此严厉叮嘱。

后来闻小声才知道，本来父亲有一个升迁机会，结果就被他一手残疾字体给毁了。

闻小声的字偏瘦，有力，根骨撑得起，就像模特，衣架子身材，带着倔。

可闻小声的声音就太女性化，声线细，高音部尖锐，听起来是中性，不过在男性视角就觉得比较女，让人怪不舒服。声如其人和字如其人发生了矛盾，问题来了，到底哪一个正确？

很多东西都如这般互相交叉在一起，理出线索和正确与否不容易。

闻小声今天又面临抉择。

到底是去当语文课代表还是英语课代表？

语文老师是班主任，首先找到他，少有地柔和道："小声，你的学习一直不错，尤其是在国学方面有研究的吧？我就说没错。小声，像你这么

180

对语言有天赋的孩子并不多，希望你能够承担起自己天赋的责任，作为语文课代表，帮助大家对这门本国语言更有兴趣和动力。好吗？"

英文老师身材高挑漂亮，用那双让人无法抵抗的眼睛看着他："Frank，你有计划将来考托福出国求学吗？"

闻小声说估计很难。他家里并不是什么富贵人家，加上还有一个小两岁的弟弟闻小利，供养一个孩子出国求学要花费的太多了。

英文老师有些遗憾："你一定要坚持练英文，现在国际化越来越明显，以后中国的小孩要和日本、印度、美国、欧洲的孩子一起竞争，没有这门语言，沟通都是问题。加上现在商科以及不少专业学科的专属名词其实都是英文，要理解本质，最好还是从源头上来……对了，要不要做英文课代表？"

由于是高中第一年，所以很多职位空缺，等待着老师的指派。

闻小声既没有被班主任的威慑唬住，也没有被女神英文老师所动摇，爸妈说过一句话，选择要谨慎！你看那些成功人士，无论是国家元首还是各种企业家，说话都没有一个爽利的，你以为是他们口吃或者嘴笨吗？他们是永远在思考，给自己余地，让自己能够处于最有利的位置，绝不给自己难堪和后悔。

中文闻小声是很喜欢的，练字让他对本国文字有感情，觉得中文就像国人，无论胖瘦首先架子要绷住，只要架子好，其他都不是事儿。英文嘛，主要是看美剧方便，有的翻译实在是让人失望，根本没有将原本的意思表达出来。所以闻小声自然而然开始忽略下面的中文字幕，通过原音来观看，没想到观感意外地好。

是走传统庄重路线还是国际化？

闻小声陷入了深深的思索。

这天放学，他突然想到了一个好方法。不如既当语文课代表又兼职英文课代表，那不是一举两得吗？又没有人说不能兼职。

我真是天才！

他不由佩服起自己来。

第二节课一下，闻小声照例去小卖铺买酸奶，然而今天外面门上却挂了 "closed" 牌子，十分诡异。以前很多次，老师表示小卖铺影响学生们正常生活，一个个都恨不得驻扎在那里。不过小卖铺任凭风吹浪打，我自岿然不动，该买买该吃吃。倒是后来有次被人发现小卖铺偷偷给学生卖烟酒，被停业整顿了一阵子。

难不成今天又来一次？

闻小声只能够折返，路上也有不少学生在讨论这件事。众说纷纭，有小卖铺老板老婆和人跑了的说法，有小卖铺老板猝死在家的传言，也有小卖铺因为试图传播邪教被公安带走的传言……总之，没事找事，小事也要搞成大新闻。这就是学校生活。

由于没有酸奶的加持，第四节课闻小声整个人都趴在桌子上，肚子饿，精神不集中。放学时许诺给了他一个苹果，说看你可怜，反正我也不想吃了。

她说完就走。

闻小声啃着苹果，走向校门。

"你好，你是闻小声同学吗？"

闻小声回头一看，发现是一个女同学。女同学个子高挑，有一双桃花眼，拿了一把小阳伞，有些羞赧地看着他。

"是我。"

"哦！找你有一点儿事，耽误你几分钟好吗？"

面对女同学眨巴眨巴的桃花眼，闻小声根本没法说 "不"。

他心里跳得厉害，难道今年真是大吉大利，各种运气来了吗？

"这里这里。"

女同学朝他招招手，转身进入了一个教学楼死角。

趁这机会闻小声立刻摸出手机，对着手机当镜子看了看自己的头发有没有乱，摸了两下，然后收回手机，深吸一口气，心中默念："不能随随便便就答应了，记住啊，闻小声。"

结果一进去他就看到了三个高高壮壮的大汉，一看就是高年级的。他们三人一下子就将他围住，脸色不善地看着他。

闻小声勉强硬起头皮："找我什么事？"

之前那个女同学已经站在一边，靠墙玩着手机，一副事不关己的模样。

为首一名自然卷用手给闻小声整理了一下衣领，最后捏了捏领口，居高临下道："装傻挺行的，今天给你一个教训，让你老老实实做人，不要一天太狂懂吗？"

一拳正中小肚子，打得闻小声直接痛得缩成了一团，捂住肚子。

他后背又挨了几脚，对方却突然停手了。

有人说："果然是个娘娘腔，打他也没意思，差不多给个教训就好。胡蝶，你不对这个找来的人说两句吗？人家估计还以为你要和他表白。"

几人笑。

那女生说了声"恶心"。

等闻小声稍微恢复，站起来看了看，一行人早就离开了。

闻小声给搞得糊涂了，自己到底怎么了？惹谁了？

我好好学习，这也能被人揍？

还有王法吗？

2

好在被揍的地方都是看不见的位置，所以闻小声看起来和平日没有什么不同。只是内在的，他的心情很糟糕。

他默默在心里反思到底惹了谁，又有哪些人看自己不顺眼。

"让你老老实实做人，不要一天太狂懂吗？"

这句话似乎有所指。

闻小声每天和普通学生一样上下学，除了课间和自习时偶尔会去播音。他是学校播音员之一，这也是唯一和大多数人不一样的地方。

每天学校播音无非几种消息，一是学校通知，二是名文赏析，三是一些特殊情况。

其中闻小声对最后一种最期待。

他播过两次。

第一次是："紧急通知，由于一辆运送化学药品的车侧翻在校外三百米处，现在有刺激性气体逸散，请大家暂时紧急撤离学校，后续会通过各位老师通知同学们……"

那次他的声音一播，他都能够听到教学楼里面各种诧异和惊呼声，大家迅速地结队撤退。

闻小声有种自己是孤胆英雄的错觉，危难之际还不忘疏散同胞。

第二次是有歹徒持刀在校门口游荡，随时可能闯进来。学校当机立断放下闸门禁止学生外出，同时通知了警方赶来。也是由闻小声快速地告知大家外面的情况，让学生们不要惊慌，等待警方救援。两次这种突发危情闻小声都会下意识念得很慢，因为慢一点儿会给人沉着的心理暗示。美剧《丧尸国度》里面就有一个通讯兵，他被抛弃在军事基地，丧尸随时可能闯进来将他吃掉。可是他没有放弃，一遍遍通过广播来寻找生还者，给他们希望，帮助他们得到救援。这种时刻闻小声紧张又享受。

但要说是太狂抢风头什么的，这肯定不算的。

说到底一个播音员都是播放别人订好的信息，和个人毫无关系。既不能像主持人一样临时加台词，也无法如DJ般喊麦，由于播的都是一些很死板的内容，很多时候是无趣的。对于学校播音员来讲唯一能够分辨的只是声音，就和动物世界的旁白一般。闻小声也知道自己的声音男子气概不足，他曾经练过，想要通过假声让自己变成浑厚男低音。可在播音里尝试了一次后反而被老师严肃批评，让他不要调皮捣蛋，就连几个要好的朋友都笑话他，弄得闻小声灰溜溜的。

反而是有女生告诉他，让他不用理会其他人的偏见，其实他本来的声音挺好听的，不然不会被叫去做播音员。

"哥，蛋炒好了没有？"

饭厅弟弟闻小利叫嚷。

闻小声这才回过神来，回了一句："急什么，就好。"

兄弟俩晚上都是自己做饭的，一般是闻小声做饭，闻小利洗碗，多年配合还算默契。

不同于闻小声的瘦弱干瘪，闻小利还不到十五岁就已经高高大大，一百七十八厘米，身材匀称，眉眼长开来，帅哥雏形已经有了。闻小利喜欢踢足球和架子鼓，有不少女粉丝，让闻小声很是羡慕。

想到自己十五岁的时候还在为身高问题苦恼不已。

我们还是亲兄弟吗？

闻小声有时候会怀疑。

不过闻小利也有死穴。这一点儿大概只有当大哥的闻小声知道，弟弟喜欢看漫画，当然看漫画是大多数少年的爱好，可闻小利这样一个帅气不凡的男生竟然喜欢看少女漫画，什么《一吻定情》《月刊少女野崎君》《NANA》……不知道这一点暴露出去会不会对他个人名声造成巨大打击。

设想了一番闻小声得出结论。

那些女粉丝们大概只会说"好可爱啊""少女心有加分"。毕竟长得帅。

曾经他还在知乎上回答过，有一个长得帅的弟弟是怎么样的一种感受。赢得了上千个赞。看看，哪怕是出去发帖，帅哥都能够吸引那么多人。

不过闻小声更多是庆幸。

闻小利不像自己那么内向，非常开朗，看起来有些大大咧咧的，这样的男孩儿受欢迎，也会让周围的人心情不错。

猛地闻小声想到了一个人。

那个告诉他自己声音很好听的女生。

许诺。

许诺给人第一印象就是英气。

中短发，一双眼睛总是犀利的，眉毛直而挺，不笑时十足高冷，笑起来又让人觉得亲近无比。

他和许诺是在 KTV 里说的第一句话。

"你怎么在外面？"

许诺问他。

这是班级的一次K歌聚会，闻小声听到里面擂鼓一般的隆隆响，于是钻出来图个清静。

"有点吵。"

闻小声笑了笑。

许诺点点头："我记得你是在播音吧？你怎么，不喜欢唱歌？那么好的声音可惜了。"

闻小声喜欢自己给自己唱，他不太喜欢周围有很多人围观。在他看来唱歌是自己的一个缓解压力的方式，是私人的，就和洗澡一样，所以他洗澡时必定唱歌。在KTV里不一样，唱歌更像是一种秀，秀高音，秀自己的仪态和气场，这是一种竞争环境。闻小声不太喜欢竞争，他并不想要去争风头当麦霸。

"有意思，"许诺笑了笑，"没想到你是这样的人。"

这样的人是哪样？闻小声没有问。

许诺直接说："我们去唱一个合唱的，我打赌你唱歌应该不差。"

那时候正遇上闻小声尝试男低音转型失败，很是低沉。

他赶紧摇头。

许诺一把抓住他："走走走，男生拿点气魄出来，你的声音本来就很好听，不用去在乎那些人的眼光。不用变。"

她力气大，眼神坚决，不容置疑。

进去后许诺一把拿过两个麦克风，点了一首歌，将麦递给闻小声。

众人都突然噤声，不明白这两个人为什么走到一起去了。

他们唱的是《新贵妃醉酒》，男生部由许诺唱，高音部和变声由闻小声唱，许诺声音很有磁性，闻小声则是一口气高音上去，完美搭配，吓了大家一跳。完毕之后许诺就走了，闻小声也撤离。

那次之后许诺和闻小声之间仿佛就有一种特殊的友谊。

怎么说呢，厌倦常规的同类吧。

是许诺的原因吗？

闻小声怀疑。许诺虽然不是传统意义上的女孩子，可是她五官精致，自有一番气场，喜欢她的人也是不少的，可她并没有看得上眼的。许诺的男神是爱因斯坦。

她是正儿八经喜欢学习自然科学的学霸。

会不会是她的青睐者找自己麻烦？

闻小声越想越有可能。

3

"神经病。"

许诺只丢下这么一句。

符合她不笑时的风格。

闻小声有些抓狂，难不成自己就这么莫名其妙挨了一顿打？他突然想到那个女生被人叫了名字，胡蝶。打听了一下他得知胡蝶这个人算是小有名气，是十六班的，会唱西语歌。趁着课间十分钟他偷偷到十六班门口观望。虽然胡蝶已经不是原本那身装扮，闻小声还是准确捕捉到了她，有人说，痛苦会让人记忆加深，一点儿不错。

恰好这时候胡蝶也看出来，皱眉走过来："你要怎么样？"

闻小声肺都气炸，我被打了你还要问要怎样，我不要其他，只要找回公道！

"你和我讲公道？"

胡蝶脸色有些奇怪："好，放学后我等你。"

回到教室闻小声才觉得而有些不妥。这种放话听起来就像是要报复一样，他不是那种人，对于闻小声来说，搞清楚是怎么回事才是当务之急。

放学时闻小声又有些踌躇。万一胡蝶又找来那几个彪形大汉将自己再次K一顿好像自己也没有办法……他不由为自己脑子一时发热而感到后悔。

可惜胡蝶已经堵在门口。

同学都诧异地看着闻小声和她一起往楼上走，一脸不可置信。

"你真不知道还是假不知道？"

胡蝶疑惑地看着他。

我知道我就不会找你了，闻小声心里喊冤。

"是你弟弟。"

胡蝶看他不像是作假，神色缓和了一点儿："你弟弟莫名其妙打了我弟弟，我自然要帮他找回来。"

原来就在闻小声遭遇突袭两天前，胡蝶的弟弟胡道吾放学时被闻小利叫住，叫到某一处和他谈了点事情，回到家里胡道吾鼻子破了，身上也脏兮兮的。胡蝶问他是怎么回事，胡道吾一开始还支支吾吾说摔的。后来当姐姐的一发飙说要去学校找他们班主任，胡道吾这才讲出实情，他被同学闻小利给揍了，理由是对方喜欢的女孩儿青睐自己。

闻小声突然打断："等一下，有你弟弟的照片吗？看看我认识不。"

胡蝶翻出手机照片，上面是一个小眼睛方脸男生，一副低配版李荣浩的模样。

闻小声也找出弟弟的照片给对方看："这是我弟闻小利。"

胡蝶一眼之下下意识道："挺帅啊……"

闻小声心说好在你还没瞎。

"就是这样……你弟弟和我弟弟同时追求一个女孩儿，你认为我弟弟会输吗？"

胡蝶露出为难的神色。

闻小声叹了口气："肯定是他们小孩儿之间一些小矛盾，他又不好意思告诉你，所以编了一个理由，听起来比较好听。"

胡蝶皱眉："可是你弟弟下手也太狠了吧？我弟鼻子都破了，脸上也肿了一块，扣子也掉了两颗。"

打架啊朋友，打架的后果不是这样吗？

闻小声有些无语。

他稍微组织了一下语言："我的意思是，他们小辈之间的问题肯定要由他们自己解决啊，不应该蔓延到我们这里才对。"

"听起来有些道理，"胡蝶抿了抿嘴，深思之后说，"你弟打了我弟，我打了你，这下勉强算扯平了吧。你看，你弟打了我弟，我总不可能找他一个低年级的报复吧，那样不对的。所以我想来想去，就只有找你出气了。你也是有弟弟的人，应该可以理解。"

闻小声无法反驳。

就这样，莫名其妙地被一个女生叫朋友揍了一顿，闻小声得到了理由。

竟然是因为弟弟揍了对方弟弟。

闻小声回去之后没有立刻做饭，看到躺在沙发上看少女漫画的弟弟，心情很差："今天是泡面。"

弟弟一下子弹起来："还是做饭吧？"

"没米了。"

"我去买。"

"缺菜。"

"做咖喱饭啊。你怎么了？"

闻小声心情烦躁："还不是你的事情。"

闻小利坐起来，奇怪道："和我有什么关系？"

"你是不是把人给打了，人家姐姐找到我这里来了。"

闻小利脸色不屑："胡道吾吗？真是个小人。"

"你没有什么要说的吗？"

看到他这副恶霸毫不顾忌的模样，闻小声就是气。

"我说什么？他活该，他再回去告状瞎说，我明天再找他谈一次。"

闻小利冷哼一声。

"闻小利！"

闻小声这两年还是第一次吼弟弟。

"你知道后果严重吗？如果人家直接告到学校，你的档案肯定要留下污点的，你知道吗？按照学校惯例，必须要求父母回来，他们还在最忙的时候，你不是添乱吗？”

听到哥哥的怒吼，闻小利也给弄得一愣。

他也不反驳，只是说了声不关你的事直接钻进了自己的房间。

闻小声又后悔了。

说到底，他明白自己只是受了闲气按捺不住，发了脾气。

怎么就摊上这件事了？

4

爸妈回来时闻小声是很紧张的。

他生怕胡蝶姐弟真的告到学校，说闻小利制造校园暴力，两老不得气死。

不过看他们脸色都比较愉悦，应该是工作顺利。

“家里还顺利吧？”

爸问。

闻小声点点头，然后就出了门。

晚自习他一直心不在焉，闷。自己只想上下学打个卡，结果遭遇了一次莫名劫持，完毕之后犯人还告诉你，动机你应该能够理解。他又不是揪住不放那种人。如果说是一个找茬的男生闻小声自然要维权到底，可是胡蝶这么一出让他无从下手，只能够把这当成一次意外。

夜里雾气很重，脖子和手臂上都是湿漉漉的，像是小狗的鼻子。

他埋头走着，听到球场那边有人在喊他名字。

“闻小声，闻小声。”

那里有两个青年正朝他招呼。

闻小声拔腿就跑。

我可不会再上第二次当。

然而第二天依旧没有躲掉。

身后一只手突然拍到他肩膀，让他浑身一阵抖。闻小声认识的人里面没有一个会这样和他打招呼。

"闻小声。"

拉住他的是一个二十岁左右的青年，短头发，没有胡须，看起来很干净的一个人，不过挽起的衬衣衣袖下露出一截疼么藤蔓图腾的文身。

"闻小声，你不记得我了吗？"

青年笑着看他。

闻小声在脑子里狠狠想了一阵："你是……"

"我是你表哥董栗。"

"大东哥！"

闻小声一下子就想了起来。他童年时期有一段时间每个假期都会到姨家过，姨家的孩子小名大东，是一个非常暴躁的大哥。那两年跟着大东哥和他的伙伴们，闻小声过得很舒坦，有事大东哥顶着，计划他安排着，谁也不敢欺负他。无论是踢球还是玩游戏，或者是骑车钓鱼，大东总能够找到不一样的乐趣。

"好久不见，"大东哥笑着拍了拍他肩膀，"好啊，壮了。更有担当了。"

大东哥变化很大，以前他走的是欧美路线，宽松的衬衫套头衫配合松松垮垮的牛仔裤，现在变得更靠近主流风格，水蓝色牛津纺衬衣，下面是一条黑色铅笔裤，脚上一双棕色软皮鞋，整个人看起来成熟多了。

闻小声脑子里有些疑惑："大东哥你怎么在学校里？"

"做一点儿事。"

大东哥电话响了，朝闻小声摆摆手："先走吧，不打扰你上学。以后谈。"

回到家里闻小声将见到大东哥的事情告诉了爸妈。

爸妈脸色都有些紧张。

爸说："不要和他见面了，听到了吗？"

大概他也知道就这么一句话很难说服人，于是解释道："大东五年前就离家出走了，说是去玩乐队，其实就是沦落街头……"

大东要玩乐队被家里否定。他家是标准的一言堂，小事可以讲讲，大事没得谈，听强势父母安排。问题也来了，大东完美继承了他爸的强势和个人主见，双方激烈争吵了很多次，最后大东毅然决定离家开始独自生活。由于是家丑，大东家没对外讲这件事，本以为孩子经历了社会的艰难自然就会回头醒悟。可谁知道大东竟然已经乐在其中，只是每个月打个电话回来报平安。后来陆陆续续大东爸妈了解到大东和人去酒吧驻唱，去娱乐城打工，骑摩托在街上飞驰，撞到了一个女孩，然后和她谈了一阵恋爱……

几年前大东和人斗殴刺伤了人，被判了几年刑。

今年才出来。

"不要和他接触了。他已经和那群狐朋狗友在一起太久，回不来了。你们两个都是。"

爸淡淡说，带着一丝警告。

闻小声"嗯"了一声。

闻小利依旧不言不语，吃着他的饭。他和大东没有任何交集。

5

闻小声这天照例播音完毕之后走向教室。

路上遇到许诺，她脸色看起来不太好。

"怎么了？"

许诺沉默着和他擦身而过。

闻小声回去才知道，原来似乎有个人在追求许诺，让她很不开心。这句话听得闻小声有些腻歪，有人仰慕再怎么说都不算是坏事，证明自己有魅力啊。不过许诺的事情谁知道呢？反正她也不是普通女孩儿性格，可能是觉得对方太烦或者太丑之类吧。

放学后闻小声迅速钻入人群想要快速离开，结果还是被大东给抓住。

"闻小声过来过来。"

说着过来，他其实是根本不容置疑的，用手搂着闻小声肩膀过来："问你一点儿事。有个女生叫作许诺，好像是你们班上的吧？"

闻小声心里七上八下，也只能硬点头。

"她人怎么样？"

大东饶有兴趣道。

"人不错的，外冷内热的类型吧。"闻小声模糊道，其实他对于许诺的真实性格也是不太清楚，毕竟俩人的交集太少。

"不算什么难相处的人吧？"

得到肯定的回答大东整个人开心不少。

闻小声顿时意识到，眼前人很可能就是追求许诺的那个麻烦人物。是了。只有遇到大东这样的人，才会让许诺非常难受，她很难一下子甩脱。

他试探问："问她是……"

大东解释："是这样的。有天我听到她唱歌，感觉很有爆发力，而且声线很特别。加上她形象不错，所以试着让她加入我一个朋友的乐队，里面正好缺少主唱。现在这个年代唱歌还是得有吸引人的点，否则技巧再好也很难有机会。一个小女生很容易得到各种人群的欢迎的。"

闻小声松了口气："原来是这样。"

"对，所以我找她谈了谈，她说考虑一下。估计是在担心我带她去什么不太安全的场所吧，不过也不用担心，平时就是在租的场地里练习，一个月大概唱一两场。"

"好了，谈正事。"

大东神色严肃起来。

闻小声心里一紧，怎么还不是正事？

"你帮我个忙，去做一点儿调查。考虑到是公立学校，不太清楚他们的消费情况。你就帮我留意一下你们班上，计算个大概的日均或者一周消费情况，我作为参考。"

临走前大东硬塞了一个红包给闻小声。

两百块的红包让闻小声心里沉甸甸的。

这一天晚上他整夜都在想，到底这个红包是什么意思。大东才出狱，他能够做什么事情？为什么他能够进到学校里面来。按理说校外人员是不允许进来的，学生凭借出入证明进出，难不成大东应聘老师？怎么想都不可能，一个有前科的人员是不可能在学校区域应聘获得任何职位的。这个红包非常烫手，闻小声决定还回去。他最怕的还不是这一点儿，大东那副轻描淡写的样子总让他有些隐隐害怕。

说是让许诺去当主唱会不会只是一个幌子，其实他是想要许诺当他女朋友？

给自己一个红包，让自己没办法只能够帮他忙，他调查学生的消费又是要干什么？

闻小声睡不着，反复翻看手机。

学校里只算是相对安全。大概正是因为象牙塔的特殊属性常常让人们误以为里面都是纯洁又干净的以至于变成盲区，据闻小声所知，校园丑闻也是有。比如说老师虐待学生，学生偷袭围殴老师，拉帮结伙，严重的甚至贩卖走私烟酒和毒品……

他打了个冷颤。

为了尽快和大东脱离关系，闻小声迅速收集信息。好在很多事情只需要理一理信息就出来了。班上基本上都是普通人家的孩子，四十人中有近一半每天有逛小卖铺的习惯，买的最多的是酸奶牛奶，其次是话梅和薯片。

听了闻小声的调研报告，大东表示满意："和我想的差不多，你这个数据证实了的我的猜测。"

闻小声想要将红包退给他，大东不乐意。

"我是你哥，给你红包就拿着。不用来这些虚的，"大东笑了笑，"你知道在外面如果给你红包你不收代表什么吗？"

他没有继续解释，当然不是什么让人开心的内容。

大东心情看似很好："不谈那些……说点开心的，听许诺说你是在学校当播音员啊，我听了两次，感觉不错。要不要考虑做做兼职，当个声优？"

闻小声婉拒说："现在太忙了，没什么时间。"

他心里非常忧虑，许诺已经在和大东进一步接触，她根本不知道眼前人是什么来头。

他几乎可以想到，熟稔之后大东那些坐过牢的朋友和许诺一起夜里吃烤串喝酒的样子，然后大家都喝得晕晕乎乎……

6

"你到底要说什么？直接点。"

许诺对磨磨唧唧的闻小声很不满。

闻小声一狠心："你不要和大东走得太近。"

"和你有什么关系？"

"他给你说，让你去和他们乐队组合对吧？"

许诺一愣："你们果然认识……难怪他问我你的事情。"

"这样，你先告诉我你是不是决定要去乐队了？"

许诺沉默了一阵，缓缓开口。

起初许诺是不相信大东的，随随便便一个陌生人告诉你，我觉得你天赋不错，要不要来乐队试试主唱？谁信？不过大东说得很详细，他以前是玩架子鼓的，和一群乐队朋友至今还在想要到处巡演，虽然这个目标并不容易。从他所说的经历中许诺感觉他不是信口开河，没有相关经历的人是没法将一些事情说得那么详细的。其中包括他们最初租借场地都是找的郊外的废弃仓库，因为市区内租不起隔音效果好的房间，乐器很多他们都是买自二手市场，包括乐队音乐室所用的沙发、饮水机、发电机都是他们辛苦淘来的。后来曾经被邀请去几个地方驻唱，有小酒吧，有私人会所，还有一些人开 party 请他们去助兴……不少地方都只拿到一点点钱，很长时间里入不敷出，大家都得打工来养活自己的兴趣。

不止如此，大东还给许诺看了他手机上存的以前拍摄的乐队 live。这下让许诺放下了一部分警戒，至少眼前人的确是玩乐队的，喜欢音乐的人大多都不是坏人。

后来大东给许诺讲得很详细，关于乐队具体怎么训练，怎么配合，互相之间需要履行些什么东西。每周她要去练一下午，四个小时，有调音师和作曲人帮助她，不需要有太多的心理负担，只需要正常唱出来就好。

说到底，乐队这一形式是现场激情表演方式，没法假唱，本来的东西才是最重要的。

许诺终于给说动了，想要这周周末去试试。

"反正只是去看看，不满意不去了就是。"

许诺并没有意识到一些东西。她以为自己不过是去走走过场，在闻小声眼里，她却可能是走向地狱的路上。

"他坐过牢。"

闻小声说出这句话后他自己又有些后悔。

许诺显得非常吃惊："真的？到底是怎么回事？"

闻小声已经没有了退路："他砍伤了人，坐了几年牢，这才出来。我以前和他家认识的……所以你还是不要和他接触了。"

许诺终于不再犹豫，说了声"谢谢"。

成功提醒了许诺，闻小声却没有任何成就感。大东就像是一个随时可能变成厉鬼的幽灵，在学校里游荡，那些守卫者仿佛看不到他这个人。

每天放学闻小声都是贴着墙角那一条路一直跑到校门口，生怕身后又冒出一只手来让他去做这做那。哪怕如此他还是感觉到大东的目光始终在暗处注视，让他芒刺在背。自己坏了他的事，按照大东的暴躁性子，自己是没什么好果子吃的。

好几次闻小声都隐隐听到了大东招呼他的声音，他全当没有听到，迅速离校。

精神紧张已经绷紧到极致。

闻小声终于忍不住了。

"你说大东在你们学校里？"

听到这个消息，闻小声爸脸色变得十分郑重，他打了两个电话后说："大东出狱后一直没有回家。他和你接触了几次，想要干什么？"

闻小声略去了一部分关于许诺的事情，将他让自己调查班上同学有多少零花钱的事情说了出来。

闻小声爸点燃一根烟，狠狠吸了一口："你们学校到底是在干什么，这样的人也放进来……这件事我来处理，你不要管了。遇到大东就……随便应付一下。"

然后他就出了门。

直到很晚才回来，面无表情。

闻小声和弟弟闻小利一起乘公交车去学校。照例路上两兄弟各玩手机，太熟悉之后反而话并不多。

进了校门，闻小利突然说："我打胡道吾，他说你娘娘腔。"

然后他就像说了一句平常话般扭头就走。

闻小声愣了一会儿。

这天学校里没有再看到大东鬼魅般的影子。

离校返家时闻小声发现两个门卫都换了人，换成了更加成熟稳重的中年人。他隐隐感觉到这和大东有关系。

回去之后闻小声给他爸打了个电话。

"换人就好，我找了几个家长直接去找的校长……"

昨天经过了一番调查，原来大东果然是通过门卫进入的学校。听了大东的犯罪前科后校长大惊，为了安抚家长们当即承诺绝对会严肃处理这件事，绝对不会再让这样的危险人员进入学校。好说歹说总算是令家长们没有进一步扩大事件。

"大东被警察带走了，以后不会来学校了。"

说完闻小声爸就挂了电话。

大概是三个月后，闻小声再次看到了表哥大东。

他穿了一件脏兮兮的白围裙，正用扇子在给烧烤摊扇风，摇身一变成了一个烧烤摊主。

大东依旧眼神很好，一下就叫住了闻小声。

"吃个鸡翅，这个我烤的最好。"

他将一串烤的鸡皮发黄发亮的鸡翅递过来，闻小声只好拿住。

"本来准备承包下你们学校的那个小卖铺的，不过我这样有前科的人是不方便出面的，所以我叫了一个朋友，让他来出面签合同，他来看店，我来进货，这样方便一点儿……可不知道谁叫了警察。"他擦了擦额头的汗："给我带回派出所问了一整晚，累都累死。可惜了，我就想好了，要在那边卖的东西都罗列出来了……"

大东遗憾道。

闻小声仿佛挨了一记强力上勾拳，鼻子嘴里都是酸辣，他勉强一笑掩饰："有的家长是这样的。"

"没事，卖烧烤也挺好的，至少饿不着自己。"

旁边来了一个客人，大东立刻殷勤地接待对方。客人嫌弃肉太肥了，大东当即就将他选的那几串肉的肥肉剃掉，加上了一些瘦肉，总算让对方满意。

闻小声趁机离开。

他没走几步，恰好买双皮奶的许诺回来。他们自从那件事后就走得很近，正在迈向关键的阶段。

"给你买的。"

闻小声顺势将鸡翅递给她。

许诺笑着咬了一口，拉住他的手。她的手柔软又细腻，像是某种娇嫩的花瓣。

"你真好。"

许诺轻轻说。

闻小声鼻子酸酸的，觉得很难过，他无比希望再有三个彪形大汉出现，用力狠狠揍自己一顿。

临时朋友

1

表白被夏希当面拒绝后赵晓川就变成了名人。

夏希大家都不陌生，校花之一嘛。她本来是转学生，去年底才来到本校，不过迎新晚会上就登台表演了，一首王菲的《暧昧》将一群小青年迷得七荤八素的。大家都纷纷四处打听，这姑娘到底是谁啊？怎么以前没见过啊？该不会是谁谁去韩国整容回来了？

一看演员表名字也不认识，辗转得知这位转学生是纯正自然人后大家更是赞叹艳羡。

很快，男同胞们就达成共识，夏希同学必须是学校的颜值担当之一，传统地说就是校花。

成名人后就会遇到很多压力，比如说走到哪儿都有目光随行，一举一动都被人随时关注着，你穿衣服的风格，你说话的腔调，你高兴不高兴的一点点细节都会被人放大。

曾经有两个男同学这样讨论：

——夏希不挖鼻孔，我从来没看到过！

——对，她裙子也从来没有翻起来过，我关注很久了！

——她放屁吗？

——放屁！

——不可能不放屁的啊，她怎么会不放屁呢？

——乱讲。

——肯定放过，只是我们没有看到。

——你才放屁！

然后俩人就厮打起来。

当然这个故事的真假已经无从辨别，只是让大家知道夏希是不少男生眼里的女神。女神一般是高贵冷艳，不苟言笑，视普通雄性为粪土的类型。她不这样。明明有女神的条件却非常亲民，你问她问题她总会回答，你说夏同学好，她不认识你也会和你回话。

这也导致不少人曾经尝试搭讪。

"夏同学好！"

"你好啊。"

"夏同学，我和你同路耶，我也往那边 ×× 路。"

"哦。"

……

后来夏希不得不矜持起来，你说好，她点点头算是回应。一天天渐渐变得越来越女神。这个事实告诉我们，女神并不是天生就是女神的，也是自然进化的需要，就像刺猬，为了防止不相干的人接近布下尖刺防御，给人以距离感。

都是环境使然。

如果说颜值高让她出名，那么成绩排名的居高不下则让人有些喘不过气来。大家常常安慰自己，老师也常常安慰同学们，你看，上帝给你关上一道门就会给你打开一扇窗。可事实上很多人根本不用上帝帮忙，自己爬起来去开门开窗，有的人则天生残疾，只能看着关闭的门窗骂"去你妈的"。

现实残酷让压力本就很大的学生们更是心情低落。

那么夏希同学有什么弱点吗？

有！

据说，她有很多男朋友，每天都会换一个男生送她回家，每个周末又是另一个男生陪她去图书馆、水族馆、动物园。私生活比较糜烂，这就是传出来的她的弱点。

不过只要认真查一查就会发现，这当然是抹黑。

夏希每天是乘坐地铁回家，周末她更喜欢宅在家里，要么就是去跑步，不过有一点是真，她的确去图书馆，没有人比我更了解这一切了。

我是谁？

我就是赵晓川。

倒霉的赵晓川。

2

我叫赵晓川，普通的高一生，不高不胖不矮不瘦，有一副黑框眼镜，普通得不能再普通。

我和夏希的联系有两处。一是由于我们家住同一个大方向，所以放学乘坐地铁基本上是同一车次，她在东大路下，我在牛市口下，差一站的距离。再一个关系就是，我和其他男生一样——喜欢她。当然不是喜欢她成绩好有内涵，是喜欢她漂亮可爱。

不过我这个人是不可能去表白的，哪怕有一天她主动对我说赵晓川你还不错，你是不是喜欢我？

我也不会表态。

我就是这种目光坚定、绝不松口的汉子。

俗称怂吧。

所以赵晓川表白被拒绝这件事是完全子虚乌有的。我没有想到这条谣言具有如此大的信众，一个个纷纷看我都是带着怜悯不解的眼神。

这里我想要解释一下，学校里面的谣言其实算是一种风气或者说是游戏，日常生活太没劲，自然要营造一点儿有意思的东西。

于是各种添油加醋、戳人痛处、猜来猜去的谣言应运而生，这些八卦谣言终究就是为了一个目的，给这封闭无趣的学校多一点儿乐趣。大家嘴里说，心里却是不信的，可越是不信越是要说，为什么呢？因为这会让事件中心的人物焦头烂额，不断解释又掩饰，窘迫又出糗，看起来就像是一出活生生的蹩脚喜剧。

图个乐子而已。

只是这种事情落在自己头上就比较痛苦了。

历史课上，同桌姜大龙突然低声传音："我认识夏希的一个朋友，要不要帮你？"

我只能够在纸上写："不用，那是谣言。"

他在纸上写："信我，靠谱的。"

我想了想："还是算了。"

他在纸上写："鹬。"

历史老师的粉笔头已经准确飞在我俩的桌子上，他武器到人到，镜框下一双单眼皮大眼袋的眼睛让人想到金鱼。金鱼老师一把抓住我俩传话的便签本，拿起来就念。

念完后他皱眉："什么乱七八糟的，你们上课就玩这个？学'衣带诏'？"

所有人都看向我们。

倒霉的赵晓川再次叹了口气。

这节课过得漫长又憋屈，我脑子里只有两个字在不断晃动——完了。

本来一直保持沉默低调，希望可以将这件莫名其妙的表白事件熬过去，现在这么一闹又变成了二次炒作，不添油加醋简直对不起那群八婆的嘴。姜大龙觉得很对不起我，给我买了一瓶红牛说："喝点，精神好一点儿，日子还长，说不定有机会的，你看那些漂亮明星大多不是最后都嫁个一些看起来不咋样的人吗……"

我已经不想和他说话。

不过仅仅一分钟后我问他："这个传言到底来自谁？"

"没人知道啊。不过我们班最先说出来的好像是黄依婷。"

黄依婷，不愧是宣传委员。

我身为劳动委员，我们好歹是组织的人，是战友是同志，竟然做出这种事情，真是愧对组织上对你的信任！

心里愤愤，下午放学时我还是气难平。

才出了教室门，两个不认识的男学生就把我挡住去路。

"你就是赵晓川？"

我硬起头皮点点头。

"和我们走一趟。"

俩人一左一右夹着我就往宿舍区的方向走去。

学校里分为两大块，教学区这边一目了然，宽敞明亮平坦，宿舍区由于有绿化带和运动场所，所以那边偏僻静谧，和厕所一样是解决争端的场所。我被堵在墙角位置，他们有三个人，其中一个打头的是小王爷。小王爷家里开了个王爷牛肉馆，所以大家都叫他小王爷。这人平时呼朋引伴，一副江湖好汉模样，据说小时候还在少林寺练过两年童子功，算是校园豪杰之一，俗称校霸。

小王爷瞪着我："可以啊，赵晓川。除了纸飞机，你还会玩表白了啊。我记得我告诉过你，我喜欢夏希，朋友妻不可欺，我想这点不用我多解释。"

我心里也憋屈。

小王爷两个月前还和我一起研究制作高级纸飞机来着，现在为了一个女人反目成仇，红颜祸水真是一点儿也没错。

我老老实实说和我没关系，我没有。

小王爷用手摸了摸我肩膀："这么瘦，打起来你痛我也痛。赵晓川，我们俩也算是熟人了。我不想为难你，不过……"

他一脸为难："叫了朋友们过来，又不能什么事情都不做对吧？你说怎么办？"

我灵机一动，说了一句到现在都无法忘记的话："大家打打牌？"

然后就被揍了一顿。

到现在我都不知道为什么脑子里会短路。

这不过是发生的第一件事。第二件是我的课桌盒子里面有天里面全是墨水，弄得我一手都是，像血管爆裂的蓝血人。第三次是我带来的篮球给人扎爆了，上面还写了一些英文常用词问候我家里。我已经无法再忍耐下去，必须搞清楚到底是怎么回事。

黄依婷的回答是："是郭子谦说的。"

郭子谦是班长。

我心里难过，看来班上组织已经从根部就腐烂了，干部一把手竟然率先传谣言。我顺路找到郭子谦，郭子谦又说是来自田源。田源是一班八卦名人，消息来源驳杂，而且还顺带自制八卦，线索到此断掉。我和田源无冤无仇，唯一的可能性就是他针对夏希。

有天回家路上，恰好和夏希在同一节车厢，她旁边的女孩子下车后我迅速移动过去。

"学校里的事情到底是怎么回事？"

夏希冷冷看了看我："你自己知道。"

然后她提前下了车。

我什么都不知道。

以前我们虽然不算多熟悉，互相之间聊聊天什么的还是很随意的，怎么会演变成现在这个样子？

3

我和夏希两个班相邻，每天能够见面的次数要看运气。我喜欢待在教室里等她从教室旁边路过到洗手间，这时候可以放心大胆地看着她，观看她侧脸，看她和同学笑着说话，看她走动时轻轻颤动的刘海。

正式和她第一次说话是在地铁上。

夏希这天看起来状况不太好，一眼就能够判断出她身体不太舒服，脸色发白，整个人没什么力气。

在下一个站，我拼命从晚归上班族手中抢到一个座位。

然后我鼓起勇气叫她名字。

"你坐吧，你身体不舒服。"

她犹豫了一下，然后坐下，"你的包我帮你拿吧。"

她的投桃报李让我心里一热，于是整个人也放松了不少。

"我是……"

"你是赵晓川。"

她竟然知道我的名字，这让我有些诚惶诚恐。

夏希隐蔽地将手放在小腹位置："你做的飞机模型我看过也听过，很有意思。"

一提模型我就兴奋起来。我这个人没有太多别的爱好，就喜欢捣鼓飞机模型，从最初攒钱购买成品，到后来的切割拼模型，前年开始我就已经在自己动手做了。没有做过的人会觉得很难，不过只需要你开始尝试就会发现很多很简单，包括防水涂层、轻型材料、龙骨、发动机等等都能够买到的，到手后你根据自己的测量和设计就能够做出来。当然这就涉及到一些物理学和飞行力学的东西，还需要实验什么的……

总之想要自己来做一个好东西不容易，却很有趣。

"我到站了。"

夏希指了指亮起的灯。

我赶紧从她手中接过我的挎包说："好，再见……"

她点点头，朝我笑了笑走出地铁。

从那以后我们就达成了某种默契。她身旁有熟人或我有朋友在时或者两个都在，我们都装作不认识。若只有我们俩人，我们会一起聊天。

和她聊天其实没有想的那么难。

夏希是个很体贴的人，我常常语塞，她就开始接话，感觉就像是两个讲相声的，她不断帮一个忘词队友补漏子。她懂很多东西，运动、时尚、音乐、电影，与她比起来我就显得有些可怜兮兮，只是一个会一点儿手工的无用高中生。

夏希喜欢韩国电影，因为她觉得很奇妙，韩国人拍电视剧常常拍成童话剧一样的故事，梦幻诱人，拍电影他们又仿佛变成了另一个民族，将所有想要表达的真诚、希望、难过都塞入了电影的躯体之中。她推荐我去看，还给了一串名字。然而我却完全被韩国女演员的大尺度表演所吸引，忽视了剧情，脑子里只有曲线，于是每次和她谈起我就更觉得自己可悲了……

荷尔蒙真是完全无法控制的东西。

这么平凡的我听到了学校的纸模飞机比赛欣喜若狂，如听天籁。

终于可以在喜欢的女孩儿面前表现一次。

没有什么比这个机会更激动人心的了。

那些天我每天都十二点后开始画图，建模，在外国网站上寻找素材和灵感，每天凌晨三点钟睡觉，弄废了不少模板和材料。比赛规定，要求材料是纸质，根据外观、飞行距离、创意来打分。我心里是有些忐忑的，因为我只是懂飞机，创造出一个会让大家喜欢的飞机则是另一回事。

最后我反复思考很久，下定了决心。

比赛这天，参赛的五十九个人纷纷拿出飞机展示给评委。有的是最基础的商店爆款，也有挺用心的，模仿战斗机制作出来的模型，上面还贴了统一颜色的贴片、各种外部装潢，看起来很有型。

我的飞机和普通纸飞机大小一样，选用材料为普通 A4 铜版纸。用打印机将建模得到的模块一个个画在铜版纸上，然后我将它们裁下来后组装起来，完全按照米格 -23 战斗机①的模型制作。光是从写实的 3D 视觉效果看就远胜大多数的参赛飞机，唯一能够和我竞争的只有那位用心弄了贴片的炫酷战斗机。

他如同我所想，在第二轮的"弹射起步"环节就败下阵来，只飞了一

---

①米格 -23 战斗机，是苏联米高扬 - 格列维奇飞机设计局于 20 世纪 60 年代研制的一种可变后掠翼的多用途超音速战斗机，是 20 世纪 70—80 年代苏联国土防空部队的主要装备。

米就坠机。

关注外表是好，但却忽略了贴片会导致飞机重量增加。纸飞机飞行靠的一是弹射器，二是气流，重量是影响飞机飞行距离的极大因素。

我拿到冠军，小王爷倒是主动和我亲近起来，他觉得我的飞机模型厉害，还特意找我商量飞机的制作。我告诉他这些手段其实非常普通，国外爱好者论坛上比这出色的很多，制作飞机需要的是用心和耐心，技术一直是这样的。

小王爷当即表示认了我这个朋友，还邀请我去他家吃王爷牛肉——他对每个朋友都会如此。

我拒绝了。

我做飞机的重点可不是牛肉。

一连好几天夏希身旁一直有一个姑娘说个不停，让我想过去都没有任何办法，只能够偶尔看过去一眼。她和以往一样，仿佛根本没有看见我。

狠狠挥出一拳击倒对手，裁判却说表出故障了不算，大概就是这种心塞感觉。

4

不知道为什么，自从飞机比赛后，夏希就很少一个人在地铁上。我猜不透是她不想再搭理我还是只是意外。

这种事情我又不好提起，所以我就想了个办法。

送她一架模型。

不能太大引人注目，又不能太不符合风格。

我想起她对我说过，她喜欢电影，以后想要从事电影相关行业。我脑子里想到了导演让人拿着CUT和ACTION的牌子。我查了查，原来叫场记板。场记板的用处就是类似于开关和记录板的功能。经过一周的画图和购买原材料，我用新材料复合板（就是黑板的材料之一）做了一个出来，然后用油性笔按照标准场记板写上了诸如 production、director、camera 这样的专业名词，并且画上线。

礼物准备好了，需要一个恰当时候送去。

无缘无故送人礼物总让人觉得别有用心。

终于等到了一个神圣的节日——三八妇女节。

那天晚上很幸运，之前那个吵吵的丫头总算不在。

我将用牛皮纸包装好的场记板递给她："顺手做的一个小东西，送你，节日快乐。"

"……"

她用奇怪的眼神看了看我，又看了看包装纸，拿在手里，一副犹豫的样子，她又看了看我。

"这是什么？"

我本来想自信地说你猜，结果却老实说："场记板。"

她"咦"了一声，拆开包装纸，小心翼翼把玩着，眼里都是不掩藏的高兴。

"这个礼物我喜欢！谢谢你啊，你手好巧，以后肯定是一个很牛的工程师。"

我心里这才松了口气。

夏希看了看这节车厢，只看到一个老爷爷在看报纸，于是将场记板一拿："现在我们即兴来一幕。嗯，随意表演，就这样吧。我呢，是被你抛弃的女人；你呢，是一个外面有小三的渣男。Action！"

"咔嚓"一声后，夏希将场记板从脸上拿下来，看向我的眼睛里都是凄苦。

"赵晓川，你是不是男人？今天你把话给我讲清楚,到底要我还是她？"

她气势汹汹又痛苦咬唇的样子让我有些难以呼吸。

我只能结结巴巴说："你别这样。"

"什么叫别这样？你在外面有女人还带到我面前来，你让我怎么样，看着你们俩卿卿我我，然后给你们端茶倒水吗？我在你眼里就是这种女人对吧？"

她演得来劲，眼泪都出来了。

旁边看报纸的大爷吃惊地看着两个年轻人，一脸"年纪小小还挺会玩"的表情。

我只能硬着头皮回忆着渣男们常用的语言："我只是和她玩玩，你想太多了，夏希。"

喊出她的名字后，我整个人说不出的舒坦，仿佛自己真的是一个处处留情的公子哥，而她不再是那个高不可攀的女孩儿，不过是我招之则来挥之则去的一个备胎。渣男的感觉还挺爽……

"好，好，赵晓川，儿子我会生下来。别想他认你这个爸爸！我走！我走！"

大爷脸上惊恐升级，继而一脸鄙视批判地看着我。

我欲哭无泪，却不得不说："谁知道儿子是谁的？"

夏希一个大耳刮子就来了，把我吓呆了。

途中，她硬生生收住："好，绝情绝义，我们一刀两断。我们不要再见了。"

恰好这时候地铁门打开，她气冲冲走下去。

我回头看了看大爷，他冲我摇摇头，满脸不屑。

窗外，则是夏希对我露出的笑颜，挥手告别。

泪中带笑。真是奇怪的人。

5

"赵晓川，有没有感觉我们俩像是在出轨？"

熟悉之后，夏希说话更加随意放肆起来。

我忍不住提醒："小声点，出轨不是这样的……"

"你看啊，"她眉飞色舞说，"偷偷摸摸吧，然后鬼鬼祟祟生怕被人看见，完全一模一样啊。有意思，真有意思。"

到底有什么意思啊。

夏希看向我："有时候觉得我们俩就像是在演一场漫长的电影，地点就是这个地铁里，作为演员，没有喊 CUT 之前是不能停下的。真不希望有停的那一天，我们就这样一直演下去。"

我被她奇妙的语言弄得有些不知所措，只能够说是啊是啊。

"听过薛之谦的《演员》吗？"

她问。

我摇摇头，对于流行音乐我很笨拙。

夏希将耳机插在手机上，一只耳机给我戴上，她的手指不小心碰到了我耳朵，让我觉得就像冰块。

"耳朵都红了，你这么害羞的？"

我只好装作没听到。

心里咚咚咚跳得厉害，整个人僵硬得不敢动弹，生怕一扭头撞到她或者不小心扯掉了耳机线。我全程木偶人，直到歌放完。

"好听吧？"

我点头。我什么都没听到。

她突然抿了抿嘴唇，说："赵晓川，男人喜欢哪种女孩儿？是漂亮的还是性格好的，还是温柔善解人意的？"

我不假思索："肯定首先是漂亮的。"

她"哦"了一声。

我赶紧解释："其实是有原因的，在不了解对方的情况下，只能够通过外表来判断。每个人都可以说自己是好人什么的，不过脸是最没法说谎的。"

我为自己的机智打一百分。

"有道理。"

她点点头："一个人年纪大，差不多四十岁，依然漂亮；另一个人年纪小，二十岁，一般般。男人一般选哪个？讲真话。"

我说了真话。

"所以漂亮还是和年轻挂钩的。"

联系到之前那次随机扮演，我似乎听懂了她说的什么。

不过我们都不讲破。

6

每天我们能够说话的时间，我计算了一下，平均下来，每天两站路、五分钟左右。

大概能够说的话总共就十几句，所以我们其实互相了解的并不那么深入。她在我眼里是一个奇怪的、易变的女孩儿，我喜欢她的善变和捉摸不透，当然，我也喜欢她的漂亮可爱。在她看来，我大概就是一个有点笨不太会说话的普通同学，可以轻松装下别人的话。

那又怎么样？能够和她在同一节车厢里面，和她如朋友一般说说话就很好了。

虽然我连朋友的名分也没有。

因此这次表白失败的传言让我非常苦恼。

女孩子脸皮总是薄的，她开始刻意避开我，甚至恢复成陌生人的样子。连带着夜里也变得寒冷寂寞起来。

每天晚上九点，等候地铁的人都是三三两两结伴一起的，而我一个人，心里空落落的，再也没有了期盼。

为了装作没事的样子，我戴上耳机装作听一些吵吵闹闹的歌。

窗外的广告牌不断往后略去，上面永远不会写出真实的价格，出现的只是一些会让你心动高兴的词。就像我们一样，想要的东西从来不讲。

我已经彻底放弃去调查那什么谣言，查清楚又怎样？夏希不理我。

姜大龙这天神神秘秘拉我出去。

"知道吗？原来你表白夏希的事情还真是假的！"

我瞪了他一眼："废话……原来你不信我的……"

"不不，我当然信你啊。不过你也喜欢夏希不是吗？正常男生都喜欢夏希吧？"

我这回不好回答了。

他瞄了瞄路过的学生，等一群打球归来的糙汉子路过后低声说："记得吗，我说过我认识一个人，和夏希挺熟的。她帮我问清楚了那天到底发生了什么……"

我屏住呼吸。

该死的上课钟突然响了。

又是老冤家历史老师金鱼先生，他的目光就像猎犬，一直牢牢锁定我们的位置，我想写写纸条就很困难。幸运的是，上课期间他接了个电话，看样子是急事。金鱼先生让我们自习，自己跑了出去。

我立刻揪住姜大龙，他吓了一跳："我说我说，别激动啊……"

他的这位线人是夏希邻桌，和夏希也算好友。据她所说，几个和夏希要好的女生都是知道情况的，不过夏希要求她们对外保密。

"好在我坚持不懈，公关我就没怕过。"

姜大龙还在自吹自擂。

我心情烦躁地说："你是喜欢夏希那朋友吧。"

"你怎么知道？"

他一脸惊讶地承认了。

夏希有天早上来到学校，在课桌里发现了一架纸飞机。那架飞机制作极为精良。说到制作飞机，能够想到的人自然是我。飞机上面写了一段话，大意是希望夏希放学后在校外某某地方见面。没有落款。

对此，夏希只是"哼"了一声就将飞机丢掉了。

大家都明白，夏希对于这个疑似赵晓川的飞机男没有兴趣。

没人能够想到她真会去。

有一恰好路过那个地方的女同学无意说起在某某地方看到夏希，这才让知情的两三人知道夏希见了那个疑似赵晓川的飞机男。

到底那里发生了什么，夏希绝口不提。只是大家都看得到她脸色难看，对于那天的事情极为反感和痛恨。于是那天约见就变成了一个所有人心里的谜团。

与此同时，不知道从哪儿开始传言，说夏希当面拒绝了赵晓川的表白。对于这个说法，夏希没有任何表态，只是偶尔会表现出厌恶的态度。

我脑子里立刻想到了一个人——小王爷。

小王爷曾经让我帮忙指导他做纸飞机，离奇热心。

放学后，我约小王爷见面。

他看着我："怎么了，又有什么新东西给我看？"

我看了看他周围的两个跟班，点点头，一拳将他揍倒在地，然后扑上去一阵左右勾拳。身后有人拉我，我扭头瞪了他一眼，后面两个人就不敢动了。等我回过神来，小王爷已经被打得鼻血一脸。

"没你们的事情，走。"

我冲那两个还在围观的人说。

他们犹豫了一下，离开了。

小王爷则大喊："别走，帮我啊帮我啊……他疯了……"

我扭头，稍微控制住自己有些发抖的手臂："是你用我的飞机放进夏希桌子里约她出来见面的？"

小王爷老实点头，手捂住鼻子。

"说清楚。"

我没有一点儿快意，只有无声的难过，感觉被摁在地上揍又没有反抗之力的人是我。

7

小王爷用飞机约夏希出来见面，因为他觉得这种方式浪漫，有创意。

可真当夏希来的时候他又觉得不可思议。

他擦干手心的汗，跑到夏希面前："你来了？"

夏希皱眉问："赵晓川呢？"

"其实他……是帮我写的。"

小王爷鼓起勇气，他认为自己比赵晓川高大威武，家境也不错，为人仗义，怎么也比豆芽菜赵晓川受欢迎。

夏希有些不耐烦："他人呢？"

小王爷咬咬牙开始胡编乱造："他说你喜欢飞机，就让我用飞机来说话，那个我挺喜欢你的……"

夏希气得浑身发抖。

她看都不看小王爷一眼，扭头就要走。

小王爷赶紧说了些挽留的话。最后自然还是没有用。

我觉得奇怪，不可能就这么简单的过程导致夏希对我如今的态度。那种写满了"你以为我会信"的表情背后的原因肯定不会是小王爷说的这样。

暴力基因在我体内疯狂蔓延，看着小王爷的脸我又想揍他了。

估计小王爷也是立刻醒悟到这一点："别动手啊……"

他委婉表达了自己趁机偷吻了一下夏希脸颊，后被打了一个耳光这个事情。

我委婉表达了一下自己的愤怒。

他抱着头抵抗。

回到家里，我这才看到自己拳头都打得裂皮了，趁父母没发现匆匆处理了一下，贴上创可贴。

我脑子里清理了整件事。

之前小王爷会迁怒我是因为飞机表白失败。

而夏希更不用说，是认为我和小王爷早就合计好的，甚至可能我在地铁上的套词都是为了这一天准备的……我越想越是不安，越是头痛，恨不得能够将时间翻回去，不参加什么飞机大赛，不帮助小王爷做飞机，就那么简简单单和夏希保持着每天五分钟的临时朋友。

有一段时间，我被这个问题困扰得几乎无法入睡。每天三四点闭上眼，六点起床，一整天的倦意和没精神。

意外的是，小王爷竟然没有记仇或者报复，反而过来和我走得更近。他的意思大概是，上次我的行为让他看到了什么叫作朋友，那些狐朋狗友都靠不住，我这样冲冠一怒为名誉的纯汉子才值得结交。我倒是因此对他高看一眼。小王爷甚至提议说，他去夏希面前承认那些都是他编的，看能不能消解误会。

我认为不必了。夏希那么聪明，当初一眼就应该能分辨出真伪。

她到底在生什么的气，我说不好。是气我帮助小王爷做飞机，还是气自己竟然赶去傻傻碰头，或者是气自己的莫名其妙。恼人的谣言，分叉的头发，油腻的皮肤……世界上一直有那么多可气的事情。

放学后的地铁里。

夏希旁边没有人。

我身边也没有。

上班族今天也没有光顾这节车厢。

没有讨厌的老头，只有一个戴着耳机闭眼休息的中年人。

隆隆的行车响动盖过了我内心不安的跳动。

我走过去说"嗨"。

夏希看了看我，在手机上写了什么，然后给我看。

上面写着一个单词：CUT。

然后她摸出耳机戴在耳朵上，看着窗外，不知道在想什么。

我也看着窗外，不知道该想什么。

她下车，没回头。

我翻出耳机，听上回没有仔细听的《演员》。

该配合你演出的我演视而不见

在逼一个最爱你的人即兴表演

什么时候我们开始收起了底线

顺应时代的改变看那些拙劣的表演

可你曾经那么爱我干嘛演出细节

……

我突然想到，她愿意和用飞机留言的赵晓川在外面碰头，是不是说明她对我有过那么一点点好感。

可小王爷的拙劣表达却将一切都搞砸了。

或许我不应该怪在他头上，有的事情就是这样，总是赶不上最后一班车，忘记钥匙，失去最好的一支笔，最好的话永远说不出口。

我也是有自尊心的人。

所以我死死钉住自己的双脚，紧闭嘴唇。

我也不知道该怎么挽留，挽留什么。

我们只不过是无人知晓的临时好友，在寂寞的地铁上说着不想一个人讲的话。

我有勇气为了喜欢的女孩儿打架，可说不出简单的"我喜欢你"。这句话变成了一块巨大的封闭的石头，慢慢沉入深海。

简单点，说话的方式简单点。

赵晓川，还没开始第一段恋爱就被失恋了。

重逢 不痛不痒

不仓皇的眼等岁
月改变

part 4

少不读《水浒》，并不是害怕少年看到打打杀杀。怕的是，少年们早早就看到了英雄的结局。

一个人的电玩史

1

早前，我们家居住在老中学，有一条笔直通往学校教学楼的路，两旁就是教师宿舍，很近。大家串门也很方便，对面吃什么玩什么，一眼看破。相互可以称得上知根知底。

小凳子的家门口堆了一堆小屁孩，我仗着身高力壮挤进去，看到电视上两个肌肉男各自手持一杆大枪，"嘟嘟嘟"干翻一路敌军。围观孩群屏息凝视，我非常严肃地注视着小凳子和另一个叫小瓶子的家伙按得手柄"啪啪"作响。

小凳子率先战死，一脸悲壮与不甘。

然后小瓶子和一台豪华装甲车打得难解难分，上下腾挪，左右躲闪，避开了千万子弹，还有不时从头上落下的重炮，与此同时，装甲车终于发出不堪重负的"咔嚓咔嚓"声。突然屏幕一黑。

妈妈的，谁把电拔了。

我们勃然大怒。

最后大家眼光落在我身上。我看了看自己，脚边插板的三口插头牢牢躺在足下。小凳子看到了我，顿时脸露迟疑。没办法，我向来在小伙伴中威望颇高。要针对这样一个领袖，不是任何人都有勇气的。更何况，前两天他才被我揍了一顿。

气氛沉默下来。

然后我坐在小凳子的位置上，和小瓶子一起从头开始，期间小凳子不断念叨什么 ABAB 上上下下左左右右，一会儿又是跳高了，一会儿又是说我装备没搞对。叽叽歪歪，真让人火大，我压抑内心想找他出去好好谈谈的欲望，集中在这款名为"魂斗罗"的游戏。

大概是因为我是个和平主义者，玩起来始终有些不得要领，于是从开头的狂热中回过神来，丢下手柄，要求换一个。这就换到了"超级马里奥"，讲的是一个不学无术，到处摸金币打乌龟抢公主的管道工，最神奇的是，从头到尾就没看到他有做过本职工作。

真是太对胃口。

当深夜被老妈揪着耳朵领走时，我拍了拍小凳子的肩膀，好朋友，明天继续。

第二天，我丢下书包冲到小凳子家门口，照样围了很多人。与上次不同的是，这些人都很大个，只有我一个小孩子。我透过窗子，看到里面正在吵闹。

一个男人闷头抽烟，一个女人边哭边摔东西。最后男人推开人走了出来，再也没有走回去。女人跟着追出去，一路说着刺耳的脏话。这两个我都认识，是小凳子的叔叔以及他妈妈。他叔叔和他爸在外地一钢铁厂，俩人是同事，据说他爸被从天而降的钢筋给贯穿了，而工厂调查后得出是他爸违规操作造成的事故。赔不了多少钱。

这些我都不是很关心，让我震惊的是小凳子妈。平时是个那么讲理，很讲究打扮言谈的人，就连我揍了小凳子好多次都从来没有找过我麻烦。眼前却变成了一个骂街的泼妇，就像一朵很美很美的花，这一天发出的恶臭将过去的味道全部遮盖。

过了几天，我又和小凳子、小瓶子一起开玩儿红白机了。凳子妈又恢复成那个淑女样，当我来时，她会给我倒水，拿点心。但我躲开，害怕她。

小凳子多了一个习惯，常常仰头看着天，不知道是看云看飞机，还是在警惕那些可能从天而降的钢筋。大家装作什么事都没有发生的样子。

红白机每天烧得滚烫，大家为各自战术吵得天翻地覆。

唯有这时，小凳子脸上露出笑容。

2

当隔壁的小姑娘们都开始津津乐道于管道工、赛车、马戏团什么的，红白机对于男孩子的刺激也变得淡薄起来。

不知从哪里传来一个说法，躲在家里的游戏属于女孩儿的，男孩儿嘛，就该到那些人群密集，都是同性扳腕子的地方。于是我们偷偷开始潜入街机厅。

街机厅是不让小学生进去的，但是，谁也没有当真。我领着小凳子、小瓶子大马金刀踏入门，却没想到中分头老板非常配合地抬起手上的报纸，遮住他的脸。这让我准备的一番掩饰说辞毫无意义。再看到老板就是在报纸上了，他依旧中分，只是下面通缉的两个字让这个面相老实的人多了一点儿不可捉摸。

这里要说说街机厅的几个未解之谜。

一、据说每个街机厅里都有一个大哥，他不准，你就不能在这里混。二、街机厅里每天都在斗殴打架，为什么街机磨损如此巨大，就是因为干架时战况太过惨烈，连机器都被揍成这样。三、街机厅里赌博机可以赢很多钱。

赌博机的传说很神奇，好像周围每一个朋友都有听到过，你知道吗，××前几天把苹果机给爆机了哦。××可以填入任何人名字。当你找到那个××时，他会说你听错了，是××2、××3……××N，赌咒发誓，满脸笃定。

我们仨各自到了自己的爱机面前，我一如既往地走的豪放流格斗路线，先后在铁拳、拳皇、月华剑士、街霸等处被 AI^①击败。兜里的存货消

---

① AI，人工智能 (Artificial Intelligence) 的英文缩写。游戏里面的 AI 指的是一种模拟玩家操作的电脑程序。

耗一空后，无聊地到处晃，看到小瓶子猛踹机器，也许是发泄被对手击败的沮丧。我迅速拉住他，看了看门口处，中分老板依旧在喝茶，对里面发生的动静习以为常。

噢噢噢噢——从旁边传来小凳子的鬼叫。

我赢了，赢了，赢了！！！

"哈哈哈吼吼吼嚯嚯嚯嘎嘎嘎……"

无数双眼睛都盯了过来，看着像是发羊癫疯的小凳子坐在苹果机面前手舞足蹈，钱币哗啦啦流在地上，在当时我的眼里变成了一条闪闪发光的河流。那条小河里淌的不是水，是变形金刚，是漫画，是巧克力，是永远喝不够的橘子水和可乐。

就在我们仨激动得就差相拥而泣之时，另一队三人组朝我们走过来，他们的体形是如此巨大，头发浓密程度是我们几倍，对我们形成了身体与精神上的双重包围。对方领头的对我们说："我们需要谈谈。"

我说："哦。"

眼神瞟向外头看报的老板，他依旧在喝茶，对里面发生的动静习以为常。我早该想到，放任小学生被欺负，就是犯罪。所以现在看到他出现在通缉头像里，觉得理所当然。

走出大门时，我、小凳子、小瓶子各手握一枚硬币，这是对方留给我们的意思意思。本来小凳子要丢掉，被我们劝说，有总比没有好。

最沮丧的无疑是小凳子，他走上富翁巅峰之路仅仅持续了几分钟，就被人给踹下来。其次是小瓶子，他被一个比他还矮半个头的小子打得那叫一个惨——比他还矮，我的天。

最镇定的是我。

领袖，最重要的是冷静，这才可以给大家力量。

我当然不会告诉他们，上次独自冒充初中生来时，已经被一个黄头发大哥给谈过了。有句话不是这样说的吗，再强的招式，用过一次也就被看透了。

不论怎样，我们在这一天同时破解了三大谜题。

222

三个小学生在夕阳下拖着脚步，兜里空空，腹里空空，长吁短叹，在准成年人世界里跌了个狗吃屎。回家的那碗热饭，变成了我们的安慰。

3

小凳子离开时并不伤感，不过是从城南搬到了城北，只有十几分钟车程。在他离去前不久，我们已经不再互相称呼小名外号，有点可惜，他刚从小凳子升级成了邓帅，还没来得及适应这个名字里的力量。

没人想到，十几分钟车程足够阻拦几个少年十年乃至更久。

现在城南老中学家属就剩我和展平，哦，也就是小瓶子。我们之间接触也变得少起来，大家各有各的同学、朋友，我已经不再像以前一样是小组织的核心。展平也不再愿意傻乎乎地成为一个跑腿小弟，哪怕只是名义上的。

偶尔在学校、街上、车上相遇，也只是眼神接触，一触即开。俩人都兴致不错时，互相聊下近况，当我说起自己终于能够铁拳通关时，他眼里稍纵即逝的嘲笑让我很不舒服。他旁边的一个男孩儿哈哈笑着，老土："现在还玩什么街机啊，电脑时代了。"

展平也笑了起来。

我知道自己一直比较不能跟上潮流，但没有想过对于某件事不懂会变成一个笑话。于是我讲了一个笑话，给自己听。

笑话这种东西，从来没有人会嫌弃多。在陷入 CS 狂潮时期，我得到过"人质狂屠"的笑话称号，被大家热议。

第一次玩 CS 这种团队枪战，当然会紧张，一不小心就走了火，冲入房间，看到几个黑影，狂点鼠标将己方人质屠戮一空。与此同时，从网吧里爆发出各种"我靠"的震惊声。我方被减钱到赤字，最后因为弹尽粮绝被敌方击溃。

第二次是被对方引诱，敌人藏在人质堆里，极为猥琐地点射。不得已，我手中重机枪并不是狙击的好家伙，当我倾泻完雷霆之火，敌人早就逃之天天，留下一地人质尸体。赤字，弹尽粮绝，被团灭，各种"我靠""人质杀手又出现了"。

第三次是因为心情不大好，被请家长，而对方仅剩的一位又不知猫在哪个垃圾堆里等打冷枪，我一路摁住鼠标，"哒哒哒"充当着吸引注意力的目标。突然，从屏幕上出现一堆红色 -200，网吧里再次被震惊声充斥，我靠，这他妈也能杀到，穿了几层墙啊这是，大哥你是专精土匪来的！

第四次，第五次，第六次……机缘巧合，风云际会，人算不如天算。

"人质狂屠"的称号不胫而走。

人怕出名猪怕壮，我博得薄名却得抛弃 CS 而去。

因为远在城南的邓帅打电话来，让我玩一款叫作"传奇"的游戏，而且展平也会加入。三剑客时代，即将回归，简直像 1997 年一样让人激动。

初入传奇，第一个感觉是好挤。到处都是人，出个城门都颇为艰难，如同在印度坐长途火车。一眼望去都是身穿布衣的新人在到处虐杀小动物，打得鸡飞狗跳，不乏操作失误者一不小心砍中守卫，被守卫大喝一刀砍翻在地。然后连仅剩的布衣木剑蜡烛都被新人们从尸体旁搜刮干净。

我沿着护城河跑了一圈，看到一群大眼睛蛤蟆在蹦跶，感觉很凶残的样子。于是我努力打字召唤他俩来砍蛤蟆，结果他俩却被堵在城里动弹不得。宰了一堆蛤蟆，周围人逐渐多起来，不知不觉等级上去了。

邓帅问："多少级了？"我说："五。"

邓帅说："快学技能。"我说："好，学什么？"

邓帅说："学治愈术啊，给我们加血，打架打得就是粮草啊。"

展平说："不对不对，打架打得是火力，学火球，法师是移动炮台，这才是正确方案。"

过了一阵，他们吵来吵去，最后问我"学了什么"。我说"基本剑术"。他们沉默了一阵，说："肉盾其实也不错。"接着他们继续吵来吵去，争论道士和法师谁的历史地位更高。没办法，还堵车在城里，多少说几句话不会那么闷。

地上掉出一把叫作"八荒"的武器，名字听起来很强。我正待捡起来，旁边一个人影飞速跑过，踩在正上方。是一个穿红色内衣的女性玩家，名叫"胆子小你别吓我"。

我：你踩我东西了。

胆子小：哦，我故意的。

我：你被侍卫砍掉了衣服吗？

胆子小：不，我觉得这样比较凉快。

我看了看门外，天气的确比较热。

胆子小：哥哥，你把武器让给我好不好？

我：好。

胆子小：这么爽快？

我：你太穷了，算了。

胆子小：……你是个好人，我们交个朋友吧。

我笨拙地点了好友，继续和兽人、毒虫、蛤蟆们厮杀。不得不说，学会了基本剑术后，我有点信心爆棚，被一群野人组团追得抱头鼠窜。

这时候，我身上突然挨了一个火球，"啊"一声跪倒，屏幕就灰暗下来。

胆子小：白痴，哥才不穷，哥有钱。妈妈的，这把武器居然不是法师的！

说着，她还朝地上丢了一大堆金币，努力证明自己。我被震惊了，居然有人会无耻地变换性别来骗取同情！邓帅告诉我说点某处就可以开始不宣而战，直接开始PK对手。我陷入了懊恼，早知道可以这么干我还爽快个屁啊，分分钟就砍倒了嘛。

我、邓帅、展平基本没有聚在一起的时候，但我们约定了时间，准时上线，必定要组团出击。由于大家存在一定的时差，所以隔一段时间上线后就会出现等级差距。吊车尾的自然要卯足面子，私下里拼命练级。

往后的传奇越来越激烈，怪物攻城，攻防战，帮派恩怨。有活动时我也曾半夜偷偷爬起来，遛进电脑室，小心挡住屏幕的光，不过还是被老爸逮住过几次。可恶的中年人膀胱，为什么要搞到半夜起来上厕所。

奇怪的是，花在上头的时间越多，越是记不得里面发生过什么，好像什么都发生过，又好像什么也没有过。反倒是开头肉搏蛤蟆，被人妖骗，被怪物攥记忆犹新。后来更多的是一种疲惫，全身心地浸入一个世界，在里面呼吸沉迷，抬起头换气时，往往已经日落西山。

我的"传奇"生涯停止在一个下午，一个和往常没有不同的下午。展平他爸尾随我们进入了学校后门隐蔽在楼上的网吧，将我们一网打尽，连带他儿子一起大义灭亲交给了学校。然后是检讨、拍桌、怒吼、请家长、要求我们说出同伙——毕竟有一部分高手，察觉了风吹草动飞速撤离。

然后展平说了几个名字。

其他人眼神复杂地看着他。我突然觉得，"传奇"里面的热血一下子变得可笑。

4

展平和我解释过很多次，说他当时被他爸揍懵了，下意识说出来的，往常打死不会出卖大家。我不知道怎么回应，只好说"没关系"。他说"谢谢你"。

我知道，他是谢我听他一次次说这段话。

邓帅并不知道我们这边发生的插曲，他被送入了一所魔鬼学校，号称只要坚持三年活着走出来，一定可以拿到重点大学文凭。他的QQ永远灰暗，显而易见，里面没有wifi。

高中一二三年级一级一级往上爬，时间一点点往下瘪，每一周那一两个小时弥足珍贵。游戏里的快乐气息似乎越来越少，但对于它的需求却越来越大。只有当你扎入这个世界，才能够忘记另一个世界。

想要忘记的东西很难忘记，要记得的也不一定会记起。我记得 AABB 左右左右，记得 show me the money，记得隔壁女孩儿玩跳舞毯时要用手指数拍子，记得很多。我忘记了李白的《将进酒》，忘记高斯定理，忘记气压梯度力，忘记电阻公式，忘记很多。

高中结束后，我提着旅行箱出现在一所名不见经传的大学门口。最初大家都很腼腆，恪守规矩，但只持续了短短几个月。电子竞技大赛在本校设立分会场，这迅速点燃大家的时间。

于是乎，诸位师兄师弟们以舍、班组为单位，继续未竟之路。我随大流开始了魔兽争霸团战之旅，虽然菜归菜，但大家都很照顾。舍长曾说过，李×杀敌一百自损一千，从不退缩，永远斗志旺盛，用脸探路，这是成为高手的必经之路。

我哈哈一笑，大喊"为了部落"。

大学生涯里，最有特色的应该是每天十一点半断电后。查寝老师提着灯慢悠悠走出大门，然后底楼的兄弟们就用特制勾环拉开电闸。各寝室里，游戏领袖们淡淡说一句，开搞。然后大家泡上一杯茶，提了提眼镜，杀得血雨腥风。

大胜时大家就雄赳赳出去烧烤K歌，被打尿就灰头土脸面墙而睡，十二小时后又是一条好汉。兴奋之后也会想起邓帅和展平，在QQ上给邓帅留言，他仿佛消失了，只有漫长时差后的简单回复，但假如打电话又似乎没有必要。而展平，变化挺大的，社交空间里全是和各类女孩儿明星合影，好像他每一天都在环游世界——大概是他被传奇挤怕了，想要到更宽阔的外面去。

我们的世界曾经重叠在一起，哪怕多晚也能够同时上线，不过人总是要往前走，三个重叠在一起的圆终将越拉越远。伙伴总是来了又走。

毕业那天夜里，校园疯魔。大学生们鬼哭狼嚎高唱各路山歌，砸坏一切可以砸坏而不用赔偿的东西，各诉衷肠，各决恩怨。

这一夜，注定会很长。

大家喝酒聊天，精神抖擞开始玩魔兽，找到了一个RPG地图，默契配合，分工明确。终于埋头将隐藏boss推翻，夺得足以决定战局的神器。刷够一身亮闪闪装备，我长出一口气，挥拳大吼瞧我的，稳赢了。

回头一看，寝室里遍地废纸，人去楼空。陪在身边的还剩一堆巨大的打包袋，以及屏幕上那几个早就停止移动的游戏人物。

外面的太阳已经升起，屋里的光却还没落下。

我晃了晃可乐，朝各奔前程的朋友们干杯。

《水浒》消失在 2005

1

要从《水浒》卡片说起。

每袋干脆面附赠有一张蒙胶卡片，天罡三十六，地煞七十二，一个个名字我现在还记忆犹新。就像庞麦郎唱的，有些事我都已忘记，可我现在还记得，记得那每一张卡，还有那一条消失的河。

为了收集齐全套，当时很多人都在到处换卡，一些稀有卡种被炒得极高。倒卖水浒卡让那时候的一波小伙伴走上了致富小康之路。有的小伙伴只顾着玩卡，有的却注意到了商机，说起来，人与人的不同很早就出现。

花椒是少数的、持有稀有卡的失意者。

"这个城市的下水道系统是有问题的。"

不知道是不是这个理由，后来他成为了一个市政工程师，研究每一个城市的下水道。

花椒曾有张极为稀有的宋江金卡，很让人羡慕。在一次花椒外出时不慎被带出裤袋，穿过下水道盖子缝隙落入污水，宋江驾驶滚滚黑水离他而去。

我安慰他："没事。宋江怎么说也是个大头目，不甘于屈居你之下，估摸是顺着下水道回梁山水泊当老大了。"

花椒闭上眼，满脸痛苦咀嚼手中烤串。自从宋江不见后，他就有些自暴自弃，将每一串烤串都玩命地裹上花椒粉和辣椒末，让深入舌根的麻辣来减缓心痛。这导致花椒在后来的一段时间里，舌头辨别不出味道，清淡了很长时间才恢复。

小段也从他盘子里挑了一串烤串说："对啊，本命卡还在就好。"

本命卡是很多人私下的称呼。因为在学校里每个人都会被取外号，所以倒不如硬气一点儿率先出手，给自己选一个威风的称号，让其他人无名可取。本命卡稍作修改就成了外号。

花椒摸出他的本命卡看了看，短命二郎阮小五。他妈常常叫他"短命的"。干瘦的花椒格外迷恋赤裸上身的强壮男人，他喜欢这个称呼。

小段用牙撕掉最后一串儿烤串，摸出一把钞票说买单。他家是做生意的，也许不是我认识的人里最有钱的，可却是最愿意为大家买单的——有钱又不愿意用，和我们有什么区别？

他本命卡插在胸口内包里。

地狗星，金毛犬段景住，梁山一百单八将最后一位，就是他的本命。

开头我们都一阵鄙视，这样一个搞马的有什么好，根本没出场几次。

不过小段自己有不同看法。

他说，段景住曾偷了金国王子的坐骑照夜玉狮子，是一名侠盗。换作如今行情就是偷了迪拜王子的布加迪威龙。

如此来说，段景住就成了一个收藏豪车的，一下子此人形象就高大俊伟起来。

小段越说越来劲，说段景住养马只是诸多技能之一，他还会诸国语言，至少五门外语，常常作为外交官与外族打交道。还有一个，打仗不会到他这儿，因此又绝对安全。要说梁山好汉最实在的人物，段景住绝对是其中之一。

他不小心说漏了最后一点，被我和花椒大骂贪生怕死，商人秉性。

我自然也是有本命卡的。

典故来自一次偷偷出门。大家都有过这样的时刻，家里人希望你安安静静看个书、要么睡个午觉什么的，你却被门外的自由吸引。哪怕现在打开网络搜索，也能够看到若干个"跪求开门不出声的办法"的求助。

我只是陷入了每个人都会有的麻烦。

门开了，声音响了，家里人察觉了。

仅仅两三秒脚步声已经靠近。我此时有两个选择，一是不顾一切冲出门，回来挨一顿暴揍；二是老老实实回头，坦白从宽。

可我都没有。

我在短短时间里将身体换了一个朝向，从脑袋对外变成对内，淡定地脱下本就穿好的鞋子。妈妈冷冷看过来，我说："花椒找我看下他的手工，我就下去了一趟，外头还真冷。"

然后关上门，搓着手若无其事地回到屋子里。

我的本命卡是"神机军师朱武"。

我是大家的狗头军师。

花椒捅了捅我的肩膀："周蕊来了。"

小段装模作样地摸出兜里的钞票一张张点着炫富。

我说："周蕊，你好。"

她回头，一双眼睛里全是疑惑："你谁啊？"

差点忘了，这个我们共同承认的女神根本不认识我们。

2

初次遇见周蕊是源自一次运动会。

花椒、小段、我被体育老师指挥去为运动员们送水，穿着印有"友谊第一"的傻兮兮的T恤在体育馆晃来晃去。

送水队走到游泳池时，出现了一个状况。

有个在旁边加油的同学不知道是脚滑还是故意抢镜，"扑通"一声落入泳池。原本这个泳道上的运动员回头一看迅速折返，她像一尾纯白色金鱼，双脚并拢变成尾巴，轻巧而灵敏地滑开水波，反手揽住人，将落水者拉住，游到岸上。

一缕头发垂了下来，她用力按压着落水人的胸口，水滴从下巴一点点滴落，让人想要帮她擦一擦。她抿紧嘴唇，似乎也在替那人承受呛水的痛苦。

我们三个都是旱鸭子，纯陆地生物，对于水有一种天然排斥。可那一瞬间觉得能游泳真是太好了。在那种时刻，如果周围都是我们这样的旱鸭子，大概只能眼睁睁目睹这位失足同学溺水而亡。

人怎么能像鱼一样游来游去呢？能够学会游泳的人是英雄。

花椒说："会游泳太好了。"

小段叹气："不会游泳，如果老妈和妻子同时落水，根本无解啊。"

他俩看着那位身姿优雅的泳者，目不转睛。

后来我们才晓得那个女生叫周蕊，哪怕冬天也会在游泳馆出现。

对于一个人看法往往源自第一印象。我们仨当时真的被她迷住了。多么英勇的姑娘，如果能够和这样的姑娘交朋友，那么游泳大概也没有问题了吧。

事实和想象往往背道而驰。

我们仨没有一个有胆量去说"周蕊你游得好好，不如交个朋友"。我是狗头军师，纸上谈兵高手；小段则是太喜欢用钱，觉得用钱太浮夸；花椒觉得自己比对方略矮，视野上就处于弱势，摆不平。

当时我们都把交朋友看成一个麻烦。

怎么能够和周蕊交朋友呢。

有了，如果学会游泳，就能够变成游友了不是吗？偶尔交流交流游泳经验，那成为朋友就顺理成章了。

本来和周蕊交朋友是为了能够让她教我们游泳，现在变成了为了和她交朋友而努力学习划水。

我们市很寒碜，只有体育馆里一个像样的游泳池，可如果去那儿就会被周蕊看到狗刨的丑陋姿态。其他地方要么不对外开放，要么就太远，一来一回根本没法子。

于是我们想到了不远处的滨河。

我知道，我知道。

这是每天喇叭几乎都会说的话：请同学们不要私自下水，将自己陷入危险之中，历年溺水的孩子手牵手可以绕赤道一周。

只是，天天说股市有危险，还是那么多人投到里面不是吗。况且我们是三兄弟一起出马，连环马，比较安全。

将游泳圈抽掉气收起来放书包里，放学后我们就集合在滨河，重新吹胀，然后将自己塞进游泳圈里在河面晃荡。

滨河是一条蜿蜒穿过城市一角的河流，两旁是绿化带、防洪堤、小树林。水并不深，只要不走到中央位置。我们在水面差不多齐唇位置停住，然后划水。

夏日炎炎，我们就套在游泳圈里随波逐流，将皮肤晒成古铜，渐渐胸口和胳膊少了些病态的白，一个个有了些男子汉的气势。大家开始还会打闹，泼水吐口水，后来都安静下来，静静闭眼享受太阳的最后一点儿热度和水下凉爽产生的"冰火两重天"。

偶尔我们也会想起，这样学下去，什么时候才能够成为周蕊的游友？这样下去，真的能够成为游泳英雄吗？

取下游泳圈大家都不愿意下水，于是游泳的计划也就作罢。不要和自己过不去嘛，休息，先休息一阵。游泳，总有一天会学会的。就和长大一样，不是你努力就会长更快。

哪怕我自称神机军师，可是身上的痕迹还是被妈妈发觉，狠狠训了一顿，我写了保证书贴在大门内侧，赌咒发誓绝不下水。好在父亲长期出差，不然我肯定少不了一顿老拳。

3

滨河临近夜晚时最美，水面倒映着夕阳。天上是还没褪去的火，下头波光粼粼的绿，小树林里情侣开始聚集，互相品尝味道。

花椒眼睛最贼，找到了一个很好的观察位置，可以看到那些男男女女偷偷亲热的画面又不会被发现。我那时因为一件事而心神恍惚，有一段时间没有去。

我的精神全集中在周蕊家。

她住在学校外不远的拐角处筒子楼，这一点我们都知道。不过我的目标不是她，而是她家的另一个姑娘。长头发，尖下巴配合白皙脸蛋，上唇微微有些翘起，不像周蕊那么青涩，一颦一笑都散发出让人着迷的咖啡味。在她面前，周蕊小了一大截，常常撒娇，就像个什么都不懂的小姑娘。俩人很像，也许她就是几年后周蕊的样子。

在现在的周蕊和未来的周蕊面前，我始乱终弃，选了后者。

我知道她是周蕊的姐姐周菱，大学毕业，正在本市某个学校实习。之前说周蕊是女神不过觉得好玩，看到周菱我发现自己心里怦怦乱跳，根本不敢抬头与她对视。

如果这都不是喜欢，那么大概就是我有心脏病。

2005 年，我 15 岁，喜欢上了一个几乎不可能喜欢我的人。我不够高大威猛，浑身黑得像炭，家里没有白马，没有布加迪威龙，没有王室血统。我为了能够打消自己的妄想，开始转移注意力——看《水浒传》。

从游戏或者卡片开始接触《水浒》和《三国》，大概很多男生都是如此。妈妈告诉我，老不读《三国》，少不读《水浒》。因为《三国》需要雄心壮志，老年人最懈怠；《水浒》又黄又暴力，少年读了容易受影响。

她不说还好，一说我就更来兴趣了。

妈妈很忧心，让父亲远程电话来训话。

父亲说，喜欢什么就要坚持，不管再困难也要想办法。但是，不要三心二意。我说我懂了。从小到大我对父亲都很尊重，他说一不二，严于律己，这样的人说出的话往往很有用，让人信服。

"水浒传"三个字就是一个小典故，翻译过来就是水边发生的故事。"水浒"两字取自"率西水浒，至于岐下"，《诗经》中说周太王[1]率部迁徙，指的是反抗统治。所以，水边的故事讲述的是反抗统治的英雄故事。

---

[1]周太王，周文王姬昌的祖父。

我发现我们几个竟然和"水浒传"有了难言之缘。先是卡片，然后是本命牌，现在又是水边的故事。命运安排是不能阻挡的。

当我兴奋地告诉花椒和小段，他们却已经将滨河练水变成了一项偷窥运动，完全忘记了初衷。

花椒手持望远镜躲在一颗大石后面说："游泳什么时候都可以，看到班主任被他女朋友打耳光可难多了。"

我大惊："什么？这么重要的事情竟然都不告诉我！"

小段调着手里的数码相机焦距："你天天都不来，丢了魂儿一样。怎么样，成天在周蕊门下晃，有没有什么收获？"

"收获？有的。至少知道她们家的内衣都喜欢白色。"

小段丢给我几张相片，都是一些情侣的高光时刻。第一张就是班主任被女友甩了一巴掌，他摸着脸满脸无辜。有一张是小树林里两个男的抱在一起，十分惊悚。还有一张……

我看着手里这张照片，满嘴都是酸牛奶味，心里仿佛有一根刺在戳来戳去。

"周菱。"

相片抓得有些花，可是我对于她的脸早就记得清清楚楚，不会错。她对着一个男人捂嘴而笑，笑颜如花。我看过她那么多次，都是淡淡的安静笑脸，从来没有这么放肆活泼。

花椒插话："嗨，你不知道。这个女的可喜欢亲嘴了，一亲嘴要亲十几分钟，都不换气。超级厉害。"

小段叹道："可惜只抓到这一张，相机没电了，我靠。"

我将这张照片留下，天天诅咒那个男人落水而亡。

4

周蕊曾告诉我，要想学游泳，最重要的就是要学会换气。露出水面尽可能呼吸，潜入时则放松闭住口鼻，保持节奏，这样才能够游得远游得久。

她当时还炫耀说自己天生就会，教练看到她都非常吃惊。

我恶毒地想，不换气的功夫她们家里的确是遗传。

对周蕊没有兴趣后，我和她说话自然起来。她看到我身上黑赤赤的晒痕，知道我在练水，好奇问我在哪儿露天游泳。

我说："要你管。"

她也不在意，只是说有什么游泳不懂都可以来问她。

我只想问她，你姐姐的男朋友叫什么名字，有没有一个帅气如我的外号。这大概是我唯一能够赢他的地方。可恶，连接吻憋气的功夫我都不如他。

我跟着花椒和小段在滨河附近蹲点了好些天，看到不少奇葩事。比如对着河流拉屎的小屁孩，走着走着不小心落水的笨狗，以及一些小规模的混混斗殴——并没有想象中一拥而上的热血，都在那里放狠话，看着太阳差不多落山就各自回家各找各妈。

他们看得津津有味，不断摁下快门。我却一直在等着周菱，可我又多么不希望她再出现。

然而她还是来了。

花椒兴奋地用力拍我："那个亲嘴高手又来了，快看快看。"

我夺过望远镜，看到她在一处树下。周菱正和那人说着什么，不停在笑，躲躲闪闪，最后两个人的头交错在一起，就像两头靠在一起休息的长颈鹿。我看得很难过，却又移不开眼睛，无比希望周菱能够给那个不要脸的男人一巴掌：我可不是这么随便的女人，流氓！

可她却没有。

他们你侬我侬，侬到太阳落山。

周菱和她男朋友换了一个角度继续。我忍不住扔下望远镜，让花椒心疼得眼泪都出来了。对着那个方向，我捡起一块鹅卵石用尽全力狠狠丢去，溅起一朵大水花。

他们终于发现了，有些惊慌地看过来。不过我早已将身形藏在石头后面。

花椒忍不住抱怨："神经病啊你。"

小段则是吃吃笑："受到刺激了，看来被周蕊刺得不轻呀。不过没事，我已经抓拍了一张，比上次清晰多了，让我看看。"

就在他调着画面时我一把夺过，摆弄来摆弄去都不知道怎么删除，最后摁下一个键，画面闪了闪，再次出现时里面什么都没了。

小段也怒了："神经病啊你，里面那么多照片都没了！还有我家去峨眉山的旅游照片！我爸非揍死我。"

我没有理他们，抓起书包朝着家里跑去。

声音离我越来越远。

5

两天后，周蕊主动找到我。

她特地将我拉到了教室外的走廊，找了个僻静角落。

"你们是不是偷拍我姐了？"

她声音有些气愤。

怕什么，又不是明星，有什么见不得人的。我回答："没有的事。"

周蕊看着我的眼睛说："我姐看到你了，之前你一直在我家周围晃来晃去……我姐早注意到了，对你有印象的。"

"所以她让我来找你，希望你别那么做了，将照片删掉。"

说到这里，她也有些疑惑："你们到底拍了些什么东西呀？"

我只是冷冷说："少儿不宜。"

周蕊顿时耳朵都要竖起来："我姐男朋友吗，她都不给我介绍，给我看看。"

我回了她一句神经病。

发脾气是没有道理的。错在我们，可是我看着周蕊的眉眼、鼻子、嘴唇总会想起她姐姐周菱，想到她已经有了一个能憋气那么久的伴侣，心里就极为不忿。有时候人知道自己错误，可就是改正不了，没有办法。

该做的还得做。我必须要找花椒和小段拿到剩余的照片，周蕊来之前，这就是定好的目标。

为了能够得到他们的谅解，我也说了那人正是周蕊的姐姐周菱，她自己也希望能够将他们的照片收回，就当只是一个恶作剧。

花椒恍然大悟："就说为什么觉得眼熟，原来是姐妹。"

小段则是看了看我，语气微冷："你真是够义气。摔坏了花椒的望远镜，又把我的照片删得一干二净，就是为了能够在周蕊面前争表现。真行。"

我有些不好答话。可我所作所为的确像是这样。

我说："是我的不对。不过这件事我们本来就做得不仗义，还是将人家的照片还给人家，你那儿还有底片吗？"

小段翻了个白眼："我凭什么告诉你？"

我一下子拽住小段领子将他摁在墙上，几乎忍不住要揍他。

"打啊，真能耐。打，不打不是人。不打你是狗。"

花椒过来拉开我，劝道："大家都少说一句。一样样来，李×你的确有点不仗义，现在这么凶没道理的。"

小段呵呵一笑，脸色发白："没别的，我只要你说清楚为什么摔花椒的望远镜。为什么删我照片。说清楚朋友就继续做，不说清楚就别做了。"

我可以说清楚的，可是我没法说出口。

有的事只能自己知道，多一个人的话你会恨不得灭口。

"都是我的不对，不过现在我只是要把那些照片删掉。你以前还照过没有，还有底片没有？"

小段摇摇头："你一直以自我为中心，玩什么本命牌，不过是以我们的弱来表现你自己的脑子好。《水浒传》我看过，什么义气兄弟到了最后都是分道扬镳。当老大的想做官，不想再在外头混来混去，你已经不把我们当作朋友了，连一句话都懒得解释。走吧，花椒，人家已经被招安了。变成了好人，不再偷偷跟踪什么的，恨不得从来没有去偷窥过。我们这些烂人还是走自己的路。"

花椒回头看我一眼，那是给我最后的机会。

我让它从眼前溜走。

我说不出口。

6

从那天后，花椒找过我一次。

他说："其实已经没有照片了。小段只是气的，不愿意告诉我。"他邀请我再去滨河看看，说不定大家就和好了。

我非常感激他的好意，我已经不想去了。现在想来，为什么孩子们都喜欢水呢，不过是因为水自由自在，徜徉肆意。每天被固定轨迹的我们，对于没有轨道的时间非常渴求。

可哪怕是大名鼎鼎的梁山一百单八好汉也是要被招安的。水边故事总有结束之日，绿林好汉也免不了钩心斗角、壮志难酬，未来是星辰大海，不会在水边的。

随着皮肤上的晒痕一点点消退，日子也慢慢到了冬天，万物寂静，各自安眠。

班主任当众宣布：李×获得本学期最大进步奖励，奖金若干，大家鼓掌。

然后他非常欣慰地说，这位同学自从不在水边逗留，成绩是突飞猛进，大家要向他看齐。另外两个同学，你们注意了，我不想再听到你们在滨河出现，再被什么事情缠住了。

他用威严的眼神敲打了花椒和小段两下，完全和他被女友打耳光的可怜兮兮样子判若两人。

花椒他们之前出了状况。

虽然我不在，他们还是固定去取景。有次遭遇了一伙不良青年，他们不仅夺走了小段的数码相机，还将两人揍得鼻青脸肿丢入水里，不准他们上岸。

好在有人看见才救了他们。

这事后来闹得挺大的，俩人变成了反面教材。再次三令五申不要私自下水，以他们的例子说过无数次，俩人的家长也很狼狈。

自从我被招安后，周蕊和我走得越发近了。

她开心地说："幸好你没有和他们再混一起，不然就危险了。要我教你游泳吗？冬泳？"

我说不用，对于游泳我一直没有什么干劲。学会游泳又能怎样呢，有的人注定和你隔着一道河，你拼命游去，对方只会被你惊走。那不如就站在岸这边，安安静静看着她。

周蕊其实一点儿也不女神，平易近人，是一个目标明确的女孩儿。哪怕和我走得近也没有表露出一丝丝可能超过朋友的可能。她的目标是成为一个女博士，准确来说，一个漂亮、有好身材的女博士。外界老是讽刺女博士，让她很不满。

她不满说："每次都觉得你有心事，你哪来这么多心事？"

我说你快走吧，你的朋友们招呼你回家了。

回过头来，花椒和小段从我面前走过，没有一丝留恋。我拉住花椒，他现在是我和小段唯一的纽带。

"你们听我一句，别去那儿了，闹也闹够了。"

这次却是小段回答的："你好好当你的好学生呗，我们挨揍也是自作自受。"

花椒说："你错了，我们准备每天在那儿拍一组照片，是为了……"

话还未说完他就被小段拽走了。

我知道，我们之间裂痕已无法弥补。

7

高一结束的前夕，滨河已经见底。

原因很多，一是大量引进加工企业，用水量巨大；二是污染问题严重，导致一条河流变成了泥潭。鱼虾尽丧，臭气熏天。

就在这时，出现了一条新闻。

两个学生为滨河请愿。他们记录了整整一年滨河的变化，每天一组照片，全程记下了滨河从市民们散步聊天的去处到水位降低、漂浮物增多、油污漂浮、干涸见底的过程。一时间造成了极大轰动。

全校都对他们进行了通报表扬。记者们对他们进行了大版面的报道，十分瞩目。

他们就是花椒和小段。

然而仅仅如此而已。热过一个月后该干吗依旧干吗，滨河已经死了，没有人能够让它复生。只是政府公开谴责那些污染企业，让它们交了一笔可观的费用，据说用在建设新的公共设施上。

花椒少见地找到我说："本以为可以通过这种方式让滨河重新活起来，怎么就这样了呢？怎么就这样了呢？之前寄信没有用，现在大家都知道了，而且都很认同，为什么都不愿意挽回？"

我无话可说，说再多都只是徒增伤感。

对于他们的感受，大概没有一个人有我这样的切身体会。震惊、失望、浓浓的不甘和无数日子的消沉，如同失恋。

回到家，我发现周蕊在我家。除她之外，还有那个让我难过得要命却无法忘记的人——周菱。

她朝我一笑说："是李×吧，坐呀。"

我木木地坐在周蕊旁边，看着他们聊得热火朝天。

父亲给母亲介绍："这就是我们学校新来的自然老师，周菱。周老师科班出身，还愿意回家乡，简直给学校帮了大忙了。"

周菱优雅地一笑："多亏了李副校长，我才能够转到现在学校工作。"

母亲说："哎呀，大家都吃呀，别顾着说话。"

周蕊低低问我："怎么不吃呢？"

我吃不下。

我怎么吃得下呢。周菱，算是我人生的初恋。

我想起拿到望远镜的那一刻，和周菱四目相对、缠绵温柔的就是我那

240

位"长期出差"的父亲。无尽的羞耻和背叛感充斥全身，我唯一的想法就是想把这幅画面撕碎吞下去，用自己体内弯弯曲曲的肠子永远地消化掉。

所以我砸掉望远镜，删掉照片，发疯了一般在城市巷道狂奔。

父亲打电话说，喜欢什么就要坚持，不管再困难也要想办法，但是不要三心二意。

他做到了前半句，不，或许前半句就是说给自己的，后一句才是送给我的。人怎么能说着自己根本做不到的事情呢？他为什么还能够如此镇定自若地和母亲、周菱坐在一起，却丝毫没有异色。

母亲知道吗？假如知道，她又是以什么理由装傻呢？

当谎言赤裸裸摆在眼前，我却没有力气去撕破。我无法承受这个后果，我也不知道后果会怎样，我默默扒饭，像所有传统家庭的普通孩子一样。我不是个英雄。

回到自己屋子里，我翻开《水浒传》。

此时传来周蕊懒懒的声音："你们男生就喜欢看打打杀杀的故事。"

我看了看她："这只是个英雄不断消失的故事。"

没有了水，"水浒传"也就不再存在。我们曾经为了能够如周蕊一样英勇努力过，荒唐过，他们两个坚守过，以为每一个英雄都能得到正义的伸张。

可是啊，正义是天上的繁星，你可以收在眼里，装在心里，被所有人惊叹，就是无法将它传递给每一个人心底。所以正义不死，只有英雄在不断消逝。

少不读《水浒》，并不是害怕少年看到打打杀杀。怕的是，少年们早早就看到了英雄的结局。

我们的《水浒》消失在 2005 年。

对此，我无话可说。

回到张镇

每次回溯都是对自己的再度认识，坦诚一直不是容易的事情。

1

白色椅套离双眼大概五十厘米，上面印了方正大字：欢迎来到眼镜之都，然后跟着一个大感叹号。

我想到多年前，有人和我争论到底张镇是门都还是眼镜之都，看来盖棺论定了。也不知道他是否还记得这件事。

我调整了耳机音量，切换成多年游子返家乡的心情。

当然是《一事无成》。

郑融的声音嘲讽又充满跃动，与之搭档的周柏豪就显得孩子气了一点儿。男生就是比女生成长得慢，老去得也慢，就像两支迈出不同步子的钟摆。正是因为时钟不同步，所以彼此难以一致，除非结婚，一个当时针一个做分针。很难想象，念书时小桃日记就开始写这么难懂的东西。

果然，女人老得比较快。

"李×，你知不知道铁拳当老板了？身边的小桃眼里透出狐疑，真是敏锐。"

我说："我哪儿知道，他不是要成为拳击手吗？"

"这里。"

小桃用她指甲滑下眼镜之都右下角一行。

在下面用小两号的蝇头小楷备注：枫之夜眼镜行赞助。联系电话：

242

8×××××××，地址：小南街梨花巷一百二十五号正南。胡老板。

不愧是铁拳，为了赢还真是不择手段。

铁拳做老板的话，肯定亏到借钱没朋友。我对驻足故乡的老朋友致以独有的问候。

"李×，你看平顶山。"

小桃突然捶我，声音里充满抑制不住的兴奋。

我看出去，秃脑袋小山坡依旧孤立在群山之中。周围土坡被规划推掉越多，那个发育不良的家伙就越渐明显，但我很想他。

2

小时候春游，学校总是讨厌带一群小鬼，但又想收费，所以就让教师如放羊般带我们到附近的平顶山上去野炊。

一路热热闹闹到达，老师就摸出一本小说或者杂志：好啦好啦，你们去采蘑菇，你们去打水，你们去找柴生火，还有你们，你们就待在这里准备肉。

我被分在采蘑菇小组。采蘑菇小组最重要的任务就是要会认蘑菇，不能将花花绿绿的疑似物丢到锅里，太平凡的也不要，不然会被认为是早就从市场买来准备好的。蘑菇组组长家里做蔬菜生计，对于蘑菇很有研究。

"我天天吃蘑菇，炒蘑菇炖蘑菇拌蘑菇烩蘑菇，没人能比我更了解了。在平顶山，就只有这种蘑菇，其他都是作弊！组长摸出一朵示范黑菇，伞小小的，身体修长。"

组员将图案记在心头，就分头出动了。我当时留了个心眼，看到组长朝着多树木地带走，我也学着样子，结果走了很久，滑了几跤，蘑菇却一个也没见着。

不久，远处同学已经纷纷返回，都是颇有收获，我觉得非常难堪。不行，我怎能吊车尾。怀着这种强烈的信念，我继续深入。

可是现实很残忍。几次我都想干脆搞几朵鲜艳的蘑菇回去，用随身铅笔刀削去伞朵，假如一个大锅里偶尔有一朵毒蘑菇，问题应该也不大吧？那么大一锅汤呢。

最后我发现了目标。

但是它并非修长体型，而是稍显肥硕，有点营养过剩的姿态。朴实的灰色脑袋，根茎雪白，壮实圆硕，闻起来有股鸡肉味。

或许是变异蘑菇，长了几十年的了，好东西。我一把抓下，朝着聚集地去汇报。

本以为我已经拿到了最好东西，没想到依旧大吃一惊，大家都找了不同寻常的货色。有个摸出一朵大黑灵芝，被组长皱眉拍掉，这个太硬，还有个将人家祖孙三代都挖出来了，簇拥在一起就像盆栽，组长说不能让人家家破人亡，砍了一朵，剩下让放回，最厉害的一个找到一朵魔法菇，极有韧性，刀砍不动，石砸不伤。

组长转过身放在嘴里，过了一会儿苍白着脸转过来。

"是塑料蘑菇，丢掉。"

大家都非常关心他的安危，因为毕竟组长将一朵塑料蘑菇啃掉下肚了一半。他挥手示意我们不要慌乱。

"只要是蘑菇，都伤害不了我。"

对啊！差点忘记他是吃蘑菇长大的。我们顿时安心。

当我将我的肥仔丢入锅后，被组长用勺子打捞出来。他问是谁的，我老老实实说是我搞来的变异蘑菇，说不定有好几十年的了。

"你这朵样子有问题。"

我壮胆子说"只是长胖了一点儿"。

"不对，你看他帽子不对，太大，颜色不对，太深，味道太浓，太香……据我经验，这有毒。丢掉。"

组长断言。

我却不愿意。好不容易在山里跟跟跄跄，摔了几个狗吃屎，才从同组们手中夺下这么一朵，卖相又那么好。

我说"不要"。

"为了大家安全，你不能下有毒蘑菇。"组长非常郑重。

我说"没毒，凭什么"。

"就凭我家世代做蘑菇，我是吃蘑菇长大的！"

他的理由让我声音也小了不少。因为这一点我无法反驳，在蘑菇上，我是完全无法匹敌组长的。他吃过的比我见过的都多。

周围大家看我的眼神也有点不善起来。明明知道蘑菇不是普通物品，还要躲过组长检查，放在汤里，光是这一点就足够让我百口莫辩。

组长的脸就像电视里警察叔叔一样，正气凛然，大公无私，除了交代，我别无他法。我只能说出自己不想丢脸找了个不符合标准的假货……真不甘心。

"蘑菇头，不准欺负同学。"

有个人站在了我这边，是肉组组长铁拳，他家是做肉生意的，最看不起做蔬菜的蘑菇组长。为什么叫他铁拳呢，因为啊……

"你想吃我一拳吗？"

铁拳立马和他才说出口的话前后矛盾了。不过这就是矢志拳击手的铁拳，对他来说，拳头总是比说话来得快，更何况他家天天早中晚吃肉，所以年纪小小却已经力大无穷，甚至长出了倒三角肌肉。

"我是就事论事。"

蘑菇组长气势一滞，嘴上却没有松口，他再度说了一次他将我抓个正着的经过。连在一旁看书的老师都被惊动了。也不知道哪个缺德鬼，转口就说成我要用毒蘑菇给大家吃吃看。她立刻被震惊了，一秒赶到，眉眼冒火。

蘑菇组长如释重负。

肉组铁拳咬牙切齿。

我则惊慌失措。

现在的比分是 11∶2，老师一个人十分，我们完全处于劣势。

然后铁拳做了个非常惊人的动作。他用筷子一把卷起我烫过的肥仔菇，放在嘴里大口咀嚼，呱唧作响。

——我家做肉的，但我也知道这叫金顶猴头菇，价格很贵，非常稀少。嘿嘿，蘑菇头你还有话说吗？

他作势拍了拍我的肩膀。

我感动得鼻涕都流出来了。

——我什么事也没有，你们看。

铁拳在原地蹦蹦跳跳，还做了一个悬空倒立，真是臂力惊人。

老师点点头，立马转头对组长严肃道："要团结同学，不能因为一点儿小事就影响同学之间的友谊，知道了吗？"

蘑菇头非常不甘，欲言又止，但没有办法，低下头生闷气。

自然的，平顶山上的嫩草再度被我们挖出来作为引火燃料，它将继续秃下去。虽然大家很努力寻找，但蘑菇是辅材，主打还是各自早就准备好的肉丝肉片萝卜洋葱，老师爆炒后，我们大吃一顿。

我和铁拳顺理成章地坐在了一起用菜。

我非常诚挚地感谢他的仗义。

他则没有说话，而是皱紧了眉头打量我。铁拳保持这副姿态很久，然后突然仰面倒地，浑身痉挛。

平顶山上顿时乱作一团，蘑菇组长和老师都无办法，只好让大家将他抬下山送医院。在医疗车上他还在喃喃自语，我没有中毒，我是吃坏肚子了，肉吃多了……

我早就知道，他是个为了胜负，连毒蘑菇也吃得面不改色的汉子。

3

小桃比我们都矮一级，大杂院里也住在底层一楼。她妈妈会拉手风琴，上面非常多按键，她却总是能够毫不慌张地奏出音乐。老吴赞叹过："想我用红白机作弊都常常失手，这么多按键根本就是给六指琴魔准备的。"

老吴本子上的名字是吴发柴，但是他要求我们叫他老吴，这样听起来好像混过江湖的样子。不过知道他经历的人，哪怕叫老吴也是带着一种嬉笑。

这件事还是一次他考试出彩，被老师特意点出来，让我们学习他的作文《我有一个梦想》。讲的是他要用十五年将祖国打造成超级强国，大炮射程范围直达月球，工作一天可以休息一年，所有人都能快乐地搓麻将。

老师给的评语是：极有想象力，好！

看的第一个人，也就是我注意到老吴名字不对。署名是吴发财。

老吴很镇定地说写错了而已。我们理所当然地翻出他的其他试卷对照，结果看到每张卷子名字栏都被涂改过。更有厉害的同学挖出了他的名字缘由：那晚上他爸还在麻将桌上，听到老婆在医院生孩子的消息，立马给他取名吴发财，结果真的大胡特胡。后来每次要玩大的，他爸总是带上老吴，一大一小奔赴战场，两道赴宴身影在夜晚的灯晕雾霭中颇为悲壮。

老吴很在意。他说他爸不是这样的人，他爸是希望他能够一路发财下去，不用像他一样，只能够靠打麻将赚一点儿外快。

于是我们几个就约好，不管其他人如何，我们就叫老吴了。

可是就是有人破坏规矩。

这个人就是小桃。

当时她还不是我旁边的蛾眉美人，却是一个钢牙妹。矮矮的，小小的，傻不愣登，感觉只需要打个喷嚏，她就会被打散，消失在空气中。

"吴发财吴发财。"

由于比我们小一级，所以她得到老吴的消息迟得多，还把这个老黄历当作新鲜事来玩，成天在楼里喊来喊去。老吴很难过，他不是骂街强手，默默承受。

我们决定教训下她，看在她妈妈的份上，留她一个全尸。

"要不然把她钢牙套偷走丢厕所？"老吴首先提议。

"谁下手？"

我们都沉默了。因为觉得口水太脏又没有人愿意，这个被放弃。

"干脆拖到房顶揍一顿，然后丢到大门外说是小混混干的。说这种话的当然是铁拳，他朝自己拳头吹了吹气，像擦皮鞋一样在上面擦了擦。"

"打女生不太好吧。老吴有些不忍，他还是太善良。"

"哦，其实可以嫁祸她弄坏她妈妈的手风琴，这样她挨揍了，又不会想到我们，你看啊我都想好了这样做应该没问题……"

我们一致同意。

提出想法的小威不好意思地腼腆笑笑。他一方面是学校极为推崇的头牌学生，另一方面又是喜欢阴损的冷面小威。他就是这样的狠角色。

小威从来不会亲自出手，而是通过某种诡计让你不知不觉就着了道。这种躲在暗处的不爽利让铁拳、老吴一直跟他有些隔阂。

可惜的是我们没有看到小桃遭受家暴的一幕。她妈妈的确很生气，她妈妈一生气她爸也生气，她爸一气之下买了一架钢琴回来。每天又变成了钢琴曲从里面传出来，从早到晚。

真是三分靠打拼，七分天注定。

我们几个，包括小威在内都很沮丧，一段时间里大家都相顾无言。这都没被揍，简直毫无道理的嘛。

有一天我却看到了老吴让小桃在他家玩游戏，这点让我觉得无比愤怒。我们为了友情不惜用男子汉之身对小女孩儿出手，这算什么，今天说好是该我来玩吞食天地，这又怎么算！老吴和我们的友谊看来已经走到了尽头。

我把人都召集起来，告诉他们这个事实，然后气势汹汹找这对狗男女算账。结果看到小桃一边玩游戏一边哭，实在脆弱，这种打游戏都输哭的人还怎么去建设祖国。

"她爸跑了。"

老吴很沉重地告诉我们几个。他没有避讳小桃，也许他根本就没有想到。

"第三者吗？和其他女人跑了？小威脑子转得最快。"

"好像是。"老吴有点吃不准。

铁拳不屑。

我则是想到了一个问题。原来小桃她爸买了钢琴，就是用来离婚的啊。这样一来，为什么明明很生气，却又买了新乐器就解释得通了。

于是我把猜测告诉了他们。

小桃哭得更凶了。

"难怪她妈妈每天不停地在弹琴，是不是已经疯了啊？小威补上，他对于毒计无果似乎还有心结。"

"我妈没有疯，我妈没有疯。"

小桃哭泣着辩解。

这时候铁拳又说话了。

"没关系，少了一个老爸而已，我隔壁那个少了两个呢。你从今天起就跟我们混吧，有什么问题都可以找我们。你们说是不是？"

我们都说"对"，不然又要吃铁拳一拳了。

小桃稍微好过一点儿。

"那你们会带我一起去偷东西吗？"

她的问话让我们大吃一惊。这小丫头这么笨都知道了，不是神不知鬼不觉吗？几人都朝计划制定者小威望去。偷个香肠居然还被发现了，太失败。

"我建议大家大吃一顿，庆祝新成员加入。"小威顾左右而言他。

铁拳缓缓点头。

"去我家，今晚我家做卤猪蹄。"

就这样，小桃失去了老爸，却得到了几个可以说毫无用处的男孩儿。

4

张镇变化挺大的，开发了新城区，到处是已经动工与正准备动工的建筑物，比起来，前面老城区的矮房子看起来就弱势得多。

一条步行街将张镇切成两半，站在用以拦阻车辆的石球前，我想起现在居住的那个城市。它比张镇更大更老，衣着闪烁，金属造物处处可见，东城下雨，西城晒太阳，城中则可以同时享受半雨半晴，但是你总是找不到那一条分开的界线。城市好像永远在转动。

张镇不同，这里太小太小。

步行街就是那条线，前面是正在加把劲长大的钢铁巨人，后面是不愿意被年轻后辈取代的固执老头。

铁拳真是选了个好地方，既可以看到现在，还能望见过去。住在现在，好像永远不会老。

"房租便宜啊。因为这个铺子好像事故死了人。"铁拳总给我意外的解释，破坏气氛让人神伤。

"这位是？"肥了一圈的铁拳用暧昧的眼神问我。

"是小桃。我们在车站遇见的。"

她就丢下那个高个子男生和我走了，说要去重走青春路。老实说，看到那个男的吃了大便般的眼神，还是挺爽的。

"哦。"

知道是小桃后，那副受惊的眼神里面恢复了，大家对于小桃哭鼻子的印象已经定型，要改过来不太容易，哪怕锥子脸也不行。

小桃本来炫耀的台词自然被卡在喉咙里，她生闷气地用手机砍西瓜。

"老吴呢，听说他和一个搞音乐的在一起？"我打破尴尬。

"老吴去西藏追她去了。"

铁拳给我们俩一个人倒了一杯茶，让员工继续招呼客人，和我们坐下来，谈到了老吴最近的故事。老吴永远是那个老吴。

从他写过的梦想就可以得知，老吴是个天马行空的人。特别是处在青春期各方面需求都旺盛的时期，他 bang^①得更是厉害。

抱团几乎是每个人的本性，大家自然地与志同道合的朋友走在一起，

---

① bang，爆炸的意思。

变成一个个小团体。当时我们几人有个对头，名字颇为猎奇，换成普通话就叫作十罗汉。

因为他们有十个人，总是十个人一起上学放学，打游戏也是几人玩剩下的人围观，踢球更是占便宜，默契度非常高。据小威观察，他们连上厕所也要十个一起。

所以啦，我们五个搞不过他们。

不止运动场所要让出，平时气势也要弱上一倍，大家彼此看对方也不那么顺眼。铁拳几次要让他们尝尝拳头，但被我们拉住——冲动是魔鬼啊。

除去完全无用的小桃，小威和我手无缚鸡之力，老吴的手只会摸麻将，这样一来，铁拳就得打十个。

铁拳觉得他可以打九个，但还有一个没办法，要靠我们。

我们几个飞快想办法，但是气势这种东西若不能堂堂正正击败的话是无法压倒的。就在这个档口，老吴出马。

事后我们才知道。当时老吴帅气地去找十罗汉的头目大宝和谈，结果遭到伏击，被揍得鼻青脸肿。我们却没办法帮他报仇，只好由铁拳请客去他家吃卤猪耳。难堪是难堪，可输了就得承认是乌龟。

这次事件虽然是老吴的天真所致，但是他失败了也就意味着我们失败。于是我们放学后让出运动场，无钱又无气势，只好躲在书店里翻各种书解闷。

张镇的人对于书店感情很深，书店里永远不会空旷，他们看书但不买。买来的书就觉得反正是自己的了，什么时候都可以看，然后就会慢慢忘记这件事。小威这么给阐述这种现象。

我觉得对。就像张镇小公园里的破石凳上永远坐着老人和小孩，路过促销试吃店的人总是不断，以及铁拳家生意永远的"客人总觉得肉不够好，必须加添头"。自己家的凳子坐起来没感觉，自己煮饭吃起来也不过瘾。

没错，我们张镇的人就是这么贪便宜。

有次派来的镇领导忍不住说：这里简直是一群刁民！

张镇人民反而觉得是一种称赞。说起来还真有点奇葩……

所以只要在这里开书店，赚钱实在很难。不过让人难以置信的是，店里的书怎么翻也会保持好好的卖相，大家似乎对于书籍有种特殊的爱护。自然的，造成了很多小孩子都开始戴眼镜的后果。

小威如数家珍给我们列举第几排如何如何，他还自己做了个打分系统，满分一分，不及格零分。这是很粗暴的分类，但他说，书只分好坏，就像考试只分及格不及格。

我们表示赞同。

然后就是一段躲在书店打发时间的旅程。

还记得铁拳当时先翻看的《钢铁是怎样炼成的》，老吴的是《大梦初醒》，小桃的是《三十六计》，我最没品，翻的是《老夫子》。离开书店回大杂院时，大家就会探讨心得，相当于现在的书评。

小桃说美人计插图不美，老吴说睡个觉原来也可以这么写，铁拳说他看了半天都没看到怎么搞钢铁。我则是"哈哈哈哈"地被骂神经病。

然后大家都开始看《老夫子》，哈哈哈哈。

《老夫子》陪伴我们走过了那段艰难屈辱的日子。

很快就到了年关。家家户户都开始准备腊肠腊肉烟熏卤味，我们的大项目提上了日程。

张镇家家户户都是双门，外门雕刻有花纹，像怪兽与文字比较多，讲究一个精致，内门则是钢铁材质，完全的防御攻势。毕竟，连领导都说过，这里一群刁民，大家都非常注意安全问题。这一点也影响到我们的目标选择。

"去年是胡家，今年是陈家。陈家水果贩子很讨厌，经常少斤两，又小心眼，连老头儿的便宜都占，我们这是为民除害。"

铁拳大声动员。

我们"噢噢"地鼓劲，心里都明白其实陈家是放置位置比较好得手，现在又多了个理由，当然更好。

"出发。"他大手一挥。

小桃是第一次和我们一起出任务，显得有点不安。铁拳安慰她不要担心，她就在外放放风而已，见人来了就大喊口令。

整个项目分解成小桃外围、我和小威侦查、老吴装备与打下手、铁拳主力。我见过其他偷香肠的孩子团，身手再好的也失手过，我们却没有，不得不说是组织得力。这次是老式宿舍楼，目标物挂在防护栏里上方，看来手到擒来。

模模糊糊听到有人在叫我名字，我不由往下探出头。

没有听错，是小桃。她还在喊，一边喊一边朝这里跑来。

我脑子乱了乱，立马醒悟。

坏了！下面屋主陈水果正急匆匆跑回来。

小桃是紧张得忘了口令了，只知道叫我名字，这不明摆着告诉人家这里我有份儿嘛！我朝铁拳几人大吼：老夫子！

陈水果回返，蹬蹬上楼，几乎在我喊出同时进行。我看到铁拳和老吴迅速装备装包，假装敲隔壁的门，大声说李 × 你不在。

我心里紧张得一塌糊涂。

小威慌慌张张一溜儿小跑到楼顶上，中途还摔了跤，一瘸一拐。屋主转瞬回过神来，朝着楼上追去。

我们几个汇合后商量了下，决定暂时撤退。反正物证不在，屋主也没有办法。

让人大吃一惊的是，小威爽快地把人全卖了，就连小桃也没有放过。屋主没有上门问责，我们还是一个个被大人如麻雀般拎着，上门道歉，当然没少挨揍。

小威解释说他当时被吓傻了，一不小心就说出口了，没有办法。

我们几个根本无法接受，本来简单的一件事，咬死不松口就一点儿事没有。即使被抓住忍不住说出口，就说是自己做的还会受到大家的崇敬，有什么理由要出卖同伴？没想到这家伙还没上辣椒水就当了叛徒，可恶到家。没想到啊没想到。

似乎小桃说了句，原来你想那么多主意，却是胆小。

然后大家就都笑了起来，那是带着恨与冷的笑，小威脸上黯了下去，整个人失去了神采，缩了起来，像一只羽毛掉光的鸟。

5

小威没有离开。他依旧在学校里成绩一骑绝尘，拿各种头榜，但是他话越来越少，他从冷面小威变成了无言小威。

他越缩越小，躲在了我们的影子里，默默跟随。

没有人和他说话，有时候他会自言自语，见没有人理睬也就不说了，偶尔也会加入几人讨论圈，但当然不会有人接茬。

他真的成了摸不着的影子。

再听到小威说很多话要到火车事件了。

腊肠事件一个月后大家皮肉的疼痛稍微淡忘，于是开始找新项目。十罗汉头目大宝住在火车站，他看到火车飞驰而过，想到一个主意，将长铁钉放在铁轨上，火车奔过，就可以得到一批压制的铁片，而这薄铁片已经有了宝剑胚胎的雏形，稍作打磨雕刻就是相当不错的藏品。

他的五件成品我都看过，卖相相当好。剑身紧密，上刻花纹，剑柄用木头自制，插入黏胶，过油，晒干，就是一把漂亮的剑模。

大宝说，大家都可以找他来加工，画出自己的图纸即可，他爸是工匠，家里什么装备都有。这点对于我们这个敌对团队也开放。他要的酬劳也很简单，打造一把剑，付出两个胚胎。

正当我们准备行动时，一个消息传来：某某某因为在铁路上放置石头被火车荡起的碎块击中，几乎瞎眼。学校专门提出，警示学生不要前往，避免伤亡。一旦发现，严肃处理。

高涨的热情一下子就熄灭了下去。铁拳最为不满，因为他对于剑模爱得最深沉。所以他也连带着挖苦那个倒霉鬼。

"这是什么样的精神，才会做出这种自残行为？"

没有人答话。

铁拳出气后摸出几把做好的剑模，分给几人，说这以后就是我们组织的身份象征了，就像圣火令和团员证一样，摸出来就知道是自己人，大家平时好好收藏。

小威没有在场。

但不知怎么回事，他得知了整件事，问铁拳要。铁拳说没有了，你又没有胆子去自己弄，现在到处缺货，你就用块橡皮代替吧。小威听出了话语里的揶揄，心里酸酸的，却固执地不肯，到处问有没有存货。大宝摊开手也爱莫能助。

有人说你不能自己做吗，只要放上一枚铁钉，站远一点儿就可以了。又有人说放屁，你不知铁钉是滚动的吗，要用透明胶黏住，而那里一直有巡逻工人，看到异物就会马上清除，最好就是等火车要来前几分钟，我就是这么干的，火车从身边过，浑身被风吹得发凉。

小威那几日成天魂不守舍。

张镇火车站颇为简陋，连站台也是露天，除去一条马马虎虎的长椅，就只剩一根立有地名铁片的告示杆。任何人想去那里都很容易，因为火车站工作人员就四个人，两个售票员，两个疏导检查的。

小威到火车站那天我也在。他准备了很多很多的长钉，我看到他把一根根放在铁轨轨面上，用透明胶仔细粘好，站在远处等着火车呼啸而至。

"我不怕，我不怕。"

不知道他是自言自语还是对我说。我站在他旁边听他说话，等着二十分钟后的火车。

"我没有出卖大家，是他猜到的，猜到的，我不说也没有用，他认识人，所有人都认识。他看到小桃就知道了，他知道我是哪个学校的，他要到学校去举报我们。我说我什么也没做，他就把香肠塞在我手里，说他现在就抓住了……我没有办法……我没有办法。"

小威失神地望着轨道，上面密布铁钉，就像一张满是尖牙的嘴。

铁轨咧嘴在笑。

我什么话也说不出来，说出来也不会有用。让名满学校的小威被以偷窃举报，这才是真正生不如死的事情吧。老天真是没眼，这种烂大人就该被偷才对。

太阳快要沉下来了，火车也到了路过的时刻。

小威握紧了拳头。

从背后突然伸出一双大手，将他提个正着。

"好哇，终于抓住一个了。"

对方将挣扎不停的小威往站里抓，还不停地问他名字，家庭住址，学校，要让他家里人来领人。小威没有说话，看着另一个工作人员骂骂咧咧用一把铁锹将那些钉子扫到石头缝里。

火车从那上面掠过，听起来的声音没有一点儿不同。

小威无声地哭起来。

这都是过年之前发生的事情。

过年之后，大家仿佛都说好了一般，将要四散而去。小威受处分要转学到外地，他父母觉得他在这里太丢脸，老吴跟随做生意的母亲去北方，他爸当着我们的面哭了，小桃则是得了病要去大医院休养，唯有铁拳不变。

"我准备在这里搞个根据地，之后大家回来也能有个去处。按照潮流，这里估计会成为眼镜之都。"

我为缓解离去气氛发表了不同意见，觉得门都听起来更气势。

铁拳不屑。

他又补充了一句"当然不卖肉"。准备好的致辞到了关头却一点儿也说不出来，我们互相说了再见，在火车呼啸声中各奔东西。

6

"老吴现在还在追那个女孩儿呢,一直被拒绝,"铁拳叹了口气,插口问了句,"对了,我看你眼镜花了,你要不要换一副?"

我说不要,他挠挠头说自己是职业病了。

站在步行街上,看着店外来往行人,铁拳突然喊了句"老吴"。

一个背旅行包的小胡子年轻人朝我们一笑,铁拳老子回来了。

"又跑了,反正追遍万水千山我也要追到她。"老吴脱下旅行包,大口灌了几口茶,和我、小桃叙旧几句后他就说去洗个澡,晚上大家再好好吃喝。铁拳开始关掉店铺,陪我们散心。

于是我和小桃就走出来,无目的地在老张镇里压马路。

我脑子里总觉得少了点什么。

"嗨,老同学。铁拳朝旁边一个带机车帽的男人打招呼,我却想不起他的名字。"

"蘑菇头。"铁拳在我耳边小声说。

哦,是蘑菇组长,我就跟着"老同学老同学"地喊。

"原来是你啊,当年成绩老好的了,肯定比我这个卖蘑菇的好无数倍啦。"

蘑菇朝我笑,到底是生意人,说话已经不像当初那么实心眼。

我含含糊糊,对自己失业的事实却说不出口。

小桃不知何时开始挽着我,她看着四周,眼里闪烁。

我对她说"我有一件事要告诉你"。

她说她也是。

"其实,以前你妈妈的手风琴是我们弄坏的,这个一直没有告诉你。"我颇为内疚道。

小桃说她知道。

"我还知道直接策划人就是你。"

她理了理刘海，继续慢慢说着。

"去偷香肠那次，我喊的是你的名字，你明白原因了没有？还记得吗，剑模的事是我偷偷告诉你的，也是我让人告诉你铁路上压钉子必须提前十分钟，那样的话你才会被火车站工作人员抓住，后来才会全校大会通报批评，乃至留校察看，转学……想到了吗，小威？"

小桃笑容娇美，却让正在翻手机的我如坠冰窟。

"你害得我没法学琴，你害得我爸跑了，也是你对人讲我家离婚的事，你知道那天在老吴家，你当着大家面说我妈妈疯了，我爸爸和其他女人跑了，我是什么样的心情？我睡不着觉，每个人都在嘲笑我，朋友们都问我爸爸是和哪个女人跑了……李威，你不明白那种恨，持久到连我自己都不敢相信。这种滋味尝到了吗？"

小桃语气森冷，眼里闪着让人害怕的仇恨之火，它是如此炽烈，让这个美丽姑娘的五官都变得有些狰狞。我浑身颤抖，喉咙发紧，握紧拳头一句话也出不了口。

我早该知道，小桃一直都不笨，她很早知道我们偷东西，她看《三十六计》，她故意说出我的名字，她给我剑模的提示，她什么都知道，她只是让一切藏在肚子里。

所以她等到了我，再次给仇人致命一击。

我呆呆看向手机，屏幕上显出一个年轻人的镜像。多年前的小威被抓住后，孤零零站在大会上念着自己的检讨书，在一片哄笑中忍着泪，最后的自信与骄傲化为碎片。而这时，一个不起眼的角落里，小桃望向展台，露出天真无邪的笑。

他就是小威，他就是不愿意承认的我。

浑浑噩噩的我和笑颜如花的小桃仍依偎在一起，却像一对恋人。

胆小鬼

1

我一直觉得自己挺了不起的。志俊他们都说男人就该简约不简单，穿衣必定要纯色，肌肉线条要刚刚好，不能太露，又不能没有，说话要干脆简练。我没有被影响到，我穿花花绿绿的衣服，没有什么肌肉，又很喜欢说废话。

"妈的，有你这种娘炮朋友真是人生失格。"

"你拿出点男人气概来啊，不要说什么都是对不起。"

常常被这种口气的话打击，我也习惯了。世界上那么多硬汉了，有个软汉也不错嘛。

与其花这么多时间来教训我，不如多关心一下我身边的家伙。她叫作谢怡君，比我有特点多了。我常常说得嘴巴都酸了，她也不发一言，但是从眼神中我看得出她有话说，但是她就是鼓在两颊里，闭得紧紧的，让人都替她难受。

同样从 C 市转学过来，我们母亲都在同一个单位，似乎很聊得来。谢妈妈总那么得体，口红淡淡的一点儿，有时候系上丝巾，要不就是一顶卷边遮阳帽，巧妙地将她和身边的人区分开来。她妈妈也是个会说话的人，几句话就让我老妈在饭桌上反复提醒我照顾谢怡君同学。拜托，我也是外校生，要面对排挤的压力。不要太看得起你儿子。

当女儿的谢怡君则非常擅长害羞，说一句话脖子都在泛红。

"你好。"

简单的两个字，却像用尽全力一般，捏着拳头还要微微喘气。

我别提有多别扭，这感觉不仅仅来自于话语里，还有她的衣着。十几岁的姑娘应该充满活力多姿多彩，她却穿着老气的黑灰格子衬衣、厚眼镜、皮鞋，还有蓝发卡，这些东西组合在一起显得非常怪异。

女儿完全没有继承母亲风范，到底是不是亲生的哦。

我恶意猜测着。

2

融入一个新团体需要的不仅仅是真诚，也需要技巧。比如，你傻傻给大家带巧克力可乐，帮他们买课间餐点，只会被认为是个脚力不错的跑腿小弟。

聪明如我当然不会那么做，要想打入内部，要有一个切入点。

一群人也许没有领袖，但不可能没有核心，站在最里面的不一定最有用，但是敢站在那个位置又没有人有异议必然有道理。于是我顺利找到志俊，历尽艰难下终于成为了可以被他拍肩膀的好同学。

"阿贺，放学后帮我做一下值日。"

"喂，不要不情愿。我们是好朋友不是吗，你竟然会拒绝好朋友的要求。"

志俊说得义正言辞，让我无法拒绝。

于是我就只好留下了，看着教室发呆。有人的时候没有发觉，空了后就凸显出遍地垃圾，各种包装纸、塑料罐、卫生纸，让人感叹学校真会省劳力。

腰酸背疼地做完卫生，关门时候看到谢怡君慌慌张张跑过来。

"你忘了东西？"

点头。

"那你自己关门好不好？"

摇头。

"那等你五分钟，快一点儿。"

她在里面不知道翻些什么，最后拿出一个皮笔记本，朝我用力点头后就匆匆离开。其实上面也没有什么特别重要的，无非是她画的漫画、写的完全看不懂的故事。她喜爱人物翻转，金刚和美女在她手下变成巨人和小猴，巫婆和女孩儿变为邪恶少女和可怜老太婆，熊猫到动物园看人类吃午饭……但是画工很棒，细腻又带有妖异灵气，和我见过的其他风格完全不一样。

"画得很好哦。"

我特意提出来表扬。

她吓了一跳，偷偷看我一眼，然后像作案被发现的小偷跑得飞快。

我向你保证，没有一点儿少女的美感。因为她真的跑得很快，没有一点儿扭捏，压低重心的真资格跑步，头发更没有如电影一般变成飘散状，眨眼间就钻到楼下。我觉得自己是没有机会追上了。

志俊提议一个方案，叫作每周一食，吃遍十几个同学家，每个人都准备自己家最擅长、最好的东西，不能藏私。

听起来很幼稚，不过他说得很认真，得到了大家赞同。我没有办法，壮着胆子咨询老妈可不可以秀一下厨艺。

"番茄炒蛋？"

"麻辣土豆？"

"麻婆豆腐？"

她不耐烦了，挥挥手让我离开书房。

"去外面吃快餐不就好了吗？真是麻烦。"

麻烦是她的口头禅。我们家崇尚外卖，三餐水果都是外带，用塑料膜装好，连碗都不用洗。所以我一开始就不抱有希望，不过是为下一个目标打下伏笔。

"那我们就在家里小聚没有问题吧？"

"注意卫生啊。"

"一定！"

我大口舒了一口气。这个方案我特意在老妈玩游戏时设计的，就是让她不会思考太多，反射性做出决定。既然上一个拒绝了，再拒绝一次就太残忍，每个人都会产生这种类似愧疚的心理。设计老妈，我真是一个不孝子，但是为了学校幸福，老妈你会体谅的。

毫不夸张地说，那时候我真的愁得睡不着，这一句"注意卫生"让我终于可以安心睡觉。现在想来真是很奇妙，但就是这样的小事对于那时的我非常重要。

每周一食实行起来居然出乎意料地棒。

在他们几个家里，我们简直得到如帝王般的欢迎，进门就是汽水、水果，嘘寒问暖，大人们脸上堆出服务员一般的笑容。

吃的东西也是五花八门，有的是果宴，有的是山珍，也有纯素食，同样的是都非常用心。父母们都很和气地与我们交谈，说子女蒙我们照顾，孩子有很多缺点请帮他纠正之类的话。

搞过几次后，我算明白了。

这个活动完全不是用来吃的，是家庭展示，玩的是另一种东西。请大家到我家里去不是找死吗，我头疼了好几天，毫无办法。

看到我焦虑的样子，同桌谢怡君同学给我一版蓝色药丸，上面写着可以缓解抑郁。真是贴心的好同桌。

想着反正她又不会泄露出去，我把她当成了一个倾诉对象。

她听得眼睛发亮。

也对，像她这种话都不愿意说的人，朋友应该很少，社交活动怕是根本没有。听说女生之间的关系更复杂，看起来很好的两个人心里说不定多恨对方。

她画了一只大猩猩给我，胸大肌上面左右写着"必胜"。

虽然看不懂猩猩的含义，我还是莫名其妙地感动。

没有忧虑的她，体会不到这些痛苦，也算是对于"失语"的补偿吧。

风水转到我的那一天，我写了一份计划书，砸掉存钱罐，准备让自己家看起来不要弱太多。那一天我记得在下雨，并不大，但也可以湿透帆布鞋。

门口处的电铃拉响了我身体里的警报，我沉着地过去开门，迎接大家的考察。

没想到是老妈，不仅她一人，身后还有几个同事，大家嘻嘻哈哈着拭去头发上的雨水，有人还提着红酒。

"妈，这是？"

"哦，今天大家都说来我这里看看，吃顿饭打打麻将。"

老妈说着好不愧疚的话，让我呆滞当场。

"妈，你来这里一下。"

我小声道。结果还是让后面几个人听到了，被笑称为"你们感情真好，还说悄悄话嘛"，真是一群让人烦躁的大人。

"妈，我今天都预定了，同学要过来啊。"

她一拍头。

"真的忘了。"

"你们就去麦当劳好吗？或者去吃烤肉？"

老妈塞了几张纸币给我作为补偿。我可以跟她大吵一顿，但是毫无意义，结果不会改变，而且还让几个假惺惺的外人看笑话。

唉，再怎么难都得去面对。

我一个人守在小区门卫处，准备半路截抄。

雨保持一种细密的节奏，没有什么风，只是淅淅沥沥地扑下来，让人凉爽又充满悲伤。我看到一条流浪狗尽力把自己蜷起来，躲在窄窄的屋檐下，眼睛看向对面热腾腾的拉面店，不时打个喷嚏。

我看得睡着了。

醒来后，觉得肚子饿得不行。于是我走出亭子，踩着雨水走向伙计已经在埋头午睡的拉面店。

他们不会来了。

3

这件事不了了之。志俊没有给我解释他们为什么没来，我也没有问，从结果上看我们都好，但我总是觉得浑身不舒服。

自上一次后，我已经把谢怡君当成了树洞，尽情说个够。

她脸上露出愤愤的表情，让我心里舒服了一点儿。

不过她并没有再有其他举动，那也当然，我都不知道怎么处理，更何况经验更少的她了。男人嘛，心胸宽广最重要。

谢怡君最大的能耐是，她不用说话，照样很滋润的样子。这让我想到了一些聋哑人，无论你说他傻瓜还是励志，都是一脸笑容。

"你说她到底是什么毛病？"

志俊说话一如既往直接。

"不知道，好像是失语症。"

志俊不相信，要去试一试。

"谢怡君，阿贺说你唱歌很好听，唱几句试试嘛。"

她一脸惊恐看我，手挡住画画的笔记本，眼睛里闪烁着不安。我无法面对，但又不能直接违抗志俊，只好看着窗外当没听到。

"唱几句嘛，天后。"

志俊像是找到了好玩的玩具，脸上露出笑意。那几个平日和他要好的也看到，纷纷走过来，你一言我一语地说起来。

"看不出来居然很会唱歌，平时真是深藏不露，来一段，来一句也好。"

"别耍大牌嘛。"

"歌后，来一句，满足一下粉丝的愿望啊。"

他们一向配合很好，根本不用排练，一个人起了头，剩下的腹稿就出来了，像拉面机器一样，缴入面粉和水，摁下按钮，就从孔里不断地挤出湿滑的面条，堵都堵不住。

我装作内急，尿遁到走廊外。

双手撑在栏杆上，我望向操场上踢球的人，球才落下又被一脚踢飞起来，感觉大家的目的不是进球而是比谁的脚力更大。

上课时我发现谢怡君一个劲画画，我不停提醒她。你别画呀，下课自习什么的再来，你这种放开手不听课的态度会把上面的老师引来，我还怎么看漫画？

当她被点名回答问题，她站起来低头不说话。老师急，我们也急。你倒是给条准信，给个台阶下，不按套路搞，大家都进行不下去了，冷场很久。吃过她的厉害，老师们也就不点她了。

有的话就是不能说。

数学老师令我站到门外去，好在书没有被没收。下课后老师让我去办公室等他，我觉得很无辜，大家都没有认真听你课，不能看我一个人好欺负就欺负我，老师也要讲道理的。一路走去，我在脑里模拟将会出现的状况：

将我恶劣的旧账翻出来集中处理，公开请家长；

沟通教育，让我意识到自己的错误并写检讨，暗地请家长。

完全没有活路。

我那个怕麻烦的老妈还不知道要怎么训斥我。

"主要找你是谈谈谢怡君的事……"

数学老师喝了一口茶，温和地示意我可以找凳子坐下。

看来事情发生了转折。

"她到底是什么情况？"

这种话问得相当暧昧。可以理解为谢怡君的沉默，也可以认为是她画画的事，甚至还能牵扯上她怪诞的习惯。

"我不知道。"

我诚实回答。

他点点头，仿佛已经料到我没有什么干货一样。

"好了，回去吧。你和她好好沟通沟通，让谢怡君能够放松学习。"

放松和学习是两个无法联系到一起的词，我才没那么大能耐，不过趁此机会缓和一下唱歌事件也不错。

没想到我还没开口，谢怡君说话了。

"我唱不好的。"

她说得又快又急，就像一口气憋着，又像嘴里含着石头。她很努力，说完这几个字，露出如释重负的表情。

女人的心胸原来也是一样宽广，我被俗话给骗了。

这一来我就不想和她按照官方方式沟通了。我给她讲我去华山的惊险旅程，其实也不是什么大不了的东西，就是手机掉了，人走丢了，差点报警。

她倒是听得很有味，眼睛都不眨一下，让我不断自我膨胀，最后把自己改造成了一位"为救小童力阻人贩，包扎伤口谈笑自若"的好汉。这就是我最大的毛病，一得意就吹个没边儿，常常被志俊嘲笑为"吹神"。

照理说，我吹得这么不靠谱，连小孩子都不大爱听，谢怡君倒是老老实实听完，最后在纸上写下"吹牛"。不过我看得出，她是爱听的，别管真不真，就当讲给自己的故事也行。

4

不同的人喜欢不同的故事，谢怡君什么都听，我喜欢热血冒险故事，志俊喜欢打打杀杀的故事。

我问他热血冒险和打打杀杀没有区别啊，他回答说区别大了。

"打打杀杀才是真的事，你别一天到晚看小孩子玩意儿。"

志俊再次拍着我肩膀，我知道又有活儿干了。

太过分了，这次我一定不会做的。

心里想着这样的话，我却老实点点头。

为了友谊，总是需要牺牲才行。我这样边催眠自己边挥动扫帚，觉得天气稍微好了一点儿。

第二天，我筋疲力尽地跑到学校，发现了一件大事。

谢怡君变装了。

她没有再用那个幼儿发夹，穿着绿色蕾丝衫，大眼镜也换成了隐形，整个人看起来有点陌生。不过从她脸上稍显厚的粉还有那种胆小做派，我确信是她。谢怡君太害羞了，整天把头埋着，不敢抬起来，似乎做了什么不被饶恕的错事一样。

看着她比起少女面孔稍显浓艳的装束，我想起了怕麻烦的老妈，和她同一个单位的谢怡君妈妈是良心发现了吗？

　　连我这么镇定的人都被惊了，其他人更不用说。

　　甚至班主任都被震惊了，让我传话通知她去办公室喝茶。

　　"没事，你看我天天去不也好好的。"

　　她并没有被我安慰成功，一脸黯然地走出教室，全然没有初见时飒爽的跑步姿势。

　　下一节课是体育，我照例成为守门员面对志俊他们的强力射门，在浑身伤痛中证明自己的价值。这一堂课让教室里充满了汗臭味，虽然我带了备用的鞋和衣服，但志俊说我要步调一致才行。

　　"除了伤痕，汗水也是男子汉的勋章。"

　　志俊鼓励着我们，将男子汉气息延续下去。

　　直到下午，谢怡君才回到了座位上。她看起来情况不是很好，眼睛红肿，嘴唇抿得薄薄的，眼睛老走神，妆也洗掉了。

　　听说班主任更是遭受重创，被她的一言不发搞得火大又无法发泄。打她家电话，却没有人接听，固话手机都一样。

　　这件事没有那么容易结束。

　　更像是一个导火索，将谢怡君平时的怪异一下子摆到台前，她变成了新闻人物。我也不得不保持距离，谨防被误伤。

　　她恢复了原样，厚眼镜，衬衣，连发卡都回到了原来左前额位置。志俊说她从七十分回到零分，而我知道，不止零，也许更远。

　　变成了热议人物后很麻烦。

　　几个人之间不说两句有关这人的事，就仿佛跟不上潮流了。在下一个潮流接班之前，谢怡君的一举一动都被关注模仿，变成了冷笑话热笑话新梗老梗。

　　我看不出来她怎么想，她变得越来越奇怪，上课时如果点到名字就会下意识站起来，假如冷场过久就索性跑出去。到了下一节课再回来。

　　我对于她的新鲜感越来越少，我想我已经融入了这里。

　　分班前夕，班主任借到了演讲室，对我们动员。

反正是些毫无意义的话，我也就低头看漫画书，偶尔被反侦察神经提醒，抬起头观察几下。最后是班主任对每个人的祝福评语时间。

"阿贺，少看漫画，不要把时间浪费在不相干的事上，运用你的才智……"

我抬起头，示意老师说得对。

说到志俊是"团结同学，虽然成绩不佳也在努力，其志可嘉"，看来连老师都很看好他。大家都鼓起掌。

"谢怡君。"

班主任停顿了很久，仿佛模仿她的上课节奏。

教室里响起压抑的笑声，像从门缝里挤出来的一样，四面八方都有。

站立的她紧张地用手抓住衣角，低垂脑袋，身体抖得厉害。

班主任具体说了什么我没听清，耳边全是大家细碎的尾音，让人脑袋昏昏欲睡。后来都停止下来，变成了对她行注目礼。

时间应该很短，但是没有声音的时候总是觉得某种东西被暂停了，大家下意识会想要找出那个停止的原因。当看到谢怡君低头不语的姿态，就会恍然大悟，眼里透出观望和戏谑。每个人都看向那个方向，就像被磁铁吸引的铁屑，她变成了世界的中心。

我看到谢怡君抱着笔记本往外飞奔，和第一次一样的姿势，不顾一切地逃掉，中途还狼狈地摔了一跤，笔记本也坏了，那些写满字画的渺小梦想散落一地。她手忙脚乱把纸张捡起来，夹在一起，爬起来继续跑啊跑。

那一段路好长的，我想尿遁出去看看她有没有事。

"那家伙果然是个怪人。"

志俊用力搂住我的肩膀，用平时懒洋洋的口气说。

"对啊。"

我翘起腿，疲惫地闭上眼。

我知道，我终于和志俊一样了。

结　局　水　远　山　长